麦家陪你读书（第二辑）

活在生活里

麦家 / 主编
麦家陪你读书 / 编

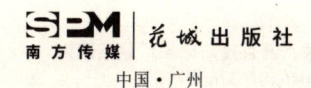

花城出版社
中国·广州

图书在版编目（CIP）数据

活在生活里 / 麦家陪你读书编. -- 广州：花城出版社，2024.3
（麦家陪你读书 / 麦家主编. 第二辑）
ISBN 978-7-5749-0185-8

Ⅰ. ①活… Ⅱ. ①麦… Ⅲ. ①世界文学－文学评论－文集 Ⅳ. ①I106-53

中国国家版本馆CIP数据核字(2024)第047965号

出版人：张 懿
特约策划：萧宿荣
责任编辑：林 菁　杨柳青
责任校对：卢凯婷
技术编辑：凌春梅
装帧设计：郑力珲

书　　名	活在生活里
	HUO ZAI SHENGHUO LI
出版发行	花城出版社
	（广州市环市东路水荫路11号）
经　　销	全国新华书店
印　　刷	广东广州日报传媒股份有限公司印务分公司
	（广州市白云区增槎路1113号）
开　　本	787毫米×1092毫米　32开
印　　张	9.5　1插页
字　　数	182,000字
版　　次	2024年3月第1版　2024年3月第1次印刷
定　　价	59.80元

如发现印装质量问题，请直接与印刷厂联系调换。
购书热线：020-37604658　37602954
花城出版社网站：http://www.fcph.com.cn

读书就是回家

毕淑敏

编委会

顾　　问：李敬泽　吴义勤　郜元宝　阿　来
　　　　　格　非　苏　童　王　尧　王春林
　　　　　季　进　张学昕　陈培浩

主　　编：麦　家　谭君铁

策划主编：张　懿　周佳骏

编　　辑：罗万山　何佳丽

目录

《挪威的森林》自我救赎与成长
［日］村上春树
001

《岛上书店》没有人是一座孤岛
［美］加布瑞埃拉·泽文
030

《尘埃落定》置身其中,又超然物外
阿来
064

《我是猫》以猫之眼,冷眼窥视日本社会
［日］夏目漱石
095

《雷雨》命运之下的震撼与无奈
曹禺
124

《远山淡影》对战争静默的反抗

[英] 石黑一雄

150

《外婆的道歉信》人生是一场伟大的冒险

[瑞典] 弗雷德里克·巴克曼

178

《廊桥遗梦》一生只此一次的相遇

[美] 罗伯特·詹姆斯·沃勒

207

《金色梦乡》再黑暗的地方也能成为金色梦乡

[日] 伊坂幸太郎

233

《穆斯林的葬礼》人可以失落一切，唯独不应失落自己

霍达

263

《挪威的森林》

自我救赎与成长

[日]村上春树

村上春树可能是国人最为熟知的日本作家了,而这本《挪威的森林》更是全球范围的畅销书,我们最早认识村上春树也是由这本书开始。本书主要讲述了主人公渡边纠缠于心态不稳的女孩直子和活泼开朗的女孩绿子之间的故事,但最重要的是一种自我的救赎与成长。

自我救赎的前提是自我的迷失,很多人的青春期都会经历这样的挣扎,而这也是本书长年畅销、经久不衰的原因之一。

MAI JIA
READING
WITH YOU

Day1.
挪威的森林，一场青春的救赎与成长

《挪威的森林》无论是在中国还是在日本，影响深远最根本的原因在于，这部小说讲述了一个通俗而完整的爱情故事，所谓通俗就是没有奇奇怪怪的情节，读起来毫不费力。有人说这是村上的自传性小说，他否认了这一点，可是又在不同场合说自己与书中主人公的各种相似之处，像是同样的年龄，妻子也是书中一个女主人公的原型等。

本书的开篇是以主人公渡边的回忆开始的，37岁的渡边正在飞机上等待降落，这里是德国的汉堡机场，飞机的扬声器中流出的背景音乐是甲壳虫乐队的《挪威的森林》，那是贯穿他整个青春期的一首音乐，此时听来比往日还要更加强烈地震撼他的身心。

此刻，他想到的是在青春期遇见的那个女孩，美丽却忧郁的直子。他曾经爱过她，但悲哀的是，女孩并没有爱过他。渡边在18岁曾住在东京的一个学生寄宿院里，那时候他对东京一无所知，父母不放心他第一次独自生活，就为他找到了这个三餐无忧且生活设施也一应俱全的住所。

那时候的学生寄宿院在渡边的心里是个很莫名其妙的地方，不只因为初来乍到的陌生感，更是因为他听说了一些有关这个地方的各种背景。比如，它的法人是一个以右翼分子为中心的财团，渡边并不怎么介意，他爱思考，却也并没有刨根问底的兴趣。渡边的室友是一个极度爱干净的人，他的房间永远保持着一尘不染，但冷清得像是太平间。

对那些刚刚逃离家长、想要随心所欲的少年来说，有这样的室友同住，简直和在家里待着一样痛苦。所以他们给他起了外号叫"敢死队"。

梦想着走遍地图上地方的"敢死队"每天早上准时跳广播体操，渡边却喜爱睡懒觉，所以那声音让他十分困扰。但"敢死队"却结结巴巴地对他解释，他们的宿舍已经是他经过权衡后最不影响别人的地方了。

渡边妥协说，可以忍受"敢死队"做早操，但是要略过动静最大的"跳跃运动"。"敢死队"立马干脆地回答他，如果漏掉一节的话，他就全部做不出来了。渡边一时无语，"敢死队"却笑嘻嘻地建议他一起来做体操。

如此执拗的"敢死队"让渡边十分无奈，但他其实并不把"敢死队"的这些事情当作笑柄，因为当他有一次见到直子并讲起这些时，直子听得笑了，这笑容已经许久没出现在直子脸上，所以渡边也就在心里默认了"敢死队"的笑料。

直子与木月都是渡边的好朋友，其实严格说来，木月才是渡边的好朋友，直子只是木月的女朋友。直子与木月青梅竹马，两人时常去对方家，同对方家人一起吃饭打麻将，两家人也好得像是一家人。渡边经常和他们一起外出游玩或者谈天说地。想起来有些不正常，可实际上却是其乐融融，相处甚欢。

木月并不善于交际，除了渡边以外，他似乎跟谁也合不来。如此头脑机敏、谈吐潇洒的一个人，却从不向更为广阔的世界施展才华，而是仅仅满足于三个人的小圈子，这一方面让渡边感到不解，另一方面却也让渡边心中窃喜。

渡边自认是个凡夫俗子，并无引人注意之处，木月是渡边唯一亲密的朋友，他单纯、热烈得像是海岛上光屁股长大的孩子，但是这个孩子已经去世了，他美好的生命永远地停留在了17岁。

那是5月一个令人愉快的下午。吃完午饭，木月问渡边能不能不去上课，和他一起去打桌球。玩球的时间里，木月一句玩笑话也没有说，这在他们往常的相处中是十分少有的。就在那天夜里，木月在自家车库中死去。既没有遗书，也没有能够推想得出的动机。

木月的死十分突然，这对渡边的影响很大，直到他去世后很久，渡边也常常感觉到一种恍惚的不真实。不管渡边怎样努力忘却，也还是无法释怀。这段情节对读者的影响也很大，直到这本书结束，木月的死可能仍然是个谜。

不知道是不是因为活着的人永远无法摆脱死亡的阴影，那个夜晚俘获了木月的死,同时也俘获了渡边原本冷静的心。在此之前,他是将死当作完全游离于生之外的独立存在来看待的,而自从木月死后,他再也无法独立客观地看待生与死。那个美好少年的死亡,改变了他今后对待世界的态度。

失去了木月,原先的三人聚会自然没有了,更何况,渡边与直子本来就是因为木月才聚在一起,他们两人并没有什么共同语言。就是这样的两个人,一次偶然在电车上遇见,直子准备一个人去看电影,渡边准备一个人去逛书店,都没有什么要紧事,于是奇怪地走在了一起,没有任何话题,也没人想要刻意去找任何话题。

Day2.
多少人的爱情，来源于自己的想象

渡边和直子偶然遇见后，在一起的气氛也很奇怪，但他们还是在第二个星期六开始约会了。随便走进一家店里喝咖啡，然后再接着走，傍晚吃完饭后，道声再见就分手。多么奇怪的见面，可是两个人都没有觉得有什么不妥。两个人就这样每星期都见面，没完没了地走，直子走在前面，戴着各式各样的发卡，露出右侧的耳朵。渡边跟在后面，看着直子害羞地摸摸发卡，在那一瞬间对直子产生了好感。

两个人默默地在一起了，没有告白，也没有浪漫，更加不谈木月。渡边对直子讲起"敢死队"室友的笑话，也说曾经喜欢过的那个女孩子。直子在冷风吹过街头的时候，将手插进渡边的口袋取暖，渡边一边觉得直子可爱，一边也觉得直子可怜。他知道，直子所渴求的并非他的臂弯，而是某人的臂弯，直子所期望的并非他的体温，而是某人的体温。可他就只是渡边而已，于是总觉得对直子有所愧疚。而渡边的这种认知，也为后来的悲剧结局埋下了伏笔。

冬日来临，渡边在唱片店的零工要做到年底，直子也没有回神户。他们都留在了东京，两人就在直子的公寓里搭伙吃饭。那个冬天可真是多事之秋啊,渡边好不容易弄到两张音乐会的票,可是他的"敢死队"室友发烧近40摄氏度,卧床不起,他与直子的约会只得告吹。这让渡边十分懊恼,却也并没有什么办法。好在直子20岁生日的时候,渡边买了蛋糕给她庆祝。

那个雨天,两个人真正在一起了。渡边很疑惑,他以为木月和直子早已在一起,可是直子却仍然是初次,但是当他询问直子,她只是啜泣,于是渡边只好作罢。

村上描写两人在一起时的细节,曾经也是《挪威的森林》被诟病的原因,那些性爱场景的描述,对当时人们的思想冲击很大。可是真正翻开看的时候,却只觉得美好和悲哀,美好于年轻男女的情感升华,悲哀于对他们感情的困惑。直子和渡边之间,夹着永远17岁的木月。

直子在那个下雨天后就消失了,渡边只能给直子在神户的家里写信。他坦率地写出了自己的感受,他说:木月去世后,我失去了可以诉说自己心情的对象,想必你也是一样的,我在你身上感觉到的亲密而温馨的心情,是我从未感受过的情感,请你回信,什么内容都可以,只要回信。然而并没有任何回复,渡边觉得心里很失落,而又没有东西可以填补,只剩下一个纯粹的空洞被置之不理。

5月,学校开始罢课,渡边去运输社打零工,紧张的劳作让他可以暂时忽略心里的空洞。6月,渡边又给直子写了一封长信，仍然没有回复，于是和同学永泽去街上找其他女孩，想要弥补心中的空洞，但是并没有什么作用。

而到了7月，终于收到了直子的一封短信。直子在信中请求渡边的原谅，因为即使是这封短信，对她来说也已经十分困难。她深陷于无法表达自己的痛苦，心中抑郁的情绪也使她无法继续学业，只能休学养病，她说自己如果有好转，一定会继续回信。

渡边读了几百遍直子的信，每次读都觉得不胜悲哀，那正是他与直子约会时，从直子眼睛里感到的悲哀。室友"敢死队"送他一只萤火虫，在日落天黑的时候，他带着萤火虫去天台，萤火虫被放飞，而他自己却还是沉浸在困境里。

书中这里对于萤火虫有大段描写，渡边说萤火虫只有在小时候才能经常看到，而那小小的虫子发出的微弱光点，仿佛迷失方向的魂灵，在漆黑厚重的夜幕中彷徨。那个飞走的小东西，像是他们已经逝去的时光，而直子和渡边在一起，就像是拼命在挽留那些不会再回来的日子。

暑假期间，校方请求机动队出动，捣毁路障，逮捕了所有的学生。那些带头罢课的学生领导们第一时间回来上课，这帮家伙一个不少地拿大学学分，跨出校门，将不遗余力地构筑一个同样卑劣的社会。相当长的一段时间里，渡边都被心中的愤愤不平指使着。就在这样糟糕的日子中，绿子突然出现了。

绿子是渡边戏剧史课程的同学，可是他从未注意到这个明明十分引人注目的女孩,还是绿子向他借笔记,两人才熟悉起来。全身都迸发出无限活力和蓬勃生机的绿子,简直像刚来到世界的一只小动物,渡边的生活已经很久没有这样生动过了,绿子简直就是他黯淡世界中的一抹阳光。她邀请渡边周末去她家的书店做客。无论是书店里的书,还是活力四射的绿子,都对渡边十分具有诱惑力,他很爽快地答应了。

星期天的早上,渡边来到了小林书店,那是个有些破败的地方,绿子做的美味饭菜弥补了这个缺憾。爱好做饭的绿子因为学习的第一本烹饪书籍的作者是关西人,所以关西菜做得十分像样,这让同为关西人的渡边非常赞赏。

渡边在吃饭的时候教绿子如何优雅地吸烟,告诉绿子和男生说话应该文雅一些。在绿子成长的过程中,可能并没有人这样告诉她,渡边温柔的样子让绿子很喜欢。他们一起喝咖啡,聊到绿子在乌拉圭的父亲,甚至还旁观了一场隔着三四座房子的大火,浓烟滚滚,腾空而起。即使是在那样兵荒马乱的下午,他们仍然一起度过了一段奇妙的时光。

他们在初秋的阳光下接吻,没有爱,只是安慰的一个吻,充满了温情和温馨,也充满了不知归宿的茫然。当绿子开口问到渡边喜欢的女孩时,那个初秋午后的魔法消失了。回到现实的渡边再次收到了直子的信。

Day3.
成长的代价，是直面内心的挣扎

直子在信中真诚地和渡边交流自己的想法，她在信中说："来这里已经快四个月了，在这段时间里，我想了很多很多，并且越想越觉得可能对你有欠公正。对于你，我想我本应该作为一个更健全的人予以公平对待的。"

直子和渡边两个人，恐怕都认为木月才是直子的最爱，而她之所以和渡边在一起，是开始新生活的必要手段。

她说："无论如何，我认为自己对你都是不够公正的，以致使你茫然不知所措，心灵遭受创伤。但同时我本身也陷入了迷惘和自我伤害的境地。这既非花言巧语，也不是自我辩护，确实如此。倘若我在你心中留下什么创伤，那不仅仅是你一个人的，也是我的创伤。"

这样的直子，谁能忍心再去伤害她呢？所以渡边并没有在心里愤恨不平。直子在信中讲述了她所在的地方，那里一共生活着70人左右，他们都自给自足，每天除了体育运动，还种菜。其余时间里，就看书或者听音乐唱片。那个机构和普通的医院不同，在那里疗养的人们心境都平和、安稳，而且并不想出去。

直子有时候也想象着，如果她是一个健康的人，并且和渡边在一个理所当然的、没有木月的普通情况下相遇并怀有好感，将来会怎样。这样的想象让直子觉得有些过于漫无边际，却让渡边感到了她的真诚和期待，于是渡边给疗养院打电话，预约了探望时间。

周一早上，渡边向管理主任请假后，踏上了探望直子的旅程。转了好几次电车，才到达位于深山老林中的"阿美寮"疗养院。在去"阿美寮"的路上，汽车沿途的风景十分凄凉，杉树简直像是在原始森林中拔地而起，遮天蔽日，将万物笼罩在幽暗的树影之中。从窗口进来的风骤然变冷，湿气让人不寒而栗。果然，等到渡边到达目的地，他并没有和预想中一样见到直子。走过门卫室，应付过接待女郎，出现的人是中年女士玲子，她是直子的室友。玲子是个不可思议的女人，脸上有许多皱纹，可是并没有因此显得苍老，反而有一种超越年龄的青春气息通过皱纹被强调出来。那皱纹宛如与生俱来一般，同她的脸配合默契，给人的印象好极了，似乎有一种摄人心魄的魅力。

她给渡边露了一手乐器技巧，请渡边吃了饭，然后才给渡边介绍疗养院的情况。这并不是一般意义上的医院，而是"用健康生活来代替治病"的疗养，确切地说，这里甚至根本无法治病，只是提供了一个世外桃源一样的地方，让那些心理不坚强的人用来躲避外界。之所以由玲子来先一步接触渡边，就是需要保证，来探视的渡边确实有帮助直子的意愿，并且也能够真诚地接受别人的帮助。

渡边显然通过了审核，玲子告诉渡边，直子已经好转许多，并且以直子的家庭问题来看，在木月去世的时候就应该送她来治疗。渡边并不知道直子的家庭有什么问题，他与直子甚至根本不太了解对方。玲子很吃惊他什么也不知道，于是表示应该由直子亲口告诉渡边。不过疗养院的规矩是，探视人员不能同会面对象单独相处，所以这一次渡边的探视将全程在玲子的陪同下，这是为了保护直子。

渡边终于见到了直子，她像小学生一样剪着整齐利落的发型，三个人一同去吃了饭，食堂里的人谁也没有注意到渡边是个外来者。晚饭后回到住处，渡边就住在直子和玲子的房间，玲子拿出白葡萄酒，弹起吉他，三人在音乐与美酒中轻声聊天，气氛融洽得像是在户外野炊一样。渡边端详着直子，她比以往要黑一些，可是也显得健康许多，娇美中开始带着成熟女性的风韵，让渡边怦然心动。直子在吉他声中对渡边坦白心事，她与木月太过熟悉，不知道尝试过多少次欢爱，可总是不能成功，她的心灵那么热烈奔放，可是身体却干涩无比。然而木月死去以后，她却在面对渡边的时候十分渴望，并且也确实和渡边成功欢爱。这种鲜明对比和心理上的愧疚情绪让她无比痛苦。

直子说："他死了以后，我就不知道到底应该怎样同别人交往了，甚至不知道究竟怎样才算爱上一个人。"直子与木月知根知底，像是两个在无人海岛上光屁股长大的孩子，他们拥有彼此，无论是身体还是灵魂，所以失去了木月的直子，就像是不再完整的人，她理所当然无法再爱上另一个人。

直子喃喃自语，渡边对于她的意义就像对于木月——他们通过渡边来努力使自己同化到外部世界中去，结果却未能如愿以偿，可是他们对于渡边的喜欢，却又那么的单纯而渴望，即使结果是伤了渡边的心。听完直子说话的渡边沉默着，并不着急回应，喝完了白兰地，三人洗漱休息。

渡边梦见一排排柳树，在微风中一动也不动，仔细看才发现，每条树枝上都蹲着一只小鸟。他拼命想要把小鸟赶走，让树枝轻松点，然而小鸟不仅飞不起来，反而变成了一个个鸟状的铁疙瘩，树枝的压力更大了。

这可能是渡边潜意识中直子的状态，也可能是他现在自己的心理状态，他们现在都感受到一种巨大的压迫。惊醒的渡边在月光下看着睡梦中的直子，那曼妙的身影像是被月光吸附的夜间小动物，美丽无比。突然那身影立起来，带着衣服的摩擦声走来，梦游一般地慢慢解开睡衣的纽扣，完美的肉体沐浴着月华，散发出一种圣洁无比的美。

直子将这完美的身体在渡边眼前展示了五六分钟后，重新穿起睡衣消失了。渡边在床上许久静止不动，之后再没安睡过。

Day4.
最美好的爱情，会让你感受到希望

第二天早上，渡边发现，直子对昨夜的事情似乎一无所知。吃饭的时候不停地瞟直子，直到玲子开始打趣，他才停止思索昨晚发生的事情。他想直子那时候可能没有清晰的意识，于是将这件事情忘之脑后。

早饭后，渡边跟着两人去鸟舍给鸟喂食。渡边不仅跟着两人工作，到了下午还和两人一起去爬山，直子她们每周爬山一次，路过无人的村庄和牧场的咖啡馆。玲子十分喜爱咖啡馆里的立体声收音机，那流淌出的音乐让她觉得和外界还是有某种特殊的联系。

玲子在咖啡馆听歌，大方地告诉渡边可以和直子单独待一会儿。于是两人在草地上接了一个深情的吻，仿佛距离和隔离从来都不存在。直子告诉渡边，她有一个大她6岁的姐姐，关系非常融洽，姐姐是学霸型性格，无论做什么都要拿第一，全家人都为姐姐感到骄傲。因为有着永远无法超越的姐姐，所以直子决定只做一个可爱的女孩，而她确实是全家人都十分疼爱的小妹妹。

拥有两个女儿的家庭看起来幸福极了。可是好景不长，那个无所不能、心理强大的姐姐突然自杀了,没有人知道她自杀的原因。直子在姐姐的遗物中看到她留下的一些痕迹,那里记录了一个强撑着自己的女孩子,一个和大家印象中都不一样的脆弱姐姐。直子很心疼,她是第一个发现姐姐自杀的人。大家都对她的独立习以为常,却没有人发现她已经在崩溃的边缘徘徊许久。当时的场景给她很大的冲击,她还听到父母的谈话,似乎是爸爸那边也有亲戚是自杀的,他们怀疑是一种家族遗传,而直子现在的状态,好像也印证了这一点。

渡边告诉直子:"你太悲观了,在黑夜、噩梦、死亡面前太胆小了,你必须忘记这些。只要忘记,你肯定能恢复的。"渡边鼓励直子,希望她能走出疗养院,他想要和直子一起生活。直子紧贴住他的胳膊,想着要是能那样该有多好,她现在的状态,不知道能不能打破死亡的诅咒。

傍晚,玲子要求和渡边一起散步聊天。两人拿着从别人那里讨的葡萄,边走边吃,玲子对渡边讲起自己的过去。

玲子年轻的时候本打算成为一名职业钢琴家,在音乐大学里一直名列前茅,但是大学四年级时,在一个重要的音乐会上,她的小手指突然一点也不能动了,无论怎样按摩都不见效。医生说是精神方面的原因,但最终也没有定论。然而等到手指能动的时候,医生判断她神经太衰弱了,不适宜当职业钢琴家。她的人生像是被拦腰截断一样,幸而有温和的丈夫拯救了她。她和丈夫过了几年幸福的生活。可是31岁的玲子,生活再次断裂,这回她再也得不到拯救,所以在疗养院待到现在。

事情的起因是玲子又能重新弹奏钢琴,虽然手指并不如原先那样灵活,可是对音乐的热爱让她即使只能为自己弹,也甘之如饴。邻居听过她的琴声,想要她做自己女儿的钢琴教师。噩梦就是这样开始的,那个看起来聪明可爱的孩子,却是个病态的"扯谎鬼"。她喜欢耍手腕来刺激别人的感情,并且从中得到成就感,而玲子就是她的一个案例。

那孩子撒谎说自己肚子疼,骗玲子带她进了卧室。这名13岁的少女用各种手法挑起了玲子的欲望,给玲子带来的是极度的内疚和对自己认知的震惊。扯谎鬼遭到玲子拒绝后,反咬一口,告诉家人自己被玲子猥亵,并且在邻里中到处抹黑玲子的名声,那家人还声称调查过玲子,知道她有过精神病史。玲子和丈夫商量着是否能够尽快搬家,丈夫同意了,但是要等一个月处理房产等手续。可怜的玲子没能坚持到一个月,她吃了安眠药,开了煤气,醒来的时候在医院床上,知道自己这次真的完了,她不会再像上次一样康复了。

渡边很吃惊,在他看来,玲子和外界的正常人并没有任何区别,甚至比那些人还要有魅力得多,至少直子和他都被玲子深深吸引。他对玲子说:"我认为你是有能力的,有能力到外面适应一切。"玲子微微漾出笑意,没有作声。渡边知道了玲子的往事,心里不禁觉得黯淡和沮丧。不过在回到房间后,看着直子在沙发上安静地看书,意识到现在的直子是那么富有青春活力，即使有过不开心的过去，可还是希望能够和她拥有开心的未来。

三人在一起听雨吃葡萄，很是自在。渡边和直子似乎总是无法像其他情侣一样单独相处，他们之间的感情总是夹杂着一个"涩"字，有时候是两人之间的羞涩，有时候是想到前尘往事的苦涩。可是在"涩"之外的那些温馨之处，又让人那么沉迷其中，仿佛雨中的吉他声，给清冷的夜带来甜蜜和希望。

第二日清晨，雨仍然下个不停，睁眼醒来时，窗外笼罩着乳白色的雾霭。渡边离开的时候，直子并没有刻意送他，他们像是平凡夫妻每天清晨各自奔赴工作一样，轻描淡写地互相道别。渡边对直子说："还来的。"然后走在了潮乎乎、凉丝丝的空气中，离开了有着直子的地方。

渡边回到了打工的地方值班，百无聊赖地看着店外穿行不息的男男女女。有全家老小，有对对情侣，有醉鬼，有无赖，有开着成人店的猥琐男人和酒吧里的陪酒女郎。他恍惚间感觉到，那些人也并非都对自己有所了解，又怎么能够证明自己就比直子他们正常呢？疗养院如同世外桃源，回到俗世的渡边深深地怀念身在桃源里的直子，怀念她温柔的手与美好的身体，怀念他们在一起时的恬静心情。直子现在在做什么呢？当然是在睡觉吧？是在那不可思议的狭小天地的暗影中安然入睡吧？但愿她别再陷入痛苦的梦境。

Day5.
从一而终,是所有人对爱情的追求

体育课结束后,渡边遇到了绿子,两人都怀念一起度过的周末,所以当绿子约渡边星期天再次相聚时,渡边欣然接受。

星期天的早上,绿子去渡边的宿舍找他,穿着短短的牛仔裙,吸引了整个宿舍楼男生的目光。两人谈起青春期男生对性的幻想,好奇心强又古灵精怪的绿子希望自己能成为渡边某次幻想的女主角。渡边无奈应允,他们在电车上轻松地讨论着各种话题……总之与绿子在一起,渡边从来不用担心没有话题可聊,他们总是有说不完的俏皮话。

绿子带着渡边一起去了大学附属医院,绿子的爸爸并不像之前说的那样在乌拉圭,而是得了脑肿瘤在附属医院住院,和绿子死去的妈妈一个病。一看那眼睛,便知道他将不久于人世。绿子向爸爸介绍渡边,对爸爸絮絮叨叨说了许多事,还和渡边说了她爸爸软弱却耿直的一生。渡边只是静静听着,看着绿子在医院食堂将饭菜吃得干干净净。绿子说,别人偶尔来一趟,充其量不过是同情,可是看护爸爸的却是她,她得多吃饭才能吃得消,所以并不在乎别人看到她能吃能喝时的诡异眼神。世上喜欢强加于人或被人强加的人有很多,他们为此争吵不休、相互扯皮，并且乐此不疲。可是心性坚定又积极乐观的绿子，在这样一群人中却让人如此怜惜和敬佩。

渡边在绿子出去办事的时候单独陪着绿子的爸爸，听着他反复拜托"票、绿子、上野"。虽然渡边并不知道这些词究竟什么意思，可还是答应他会尽心尽力照顾绿子和票。直到绿子回来，两人讨论后也没弄明白爸爸究竟想要表达什么意思，绿子能想到和上野站有关的就是自己小时候离家出走的地方，然而却怎么也想不到票是什么意思。可能是爸爸记忆混乱了，也可能是毫无意义，但是绿子爸爸弥留之际，还是想着出走的小女儿，拳拳父爱，让人动容。

直子和绿子，渡边是不是已经开始在两个可爱的女孩中间摇摆不定了呢？就像他的朋友永泽一样，永远摇摆在女友初美和其他的女孩子中间。

永泽是渡边的朋友，他们住在同一栋宿舍楼里。和渡边的独来独往不同，永泽是个懂得圆滑交际的人，可是偏偏对渡边另眼相看，就和当初的木月一样。永泽家庭条件优越，学习优异，善于社交，连长相都是校园里最受欢迎的那种类型，他甚至能够随意地夜不归宿而不被惩罚，渡边就有几次夜不归宿是找他才得以不被责罚的。

渡边和永泽有过几次交往，那时候他还没有认定直子是心中唯一所爱，等到和直子在一起后，他就再没跟永泽一起鬼混过。在渡边去疗养院看直子之前，他听说永泽参加了外务公务员考试。永泽在渡边从医院回来后的某一天，突然给他打电话，说他已经通过了考试，邀请渡边一起吃饭，并且说明是带上女友初美，而不是其他不三不四的女孩子。

三人吃了一顿很不错的晚餐，初美一直致力于将一个极其可爱的低年级女孩介绍给渡边，渡边坦白自己已有喜欢的女孩了。永泽马上揭穿渡边曾经和他一起玩过互换床伴的游戏，让初美很吃惊。她很不解为什么男人即使有了喜欢的女孩子，还是能够无所顾忌地在外面花天酒地，想来她困惑于这个问题很久了，因为永泽就是这样永远贪玩的男人。

永泽对初美说："你无法理解男人性欲那种东西。"他试图为自己的不专一找借口，可初美只是平静地告诉他，自己很受伤害。

永泽说渡边和他对待感情的态度一样，渡边自然无法赞同，至少现在，他一门心思地想着直子，恨不能立刻返回直子的那个小房间，不想再浪费时间听永泽高谈阔论。初美不如直子好运，她爱上的那个男人并不愿意为她改变。

三人的聚餐终究还是没有善终，初美冲永泽发起火来，并且拒绝永泽相送，于是渡边叫了出租车打算送初美回家。心情不好的初美并不想回家，渡边带她找了地方去喝一杯。出租车上的初美闭起眼睛在平复因争吵而激动的情绪，那副风情姿态，让渡边明白了永泽之所以选择她作为特别对象的缘由。

比初美漂亮的女子不知会有多少，但是初美身上却有一种强烈的打动人的力量，那种力量能够引起对方心灵的共振。让渡边在心中激起的感情震颤究竟是什么，直到十二三年后渡边才想明白，可惜那时候初美已经了断了自己的生命。她在永泽去德国两年后和另一个男人结了婚，又过了两年，她用剃刀割断了手腕动脉。从永泽那里得知这个消息的渡边再没和永泽联系过。

那天夜里，喝过酒后微醺的初美邀请渡边去打桌球，那是自从木月去世后渡边再没有进行过的娱乐活动。初美赢了三回，到第四回才输了。

渡边在给直子的信中写道："在同初美打桌球的那个晚间，直到第一局打完也一点没有想起木月。对我来说，这是个不小的打击。因为，自从木月死后，我以为每逢打桌球必然想起他，不料，直到打完第一局，在店内自动售货机买百事可乐之前，我都全然未能想起他。"

时间是世界上最有力量的东西，也是世界上最残忍的东西。渡边对于木月死亡的印象，经过这么久的时间，终于开始模糊起来。可能是因为现实的世界发生了太多事情，比如绿子的出现，比如永泽与初美的出现；也可能是因为和直子的爱情，他爱上直子，并且希望能和直子更加亲密地在一起，所以需要淡忘木月在两人之间造成的隔阂，而这也是他希望直子能够做到的。无论如何，这是件好的事情，逝者已矣，生者只能向前看，往下走。

Day6.
红玫瑰与白玫瑰的爱,你如何选择

在怀揣着希望的日子里,渡边恍然发现,自己已经很久没有见到绿子了。不知道绿子父亲的葬礼办得如何了,她说过让渡边不要参加自己父亲的葬礼。终于等到绿子的电话了,那时绿子正在父亲去世之前提到的上野站,她和渡边约在了新宿见面。见面时,渡边注意到她的穿着和脚边的行李。绿子和青森去奈良旅行刚回来,碎碎念着葬礼的情况,和一天接一天没完没了的护理相比,料理妥当的葬礼像是野餐一样轻松。

绿子还说到自己的男朋友,一个有些刻板的好男人,可是绿子也说到自己喜欢渡边,这让渡边有些无所适从。其实渡边应该是有点感觉的,但是渡边有直子,所以他下意识地不去想绿子这些行为背后的原因。古灵精怪的绿子要求和渡边一起去看黄色电影,渡边从没和女生一起看过,看电影的时候比自己单独看还要全神贯注,还注意到了以前从没关注过的电影音效。两人等到出了电影院后才觉得松一口气,想来和绿子的小黄片约会让他有些压力。绿子就是这样一个人,总是能够把一些不合时宜的事情说得荒诞又有趣,和直子的羞涩内敛一点也不一样,大概渡边也是因为这个而被她深深吸引。

绿子邀请渡边再次去她家做客，这次他们睡的是绿子父亲的灵堂。渡边问绿子会不会害怕，绿子让他一直抱着自己到睡着，渡边照做了。绿子告诉渡边，她前些天在父亲的遗像前脱光了衣服，姐姐进来的时候吓了一跳。赤条条的绿子在以这种方式发泄对于父亲去世的痛苦，可是再怎样荒诞的行为，也已经唤不醒死去的父亲，她只能埋在渡边的怀里汲取力量。渡边抱着绿子，安慰她，应绿子的要求对她说绿子可爱极了。等到绿子熟睡后，渡边在小林书店看书到天亮，没有惊动绿子就走了，给她留了信笺，上面写着：熟睡中的你非常可爱。

直子和渡边的感情是有契机、有机缘在的，而绿子却像是突然闯入的精灵。渡边确信自己心中爱的是直子，可像火热的小太阳一样的绿子，让他不由自主地想要靠近。渡边对直子是坦诚的，他事无巨细地和直子诉说生活中的一切，所以直子给他回信，信中毫不避讳地谈起绿子："绿子那人看来很有趣，我觉得她可能喜欢上了你。"

渡边当然是感觉到这一点的，所以后来每次回想1969年这一年，总是让他想起进退两难的泥沼。那一年，渡边20岁，他每周打三次零工，重新读了《了不起的盖茨比》，拒绝了永泽的多次邀请，时常同绿子约会，按时给直子写信。他的生活规律极了，但仍然没有清晰地做出选择。

山河景色都被银装素裹的冬季，渡边再次来到直子所在的疗养院，他听说直子的情况不太好，可是玲子说只是波浪般起起伏伏罢了。暮色降临，玲子弹起吉他，三人一起聊着天。

这期间玲子仍然是借口有事出去了，给渡边和直子单独的相处空间，两人拥抱在床上。直子仍然和上次一样，用手将渡边疏导出去，渡边告诉她两个月来自己一直记着直子手指的触感，并且总是在冲动的时候幻想着她。渡边对直子说想搬出宿舍另找住处，邀请直子能够和他一起居住。直子听到渡边说的这些，高兴得不知如何是好。渡边回到居住地，开始认真物色住处。学校的环境越来越乱，他只想和直子有一个安全又稳定的居住地。

郊外吉祥寺那里是个好地方，交通虽然有些不便，但难得有一座单独的房子，可谓捡来的便宜了。永泽帮忙给渡边搬了家，将自己不用的一些家用电器和生活用品都送给了他。他们相见的机会不多了，都只能祝福对方保重。渡边仍给直子写信，写了新居的情形，告诉她自己终于从乱糟糟的寄宿院挣脱出来，从此再也不必受那些无聊家伙算盘的干扰，也告诉她自己对于和她一起生活有多么期待。

每当想到这一点，渡边就不胜欣喜，准备以新的心情开始新的生活。一切都是那么有希望，渡边甚至在新居附近养了一只白色的母猫，取名"海鸥"。他在搬家、安顿之余，忘记了久不联系的绿子。

等到渡边想起绿子的时候，已经晚了。绿子十分生气，尽管他们不是情侣关系，但是在某些地方却比情侣还要相互引以为知己。内疚的渡边给绿子写了信，在信中如实写了自己的想法，免去辩护和解释，只是请绿子原谅他的粗心大意，他对绿子说：非常想见你，希望来参观一下我的新居。

那是个奇妙的初春，整个放假期间渡边都在苦苦等信，等绿子的信，也等直子的信，然而无论是哪一个女孩，都没有给他回复。玲子倒是给他写了一封信，告诉他直子现在的情况实在不太好，但一定会康复的，希望渡边能耐心等待。

Day7.
生命面前,你该理直气壮地放下一切

因为直子执意要以完美的状态出现在渡边面前,所以拒绝了见面。渡边身上好像完全没有了力气,春天的馨香无所不在,可是他联想到的却只有腐臭。在此后的三天里,他觉得自己像在海底行走一样,让他无法同外界接触,同时外界的手也无法触及他的皮肤。

是绿子的信拯救了他,绿子说拖了许久都没有回信,也算惩罚了他的不告而别。两人相约吃午饭,绿子让渡边从浑浑噩噩中醒过来,可是渡边再一次惹恼了绿子。陷入爱情中的女孩子总是更在意是否被男生发现自己的变化,而渡边显然不是敏锐型的人。恼火的绿子在两人的聚会还没有结束,就找借口离开了,留下的便笺上写满了对渡边的失望。渡边无奈地回到新居,他给绿子打了几次电话,都没有让她回转心意,两人就这样僵持起来。

这年春天,渡边写了许多信,每周给直子一封,给玲子也写,还给绿子写了几封,他对绿子说:"我非常喜欢你,打心眼里喜欢,不想再撒手。问题是现在毫无办法,进退两难。"

经过绿子的两次闹别扭,渡边终于重新正视自己的心,他给玲子写了一封毫无保留的信,信中说:"我爱过直子,如今仍同样爱她,但我同绿子之间存在某种决定性,在她面前我感到一股难以抗拒的力量。"这力量恐怕是渡边对阳光的向往,她是人间好风光,她给人活着的感觉。玲子回信安抚了渡边,她说直子好转得比预想中快,并且建议瞒着直子关于绿子的事情。一切似乎都在有条不紊地进行着,有了玲子的开导,渡边的生活似乎平静了许多,直到直子的死讯传来。

直子用一根绳子了结了自己的生命,渡边简直不能相信,又一个他爱的人选择了离开人世,留给他的是无处不在的死亡阴影。

渡边参加完直子的葬礼后离开了住处,开始在日本随意流浪,是的,是流浪。在流浪的过程中,曾经穷困到住在渔船上,渔夫和他念叨逝去的母亲,那情景让渡边心中愤怒无比,当一个人失去爱人的时候,最无法忍受的恐怕就是听到别人谈论逝去的人。可是那渔夫却善良极了,他给渡边送饭,还给了他回程路费。渡边被这样的好心温暖了早已冰冷的心,他拿着渔夫给他的钱,踏上了返回现实世界的路。

回到东京后,渡边接到玲子的信,玲子说要来东京看他,并且想要和他好好谈一谈,她已经在疗养院住了8年,到出院的时候了。玲子很坦诚地告诉了渡边自己知道的关于直子的一切。因为直子的病情需要集中治疗,所以要转去大阪的一家医院,在转院前,直子要求回疗养院整理东西,还想和玲子好好谈谈。直子告诉玲子，自己打算趁这个机会把病彻底治好，还说会妥当安排好和渡边的事情，两人在一起亲亲热热地聊了许久，现在想来她一定已经下定决心了，所以才那么有精神，才显得那么健康。谁知道早上，直子留下一个类似遗书的字条就独自赴死了。字条上写着："衣服请全部送给玲子"。

渡边和玲子一起聊天喝酒，玲子还弹起吉他，他们在晚间的淡淡忧愁中谈论着死去的他们共同爱的人，理所当然似的相互拥抱，用一场性爱来覆盖当初那场凄凉的葬礼带来的伤感。虽然吃惊，但总有一种意料之中的感觉，直子像是用玲子的身体在和渡边告别，祭奠自己一生中唯一的性爱；玲子和渡边也是用自己的方式来告别直子。这一场酣畅淋漓的性爱，是直子一直渴望而不得的。

渡边终于清空了自己的心，拨通了绿子的电话。绿子在电话的另一头久久沉默，终于用沉静的声音开口道："你现在哪里？"渡边环视四周，突然不知道自己在哪里，目力所及，都是不知要走去哪里的无数男男女女，他只知道，自己从内心呼唤着绿子。

《挪威的森林》这个有些悲伤的故事，既是死者的安魂曲，又是青春的墓志铭。我们永远也不知道渡边有没有和绿子在一起，就像我们永远不知道渡边会不会成为第二个直子一样。可是唯一能够知道的是，书中的死亡太多了，木月、直子、直子的姐姐，还有初美。没有人能够告诉我们在另一个世界是不是比这里安全许多,我们能做的唯一事情就是记住他们,然后带着他们的希望过好自己的生活。我们要幸福,才不辜负他们曾经有过的那些努力和挣扎。

《岛上书店》

没有人是一座孤岛

［美］加布瑞埃拉·泽文

有一位作者以其作品告诉我们,面对孤独最好的方法是读书。因为"没有人是一座孤岛,每本书都是一个世界"。她便是美国著名作家加布瑞埃拉·泽文,而这句话便是出自她的现象级全球畅销书《岛上书店》。

2014年4月1日,《岛上书店》在美国上市,立刻以一路破纪录的姿态,成为2014年的全球出版界黑马。短短一年内风行畅销美、英、德、意等30个国家,创下了出版史上全球化最快的畅销纪录。

一个失去了一切的人,如何重新找到牵挂,书、爱情、宴会和欢笑,以及一切美好生活?"每个人的生命中,都有最艰难的那一年,将人生变得美好而辽阔。"

MAI JIA
READING
WITH YOU

Day1.
解决孤独最好的方式，这里有你要的答案

故事以主人公A.J.费克里对罗尔德达尔的作品《待宰的羔羊》所做的简短书评作为开端，这种开篇手法无疑是新奇有趣的。它让久处框里的我们仿佛豁然间走进一片奇异的草原，拼命牵引我们要继续往前走去，探寻更多不一样的风景。

第一位出场的并不是主人公，而是艾米莉娅·洛曼——来自奈特利出版社的图书销售代表。此刻她正在从海恩尼斯到艾丽丝岛的轮渡上，目的是要到小岛书店推广冬季书目。

"小岛书店，年销售额约35万美元，夏季几个月的销售额所占比重较大，是卖给来度假的人。"

她翻开前任销售代表哈维·罗兹所做的笔记：书店有六百平方英尺大，除了老板没有全职雇员，童书很少。网上宣传有待发展。主要服务于本社区。存货偏重文学方面，这对我们有利，但是费克里的品位很特殊，没有他的妻子妮可，靠他难以卖出书去。对他来说幸运的是，小岛书店经营着岛上的独家生意。

下轮渡时，她接到了上一个约会对象打来的电话，他们并不合适，这次的电话以艾米莉娅的抱歉告终。但是这不禁让她开始思考人生,她31岁了,觉得自己到现在应该已经遇到某个人了。然而,艾米莉娅乐观的一面相信,跟一个情不投、意不合的人过日子,倒不如一个人过得好。这样的思考是深入而透彻的,不过也差点让她错过了此行的目的地。幸好她及时发现了那块招牌,它挂在一幢维多利亚风格的紫色小屋前廊上,已经褪色:

> 小岛书店
> 1999年迄今艾丽丝岛唯一一家优质文学内容提供者
> 无人为孤岛;一书一世界

走进书店,她只见到一个十几岁的孩子,她一边留心着收银台,一边在读艾丽丝·门罗最新短篇小说集,除此之外别无他人。直到她不小心碰倒了书架上的一摞书,我们的主人公A.J.才从自己的办公室现身。这是一个糟糕的开始,所以他们之间的谈话并不融洽。当她说出自己是奈特利出版社的销售代表时,A.J.终于表现出了一丝兴趣,但这兴趣不是对她,而是对她的前任哈维。当得知艾米莉娅接替了哈维时,他失望地重重地叹了一口气,然后问道:"哈维去了哪家公司?"

"他死了。"艾米莉娅直截了当地回答。

这仿佛击中了A.J.的穴位,他有些轻微失控却还在表面声称自己与哈维不熟。但是他的喋喋不休和极力掩饰恰好出卖了他,让我们看到了他内心的慌乱和一丝无助。艾米莉娅也看出了他没有心情再听她推销冬季书目了，可既然来了她又不想浪费时光，于是仍旧继续自己的原定计划。

　　艾米莉娅主要向他介绍了《迟暮花开》和《孟买改名的那年》这两本书，但均遭到A.J.的否定和讽刺。最后只得将《迟暮花开》和冬季书目放到他的办公桌上，离开了。

　　六点钟，A.J.和书店伙计莫莉·克洛克简短地交流了一下他对艾丽丝·门罗新书的看法后，便决定关门谢客。随后他拿出一盒冷冻咖喱肉放进微波炉加热，又想起了艾米莉娅。他为自己下午对艾米莉娅的态度感到非常后悔，她只是告诉了他哈维的死讯，而这一切总要有人告诉他的。

　　他觉得必须给自己找一些事做，于是来到地下室，决定把装书的箱子折叠起来。他一遍又一遍重复着"用刀割，压平，摞起来"这一系列动作，仿佛以此来麻痹自己内心的痛苦。是呀，他为哈维的死感到心痛，因为他们有着相同的阅读兴趣，他觉得这太难得了。他还记得他们唯一的争吵是对大卫·福斯特·华莱士的作品《无尽的玩笑》产生了分歧。

　　等他回到楼上，咖喱肉又凉了。他把那个塑料盘子端到桌上，第一口烫嘴，第二口还没有解冻。这让他感到自己仿佛被一块咖喱肉嘲弄了，他把那盘东西朝墙上扔去。他在哈维眼里多么微不足道，而哈维对他又是多么重要啊。扔出的盘子仿佛是他丢出去的悲痛与不舍，也是一种咆哮和发泄。

　　自从妻子走后，他已经独居了太久，而独自生活的难处，不仅因为不管弄出什么样的烂摊子都不得不自己清理，更是因为没人在乎他是否心烦意乱。他给自己倒了一杯葡萄酒,然后走进客厅,从那个恒温玻璃盒里拿出了《帖木儿》,把它放在桌子对面,靠在妻子妮可以前坐的椅子上。

他默默地怀念着妻子的一切,他梦见了妻子。在梦中,他向她说起今天来的女孩,说起哈维的离世,说起他为哈维心痛是因为以前认识妻子的人死了。而他不喜欢这样,他一直不炒掉莫莉·克洛克也是相同的原因。

醒来时A.J.发现自己躺在床上,但他想不起自己是怎样上床的。他只记得哈维死了,记得自己对艾米莉娅恶劣的表现,记得在房间里扔过咖喱肉,记得喝下的第一杯葡萄酒以及向《帖木儿》祝酒。在那之后,他什么都不记得了。

他的头咚咚地跳着疼,忽然,他发现自己珍藏多年的《帖木儿》不翼而飞。他披上浴袍,随意踏上一双跑鞋向警察局飞奔而去。

"我被偷了!"A.J.叫道。他没有跑多远,却在大喘气,"拜托,谁来帮帮我!"此时当班的是兰比亚斯警官,一年多前他们因为A.J.妻子的车祸案件而认识。上次他们还曾聊到各自读过的书,聊到过《待宰的羔羊》。当兰比亚斯警官提出要给A.J.妻子的姐姐打电话时,A.J.突然呆住了,像是有人按了他身上的暂停键,眼神茫然,嘴巴张着。这样的情况持续了将近半分钟,然后他接着说话,似乎什么都没发生过。

"你刚才有一会儿失去了意识。"兰比亚斯说。虽然

A. J. 坚持自己只是一时走神，他自己从小就这样，但兰比亚斯还是坚持送他去医院做检查。

人生总是奇妙又仿佛被安排好，在医院里为他诊治的医生，竟然是他的店员莫莉·克洛克的母亲。他还遇到了他和妻子生前共同熟识的人——作家丹尼尔·帕里什。虽然不是他特别喜欢的作家，但丹尼尔·帕里什称得上A. J. 最亲密的朋友之一。他们相约一起去喝一杯，也聊到了《帖木儿》，然而他的《帖木儿》却迟迟没有回到他的身边。

失去妻子、书友和珍藏已久的书，人生对于A. J. 来说简直糟糕到不行。他没有期待，心如死水，就像一头待宰的羔羊，静静而又绝望地等待着人生的安排。

Day2.
成为彼此的幸运儿

失窃案发生后的几个星期里,小岛书店的销售额略有增长,到了十二月,销售额又跌回失窃之前的通常水平。离圣诞节刚好还有两星期的一个周五,书店一关门,A.J. 就出门跑步了。他从书店的前门出去,习惯性地没有锁门。当他跑步回来时,发现一个小孩坐在地板上,边哭边翻着店里唯一的《野兽家园》,那也是小岛书店为数不多的绘本。A.J. 在她的肩膀上发现了一个胸前别着一张字条的艾摩娃娃,上面写着:

致这家书店店主:

这是玛雅,两岁零一个月大。她很聪明,对于她的岁数来说,特别会讲话,是个可爱的好女孩。我想让她长大后爱读书,想让她在一个有书本的地方长大,周围是关心这些事物的人。我很爱她,但是我没法再照顾她了,她的父亲无法出现在她的生活中,我也没有一个可以帮上忙的家庭。我实在是走投无路了。

玛雅的妈妈

A.J.抱起小女孩，带上那个袋子还有字条，朝警察局走去。那天夜里值班的，当然还是兰比亚斯警长。显然要找到孩子的家人不是一件易事，经过商讨，A.J.主动承诺会照顾孩子一个周末。一个独居男人带孩子，肯定手忙脚乱、毫无头绪，不得已之下，他还是打电话向妻子的姐姐伊斯梅求助。虽然已经身怀六甲，伊斯梅还是在半个小时后就赶到了，开始了他们短暂的共同带孩子的生活。

　　第二天下午，雪刚停，才刚开始融化进泥泞里时，一具尸体被冲到灯塔附近的一小溜陆地上。她口袋里的身份证说明她叫玛丽安·华莱士，没费多长时间，兰比亚斯就推断出这具尸体跟那个小孩有血缘关系。星期天晚上，兰比亚斯顺道来了趟书店，想看看玛雅，也跟A.J.交代了一下最新情况。

　　玛雅却似乎已经认定了A.J.，当她熟睡醒来第一件事就是一边伸出双手，一边呢喃着叫A.J.爸爸。而A.J.虽然嘴上说着种种的不可能，但是在心里，他坚定地认为自己对这个孩子是有责任的。

　　谷歌搜索成了他的好老师，在那里他学会了如何给孩子洗澡，他还为她唱起歌，而在此之前，他已经很久没有唱过那些歌。一曲唱罢，他得到了小玛雅真诚的赞赏，小玛雅还要求他再唱，然后她用小小的还不十分清晰的声音对A.J.说出"爱你"。A.J.不知道，当一个孩子用她幼小的力量说出"爱你"时，那代表一种从身心到情感的完全交付，她信任他并且爱他。

周末快过完时,社会福利部的珍妮前来办理与领养相关的事,这曾是A.J.认为一定要做的,因为他觉得自己没有足够的信心养好玛雅。但就在珍妮想要抱走玛雅的前一刻,他拿出孩子妈妈留下的那封信,仿佛要把这当作一个证据。他说:"她想让我养这个孩子,你看,这是她的遗愿。我觉得我养着玛雅才是对的,我不想在这里就有一个特别好的家庭的情况下,把她送到一个寄养家庭。"

经过一系列的调查与交涉,最终书店老板A.J.费克里收养了这个被抛弃的孩子,这很有可能是自从《帖木儿》被盗以来,艾丽丝岛上最具八卦价值的新闻。这颠覆了A.J.以往在人们心中势利、冷漠的印象,对此,人们只能总结说自从丢了《帖木儿》,A.J.的心肠变软了。而A.J.也在切切实实地发生着改变,他开始进一些书和杂志,只因为有些来看望玛雅的镇上妇女会喜欢。

也许我们都会遇到这样一个人,他或她走进我们的生活影响并改变着我们。对于A.J.来说,玛雅就是那个人,她仿佛打开了他的心门,让他开始走出孤岛,接受外面的温情与热闹。

而本章故事,是以A.J.对布赖特·哈特的《咆哮营的幸运儿》所做的读后感作为开端。那是发生在一个采矿营地的极为感伤的故事,那个营地收养了一个"印第安宝宝",他们为他起名为"幸运儿"。对于A.J.和玛雅来说,他们让彼此成为那个幸运儿。

A. J. 与玛雅的共同生活平凡而温暖，玛雅通常在日出前醒来，这时只能听到A. J. 在另一个房间里打呼噜的声音。玛雅爱A. J. ，爱书和书店的一切。有时，顾客和店员都走后，她觉得世界上只有她和A. J. 两个人。任何别的人都不如他那样真实，对她来说，别人只是不同季节所穿的不同鞋子，仅此而已。她甚至几乎从来不会想到自己的妈妈。玛雅知道妈妈死前把她留在了小岛书店，等再长大一点，她会更多地想起妈妈。A. J. 也向玛雅讲起了那本消失的《帖木儿》。

"《帖木儿》。"她说，她喜欢这个不解之谜和那些音节的音乐性，而玛雅的中间名也是以"帖木儿"命名。她的全名由此推断应该是玛雅·帖木儿·费克里。这里面充满着A. J. 细腻的情思与爱，《帖木儿》丢失了，玛雅出现了，于是她被赋予了这个代号，填补了他丢失的那部分。

本章的开端，A. J. 在读里查德·鲍什的《世界的感觉》后，写道：成为一名父亲后才读到这篇短篇，所以我无法说，在我遇到玛雅之前会不会同样喜欢它。

我们在20岁有共鸣的东西，到了40岁的时候不一定能产生共鸣，反之亦然。这是A. J. 在他《咆哮营的幸运儿》的读后感中对玛雅所说的话，而这对于A. J. 、对于我们每一个人亦是如此。

Day3.
只有该结婚的感情，没有该结婚的年龄

八月的第二个星期，在玛雅开始上幼儿园之前，她戴上了眼镜，还出了水痘。玛雅因为水痘感到很痛苦，A. J. 非常难过，于是决定用读书来度过这些难熬的时光。可是由于店员的错误，他只得读一些原来被自己放弃阅读的书，因为要换书，他就要离开玛雅自己去拿，可他不想这样。

他先是读了一本青少年幻想小说，很快还是放弃了，因为里面有他不喜欢的两大元素：已亡故的讲述者和青少年长篇小说。他又拿起书堆中的第二本，那是一位80岁老人写的回忆录，而这本书，正是上次艾米莉娅留给他的冬季书目中的一本。

当然，从尴尬的首次见面以来，他跟艾米莉娅这些年一直在碰面。他们通过几封友好的电子邮件，她每年来三次，报告奈特利出版社最有希望大卖的书。他也逐渐发现艾米莉娅的乐观、积极、诚恳，她对工作很专业且在行，对生活有自己的态度，并且对玛雅也非常好。想起自己曾经糟糕的言行，为了将功补过，他决定给《迟暮花开》一个机会，尽管它不是他喜欢的类型。

"81岁了,从统计学上说来,我应该四点七年前就死了。"那本书如是开篇。

早上五点,A.J.合上书,轻轻拍了它一下。玛雅醒了,感觉好了些,而她发现A.J.竟然哭了。"我在看书。"A.J.说。然后他又迈出了全新的一步,决定给艾米莉娅打个电话。在电话里,他坦诚了自己对《迟暮花开》的喜欢,尽管在谈到喜欢什么时,会让他有种赤身裸体的感觉。

"我挺高兴你终于读了它。"艾米莉娅说。"有时书本也要到适当的时候才会引起我们的共鸣。"A.J.说。他向艾米莉娅订了一箱平装版的《迟暮花开》,尽管它的封面很糟糕。他还想要在夏天游客到来时,请作者弗里德曼来做活动。当然他还想等艾米莉娅下次再来时,一起吃个晚饭。虽然艾米莉娅察觉出A.J.说这话时带着某种语气,但最终还是同意了吃饭的邀请,只不过要将晚饭改为午饭,因为她还要赶最后一班轮渡回海恩尼斯。

曾经的A.J.封闭固执,只守在自己的小圈子里,坚持自己喜欢的那一小撮东西。而现在,他开始学会包容和接纳,去试着了解不曾尝试的事物。我们可以看到,这种改变让他更快乐和明亮,有时候试着放开自己,真的可以收获意料之外的精彩。

A.J.决定带艾米莉娅去裴廓德餐厅,那是艾丽丝岛上第二好的海鲜餐厅。A.J.先到,艾米莉娅晚到了五分钟。

"裴廓德,就像《白鲸》里说的一样。"她说。他们的话题便从《白鲸》开始,最后,话题回到最新的冬季书目以及《迟暮花开》上。"所以,如果你不介意,我想问一下为什么在那份书目上,你最喜欢《迟暮花开》?你是个年轻——"A. J. 询问道。

对于这个问题,艾米莉娅一开始是有些拒绝的,她顾左右而言他,但最终还是坦诚表示,因为自己很多次失败的约会经历让她感到绝望,但《迟暮花开》所讲述的恰恰让她明白,不论在任何年龄,都有可能寻觅到伟大的爱情,虽然这很俗套。而A. J. 也破天荒地开始袒露自己,向艾米莉娅简短地讲了妮可的死,讲了《迟暮花开》是如何将失去一个人的那种独特感觉刻画得淋漓尽致,怎样写到一个人怎样失去、失去、再失去,这完全表达了A. J. 的内心,所以看完之后,他就哭了。

突然话锋一转,艾米莉娅说她要结婚了。A. J. 显然有些惊慌失措,当然更多的是伤心与失望。那是一个军人,艾米莉娅说他对她很好,他并不喜欢读书,但他是一个好人。艾米莉娅的语气中也有一丝勉强和掩饰,从中我们可以听出一些其他的情绪。也许她并不是因为爱而结婚,也许是迫于现实,也许是不想再一个人,也许只是因为那是个对她很好的好人。这样的择偶与婚姻观,不仅在左右着艾米莉娅,也一直在左右着现代社会中很多的女性。

而A. J. 的心里是喜欢艾米莉娅的,他一直想称她为艾米,现在却无法用上这个昵称了。也许作为一种寄托,或者是想找更多可以交流的机会和理由,A. J. 开始疯狂阅读艾米莉娅留给他的冬季书目。有时候，他感觉对书中产生了什么共鸣，就打电话给她；要是他讨厌哪本书，他会给她发条短信说"不适合我"。而对艾米莉娅而言，她从来没有被一位客户如此关注过。他还订了很多奈特利出版社的图书，就连艾米莉娅的老板都注意到了这一点。

终于，A. J. 读到了最后一本书。他发现自己没法告诉艾米莉娅对此书的感想。因为他一旦回复了她，奈特利出版社冬季书目上的书他就全读完了，在夏季书目出来前，他就没有理由联系艾米莉娅了。于是，他以这本书不适合为由，和艾米莉娅定下了三月约谈夏季书目的会面。此时的A. J. 真实又可爱，他冰封已久的情感再一次被释放和融化。

终于，三月到了。可是就在约会前夕，他接到艾米莉娅未婚夫布雷特·布鲁尔打来的电话，艾米出事了，她的脚踝骨折了。

艾米莉娅的伤势不是很严重，这让A. J. 松了口气，但还是对她来不了感到有点失望。他考虑送艾米莉娅一束花或者一本书，但最终决定发条短信。他写道：很遗憾你受伤了。一直期待听听奈特利出版社夏季书单上都有什么，希望我们可以很快重新安排会面。

六个小时后，艾米回复了他，并决定在skype上和他过一下书单。但是A. J. 全程都无法集中注意力，一直在偷看艾米莉娅。最后他还是问起了自己最关心的问题，关于艾米的婚事。

"事实上,婚礼取消了。"艾米回答道。

"对不起,"A.J.知道自己冒昧了,但还是忍不住问,"出了什么事呢?"

"布雷特人很不错,但悲哀的事实是,我们真的没有多少共同点。"

这仿佛又使A.J.重燃了斗志,他决定带玛雅去看望艾米,当然是假借顺路的名义。兰比亚斯决定带走玛雅,好给他们一个单独相处的机会。他们的见面是愉快的、融洽的,仿佛中间没有这几个月的空窗期。等他们吃过晚饭,开了第二瓶葡萄酒时,A.J.才终于鼓起勇气问她跟布雷特·布鲁尔怎么了。而艾米莉娅坦承自己之所以做了这个决定,正是因为那次跟A.J.的谈话,让她意识到跟一个人心意相通、分享激情有多么重要。正如罗宾·威廉姆斯所说:世界上最可怕的事,不是孤独终老,而是跟那个使自己感到孤独的人终老。

Day4.
爱一个人，你会想要保护其骄傲与自尊

那年春天，艾米莉娅开始穿平底鞋，而且发现自己去小岛书店上门推销的次数，严格说来比客户需要的还要多。此外，A.J.费克里购进的奈特利出版社的书特别多。

那年春天，就在艾米莉娅踏上回海恩尼斯的轮渡之前，A.J.吻了她，然后说："你不能以一座岛为根据地。为了工作，你不得不经常出差。"

A.J.对于恋人的爱和依恋甚至超越许多初恋的大男孩，他关注一切与她有关的细节，他赞美她，为她而着迷。艾米也同样投入于这份感情。A.J.仿佛重生了，就连玛雅也希望艾米留下来，但艾米无法放下她的工作，而A.J.也无法放下自己的书店，所以他们只能先来一场华丽的异地恋了。

那年春天，艾米首先收到来自妈妈的忠告，她觉得这对艾米不公平。她已经36岁，早已不年轻。如果真的想生个孩子，就不能在一段不可能成功的关系上浪费时间。然后是伊斯梅对A.J.，她认为艾米在A.J.的生活中占了这么大的一部分，如果A.J.对她不是真心的，这对玛雅不公平。而丹尼尔认为A.J.不应该为任何一个女人改变自己的生活。

那年6月，好天气让A.J.和艾米莉娅忘记了这些以及别的反对意见。艾米莉娅来介绍秋季书目时，逗留了两个星期，但是也带来一个坏消息：他们夏天恐怕不能常见面了。一是因为艾米要经常出差，二是艾米的妈妈8月要去普罗维登斯找她，而更加糟糕的是艾米的妈妈对他们感情的看法已经定型。

A.J.想着他真的不能没有艾米，经过周密的计划，他决定利用《迟暮花开》宣传的机会，邀请艾米和她的母亲一起来。那年七月，A.J.和玛雅去了艾丽丝岛上唯一的一家珠宝首饰店。他们选定一枚20世纪60年代风格的戒指，中间有一颗钻石，底座是珐琅质的花瓣，就像一朵雏菊。虽然A.J.觉得这个戒指有点华而不实，但是正如玛雅所说，艾米喜欢花和让人开心的东西。

宣传活动如期举行，最后轮到艾米莉娅和她妈妈请作家在她们的书上签字。A.J.摸了摸口袋里的订婚戒指。现在时机恰当吗？不，太引人注目了。艾米莉娅坦诚自己与A.J.因书结缘的全过程。"那就是小说在你们身上产生的力量。"弗里德曼说。艾米莉娅端详他。"我想是这样。"她顿了一下，"只不过这不是小说，对吗？是真人真事。"

"是的，亲爱的，那当然。"弗里德曼说。

A.J.插话道："也许，弗里德曼先生是想说这就是叙事的力量。"

如果气氛继续这样下去，A.J.是时候掏出他的戒指了，但艾米莉娅的妈妈此时闪亮登场,一张口就表明了自己的态度。"也许,弗里德曼是想说以喜欢一本书为基础建立起来的一段关系算不上什么。"然后她又开始对弗里德曼进行挑衅,"玛格丽特·洛曼,我的丈夫也是几年前去世的。我的女儿艾米莉娅非要我在查尔斯顿丧偶者读书会读您的这本书,大家都觉得这书很精彩。"

紧接着,弗里德曼先生因为醉酒而呕吐起来,并且毒瘾大发,这一连串的事件让A.J.大跌眼镜。随后,A.J.跟着伊斯梅去送弗里德曼上轮渡,艾米则留下来收拾残局。在收拾的过程中,她与一个穿着精致、举止优雅的女人相谈甚欢,而她正是《迟暮花开》真正的作者利昂诺拉·费里斯。

每个人都有自己的无奈,送走了利昂诺拉,艾米莉娅让玛雅上床睡觉,然后给自己倒了一杯酒,心里斗争了一番,要不要告诉A.J这个惊人的真相。她不想打击A.J.为作家举办活动的想法,也不想让自己在他眼里显得愚蠢或者不够专业:她卖给他一本书,现在却揭露这本书是一部伪作。也许利昂诺拉·费里斯说得对,这本书在严格意义上是否真实并不重要。

十点过后不久,A.J.回到住处,简短的对话后,艾米起身要走。"不,等一下,再待一会儿吧。"他突然从口袋里掏出那个盒子扔给她。"快点考虑!"滑稽的是盒子仿佛故意要开一个玩笑,直接就砸在了艾米的额头中央。

"我是想让你别走,我以为你能接住,对不起。"他走到她眼前,吻她的额头。然后他捡起盒子,单膝跪地说出了属于

A. J. 特有的求婚告白"我们结婚吧"。

他带着几乎是痛苦的表情说:"我知道我被困在这个岛上,我穷,是个单身父亲,做生意的收入越来越少。我知道你妈妈讨厌我。在主持作家活动这方面,显然我表现糟糕。"

"这样求婚挺怪的,"她说,"先说你的强项嘛,A. J. 。"

"我只能说……我只能说我们会找到解决办法的,我发誓。当我读一本书时,我想让你也同时读,我想知道艾米莉娅对这本书有什么看法。我想让你成为我的。我可以向你保证有书、有交流,还有我的全心全意,艾米。"

透过文字,我们也能感受到来自A. J. 那一颗真诚到有些笨拙的真心,艾米知道他说的一切都是真心话。而真正爱一个人,你也会想去保护他,保护他的骄傲、他的自尊心。艾米也是这么做的,她决定保守弗里德曼是个冒牌货这个秘密,因为这是A. J. 犯下的一个小错误,他并没有识破这一点。

第二年秋天,就在树叶变黄后不久,艾米莉娅和A. J. 结婚了。他们的婚姻最可贵之处在于他们都知道对方绝对不是十全十美,但两个真正长大的人,因爱和了解做出了坚守与选择。

A. J. 提议过邀请利昂·弗里德曼来参加婚礼,艾米莉娅拒绝了。但他们商量好让艾米莉娅大学时的一位朋友在婚礼上读《迟暮花开》中的一段。那段文字是这样的:

因为从心底害怕自己不值得被爱，我们独来独往，然而就是因为独来独往，才让我们以为自己不值得被爱。有一天，你不知道是什么时候，你会驱车上路；有一天，你不知道是什么时候，你会遇到他（她），你会被爱。因为你今生第一次真正不再孤单，你会选择不再孤单下去。

而生活有时就是这样，它一遍遍打击你，让你变得孤单，觉得无人去爱，不值得被爱。或许也会有多多少少的疑虑，自己等的人是否会出现，是否真的能嫁给爱情。但没有人是一座孤岛。正如A.J.遇到艾米，我们也终会遇到那个人，她走近你、照亮你，拥抱你、温暖你。而你爱她并不是因为她符合你的标准，是当她出现以后，她就成为你的标准。

Day5.
别把一个对你好的人弄丢了

生活总是这样,有人欢喜有人愁。A. J. 和艾米幸福牵手,走进婚姻殿堂,而在幸福海岸的对面却有伤心人。伊斯梅为A. J. 重遇幸福而开心,但婚礼本身让她感到煎熬,毕竟这让她觉得她妹妹似乎死得更彻底了,也让她无法不想起自己的种种失意。

她44岁了,嫁给了一个长得太帅的男人,可这个男人已经不再爱她。她一个人来到冰冷的海水边,想要和玛雅的妈妈一样以相同的方式结束自己的生命,幸好被及时赶到的兰比亚斯发现。但她还是不想再继续这种无望的日子,她已经流产七次。她还知道玛雅是丹尼尔和玛丽安·华莱士的私生女,虽然丹尼尔极力否认。在回家的路上,她决定跟丹尼尔摊牌,但二人却不幸遭遇车祸。

玛雅的创意作文课作业是"一个你渴望了解更多的人",这让她觉得无话可写。艾米建议她写过世的妈妈,而这也勾起了艾米对母亲的怀念。艾米的妈妈两年前去世了,尽管以前两人的关系有些紧张,但艾米还是出乎意料地想她想得心痛。她想到妈妈一直到去世前,每隔一个月都会给她寄来新内衣。而

A. J. 建议她写丹尼尔，以一个"已经亡故的人"这样的主题。玛雅在A. J. 的启发下，基于自己的人生经历，写出了短篇《海滩一日》，但只得了三等奖，这似乎让玛雅有一丝丝失落。回家的路上，艾米祝贺玛雅，而A. J. 却什么都没说，这让玛雅认为A. J. 恐怕是对她感到失望。但就在他们下车前，A. J. 说："这种事情从来就不公平。人们喜欢他们所喜欢的，那样很棒，也很糟糕，事关个人趣味和某一天特定的心情。但是我真切地知道：玛雅·帖木儿·费克里的《海滩一日》是由一位作家写出来的。"

最后他与玛雅握了握手，就像他跟一位同事打招呼那样，更像是对待来到书店的一位作家一样。他用批判的眼光看待事物，用踏实的态度对待生活。这样的父亲所给予的父爱，会让孩子拥有更广阔的视野和格局，所以玛雅可以勇敢坚定地告诉自己：父亲跟我握手的那天，我知道我是一名作家。

A. J. 和艾米的婚后生活过得不错，书店的生意也在平稳中有着可观的收入。他们还计划买房，因为玛雅已经长大，原来的空间对她来说显得那么狭小。就在那个学年结束之前，A. J. 和艾米莉娅付了一幢房子的订金。

伊斯梅再次出场时，身着一条白色拖地长裙，突出了她纤细的腰身，她还活着。正在参加警察精选读书小组活动的兰比亚斯，不由自主地盯着她。丹尼尔·帕里什去世好多年之后的这一天，经过长久等待的兰比亚斯终于迈出决定性的一步，他托A. J. 向伊斯梅发出约会的邀请。

几天后的一个晚上,伊斯梅和兰比亚斯在科拉松餐馆吃饭。她点了一份海陆大餐和金汤力。她觉得自己不需要表现出女人味,因为她怀疑不会有第二次约会了。也许正是这样的放松随意,反倒让他们更真实地了解彼此。兰比亚斯表达了自己对伊斯梅长久的爱慕,而伊斯梅也谈到了她梦想中的角色。

一个生活在遥远地方的女人,印度或者曼谷。她离开自己的丈夫又或者她从未嫁人,因为她睿智地知道婚姻生活不会适合她。她喜欢旅行和冒险,喜欢描写旅馆、贴着标签的行李箱、食物、衣服和珠宝。有点浪漫,但又不过分。理想的背景是20世纪20年代或是40年代,结尾可以是快乐或悲伤的,只要合情合理。她可以安定下来,也许做点小生意,要么她可以投海自尽。

投海自尽的女人第二次出现在小说情节中,第一次是玛雅在获奖短篇《海滩一日》的结尾写道:她曾是游泳队的,表现出色,曾在中学时获得过州里的冠军。那天,海浪滔滔,海水冰凉,而玛丽早已疏于练习。她游了出去,游过灯塔,但她没有再游回来。

饭后,他们一起来到伊斯梅的家里。他们谈起那场车祸,伊斯梅向他展示了自己因车祸遗留的伤疤以及骨折的小腿。而丹尼尔在那次车祸中承受了最重的撞击——死亡。

第二天早晨,当伊斯梅去给兰比亚斯做早餐的时候,也许出于一个警察的职业习惯,他开始打量这间屋子并翻看一些物品。一个惊人的发现浮出水面,在伊斯梅摆放有序的个人物品中间,有一个很小的粉红色儿童背囊。他的警察目光锁定了那个儿童背囊,因为它跟那里有点不协调。他知道自己不应该,但还是把它抽了下来,里面的拉链袋里有蜡笔和几本涂色书。他拿起那本涂色书,封面上写着"玛雅"。涂色书下面是另外一本书,薄薄的,更像是一本小册子。兰比亚斯看封面:

帖木儿及其他诗歌
一位波士顿人　著

封面有一道道蜡笔画过的痕迹。此刻的兰比亚斯无比震惊与矛盾:一面是警察的职业素养,而另一面是自己心爱的人与诱人的烟火气。思索良久,最终理智败给了情感。兰比亚斯认为警察渐老时,要么喜欢多嘴,要么反过来。他已不像年轻时那么顽固了。他老了,但对这个世界有着更深的理解与包容。

在和伊斯梅吃早餐的过程中,他还是自然地和她聊起玛雅的文章以及玛雅,最后兰比亚斯说:"我总是纳闷,玛雅的妈妈为什么选了艾丽丝岛。"而伊斯梅也许是想要将这个秘密永久埋葬,所以她的回应是"谁知道人们做事情时都是怎么想的?"正如伊斯梅的幻想,每个女人的内心,也许都有这样一个既文艺又不接地气的女性设定,她仿佛生活在空中楼阁,精致华丽且不可企及。

Day6.
接受失望,才能重整旗鼓

A. J. 的母亲在圣诞节时来到了艾丽丝岛,她退休后的大部分时间都在亚利桑那州度过。她已经70岁了,信奉的是要尝试新事物,否则还不如死了。

A. J. 的母亲豁达潇洒,这也是A. J. 会拥有如此胸怀和教养的原因。她还给他们带来三个电子阅读器作为礼物,并教育A. J. 要跟上时代。"最快变老的方式,就是在技术上落伍。"这是她对A. J. 的建议。

可是A. J. 却不以为然:"我干吗一定要跟上时代?时代有什么了不起?"他甚至有些反感时代,他认为是时代让世界上的好东西一点一点被割走。首先是唱片店、录像带出租店、报纸和杂志,现在目光所及之处,甚至那些大型连锁书店都在面临着消失的危险。所以A. J. 愤怒了,尽管他做了深呼吸,喝了一大口水。

他的母亲很少来,他不想破坏他们在一起的时光,但他还是感觉自己的脑子紧紧地顶着颅骨。"对不起,A. J.,"他的母亲说,"我不知道你对这件事有这么大的意见。"而艾米则认为他这样不仅很没礼貌,更重要的是他不能认清现实,表现得好像那些电子阅读器不存在似的，那根本不是处理事情的方法。

那天夜里在床上时，A. J. 还在谈论电子阅读器："你知道电子阅读器真正的问题在哪儿吗？"

"我想你正要告诉我呢。"艾米莉娅说，并没有从她正在看的纸质书中抬起头来。

"每个人都觉得自己品位不错，但是大多数人并没有好品位。事实上，我个人觉得大多数人的品位都很糟糕，如果由着他们自个儿来——完全由着他们自个儿来——他们会读垃圾书，而且分不出差别。"

"你知道电子阅读器哪一点好吗？"艾米莉娅问。

"不知道，'乐观派女士'，"A. J. 说，"而且我也不想知道。"

"电子阅读器可以让那些步入中年，视力存在各种问题的人想把正文放多大就放多大。"

A. J. 一言不发。艾米莉娅放下书，得意地微笑着看着丈夫，然而等她再留意去看时，那一位已经呆住了。A. J. 正遭受他的间歇性发作，这些发作让艾米莉娅感到不安，虽然她提醒自己不用担心。过了一分半钟，A. J. 恢复过来。"我一直有点远视，"他说，"这跟步入中年无关。"

A. J. 发现自己又一次失去了意识，尽管他说这是从小时候起就存在的问题，但艾米还是很担心。因为在她心中他太重要了，他是玛雅的爸爸，是她生命中的爱人，还是这个社区的文化传播者。

圣诞节和新年都过去了,A.J.的母亲愉快地回到了亚利桑那州;玛雅又去上学了;艾米莉娅也回去工作了。A.J.想,节日假期真正的礼物,是它有结束之时。他喜欢按部就班,喜欢早上做早餐,喜欢跑步去上班。他跑过了伊斯梅家的房子,以前她跟丹尼尔住在那里,现在跟兰比亚斯一起住,真是不可思议。

他跑过了丹尼尔丧命的地点;他跑过了以前的舞蹈房,那位舞蹈老师叫什么名字?他知道她前不久搬去了加利福尼亚,舞蹈房那里没人。他想知道以后,谁会来教艾丽丝岛的小姑娘们跳舞呢?

他跑过了玛雅的小学,跑过了她的初中,跑过了她的高中。高中,玛雅有了男朋友,那个姓弗内斯的男孩会写东西,他听到他们整天都在争论。他抄近路穿过一块田野,快要到达威金斯船长街时,他失去了知觉。

当时室外只有零下五六摄氏度,他醒来时,手部挨着冰的地方变青了。这使他不得不到医院进行检查,结果被诊断为多形性胶质母细胞瘤,一种极为罕见的肿瘤。医生建议他马上动手术,但手术的费用几乎跟他们买房的订金一样高。A.J.更关心的是如果做手术,能给他买来多少时间,以及有没有变成植物人的可能。

对此医生的回答是,他可能会偶尔出现言语失误,失语症越来越严重等。而他们也不会取出那么多,以至于让他很大程度上不是他自己了。但如果不治疗，肿瘤会影响大脑语言中枢直到完全失灵。

在回艾丽丝岛的路上，A. J. 一直在考虑玛雅上大学的费用和艾米莉娅是否有能力支付他们买了不到一年的那幢房子的分期付款。等他走到威金斯船长街上时，他想好了，如果做手术会让他最亲近最心爱的人一文不名，他宁可不做手术。

他找到兰比亚斯，诉说了自己内心的伤心与矛盾。他不想成为所爱之人的负担，只想以最快的方式了结自己。

那天晚上回到家，兰比亚斯同伊斯梅说起了A. J. 的病情，并坦诚自己知道衣柜上的书包以及里面的书，现在最重要的是把它还给它的主人，因为他需要那笔钱。震惊中，伊斯梅向兰比亚斯说出了当年关于《帖木儿》的所有事实。

第二天夜里，就像过去十几年里每个月的第三个星期三一样，警察精选读书小组在小岛书店举行活动。按照惯例，兰比亚斯提前到书店来准备，也跟A. J. 聊聊天。

"我看到这个放在门口。"兰比亚斯进门时说。他把一个内有衬垫的马尼拉纸信封交给他的朋友，信封上写着A. J. 的名字。

A. J. 认为那无非又是一本样书而已，兰比亚斯则劝他看看，说不准这是一本超级畅销书呢。A. J. 决定把它加入那一堆他大脑失灵前要读的东西里。此时的他感觉自己就像是个在约会阶段待了太久的女孩，已经有过太多次的失望，得到过太多次的"非她莫属"这样的允诺,但从来都不是。他悲观而且愤怒。在痛失前妻和宝贝《帖木儿》之后,他用了好久才将自己修复,也终于遇到此生对自己最重要的两位至亲至爱之人。

可现在他又一次遭受人生的重创,命运似乎格外希望给他多一些考验,又或者是给他多一些体验幸福与珍贵的机会。也许正如A. J.所说:我们得去相信,我们时常接受失望,这样我们才能不断地重整旗鼓。

Day7.
到了最后,我们是作品全集

《帖木儿》以高出估价的价格被成功拍卖,这笔钱刚好够支付A.J.的手术费及第一轮化疗费用,但A.J.仍有疑虑,他还在考虑这笔钱也许用来支付玛雅大学的学费会更好。而玛雅则坚定、勇敢地表示,自己可以依靠自己的力量申请到奖学金,并且她将以自己的经历为背景写一篇悲伤的入学文章。

但是对于手术,A.J.仍然是犹豫与退缩的。

"你觉得我真的应该做这个手术吗?"他问艾米。

艾米的态度是坚定的:"是的,我觉得你应该。"

"为了大有可能是很糟糕的两年,花这钱真的值得吗?"他问艾米。

"值得。"她边说边抓起了他的手。

"我记得曾经有一个女人告诉我情趣相投的重要性;我记得曾有个女人说她跟一位名副其实的美国英雄分手了,因为他们话不投机。那也可能发生在我们的身上,你要知道。"A.J.说。

此时的艾米情绪激动,她不仅爆了粗口,甚至哭了出来。

"噢,别哭了。我不需要你的同情。"A.J.以他的方式安慰道。

"我不是为你哭，我是在为我自己哭。你知道我花了多久才找到你？你知道我经历了多少次糟糕的约会？我不能，"这时她已经泣不成声了，"我不能再上婚恋网站了，真的不能。"

"'大鸟'——永远要往前看。"A.J.继续安慰道。

"'大鸟'。这是怎么……？我们走到这一步，你不可以起外号！"

"你会遇到某个人的，我就遇到了。"

"浑蛋。我喜欢你，我习惯了你，你这个浑蛋。我不想再去认识新的人。"

手术如期进行，苏醒后，A.J.发现他仍然能想起单词，虽然他过了一阵子才意识到。

手术之后，他被送到医院的一幢单体侧楼里，进行了为期一个月的放射治疗，并且不能接受探视。这是他有生以来最孤独的一段时间，比妮可去世后的那段时间还要孤独。放射治疗结束时，肿瘤学家发现他的肿瘤既没有缩小，也没有长大。肿瘤学家给了A.J.一年时间并提醒他，他的说话能力和其他一切都很有可能会退化。A.J.觉得医生的说话声音活泼得不合时宜。无所谓了，可以回家，A.J.挺高兴的。

回到家的A.J.，并没有奇迹般地痊愈，阅读对他来说已经变得困难。除此之外，说话和写字的能力也大大衰退，他只能够勉强读一些短篇。他可以靠自己的意志和对女儿的爱，每天写一段话给玛雅,因为他想告诉她一些很重要的事情。

"痛吗?"玛雅问。不,他想。大脑没有痛觉,所以不疼。到头来,大脑失灵的过程是个奇怪的无痛过程,他觉得那应该更痛才对。

"你害怕吗?"玛雅又问。不害怕死,他想。但是有点害怕他所处的这一阶段。

玛雅哭了起来。

"玛雅,我们会成为我们所爱的那样,是爱成就了我们。"他终于竭尽自己的全力说出这句话。

玛雅在摇头:"爸爸,对不起,我听不明白。"

"我们不是我们所收集的、得到的、所读的东西,只要我们还活着,我们就是爱,我们所爱的事物,我们所爱的人。所有这些,我认为真的会存活下去。"

也许玛雅还太小,她仍然无法理解A.J.所说的话的含义,但是至少此刻,他们是被爱包围的。这爱让他们成就了对方,更成就了自己。

A.J.还是走了,在他的葬礼上,每个人的脑子都有同一个问题,那就是小岛书店将会何去何从。人们怀念A.J.,所以为书店的未来而担忧。艾米也不知道书店的未来该何去何从,她的工作使她无暇经营书店。她也尝试卖掉书店,可始终没有买主出现。所以如果继续这样下去,到夏天结束时,小岛书店就会关门。

兰比亚斯和伊斯梅最终决定接手小岛书店并继续经营下去，因为他们对书籍更是对这个地方有着深深的眷恋与热爱。他们太多的故事与这个地方有关。他们还对书店做出了许多新的规划，比如开设咖啡角，将地下室打造为戏剧室。

卖掉书店后的几年，艾米决定离开奈特利出版社，因为玛雅很快就要高中毕业了，而她也厌倦了频繁的出差。在离开前，她像她的前任哈维·罗兹所做的一样，为所有订货频繁的客户写了笔记。她把小岛书店留到了最后。

> 小岛书店，老板：伊斯梅·帕里什（以前是学校教师）和尼可拉斯·兰比亚斯（以前是警长）。
>
> 兰比亚斯是个了不起的销售，特别是在犯罪小说和青少年小说方面。帕里什——她以前负责学校里的戏剧俱乐部——可以指望她举办一流的作者活动。
>
> 这家书店里有个咖啡角、一个舞台，网上销售的表现也很不错。所有这些，都建立在A. J. 费克里所打下的基础上，这位前老板的品位倾向于文学类。这家书店里仍然有很多文学小说，但是他们不会进卖不动的书。

当然这并不是艾米的初稿，而被她删掉的部分如下所述：

> 我全心全意地爱着小岛书店。我不相信有上帝，我没有宗教信仰，但这家书店对我来说，是最接近我这辈子

所知道的教堂的地方。这是个神圣的地方,有了这样的书店,我有这样的把握说,图书销售业还会继续存在很长一段时间。

——艾米莉娅·洛曼

小岛书店的故事将会继续传承下去,那个笔记本上也会留下一代又一代继承者关于这个地方的记忆与热爱。正如A.J.所说:"我们读书,然后就不孤单。"阅读所带给我们的不仅是让我们不再孤单,更是让我们可以直面孤单并享受它。也正如A.J.所说:"我们并不完全是长篇小说,也并不完全是短篇小说。到了最后,我们是作品全集。"

《尘埃落定》

置身其中,又超然物外

阿来

　　《尘埃落定》是由作家阿来创作,于1998年出版的长篇小说。这部小说从成文到最后的发表,历时四年。小说一经出版就广受好评,同时也使阿来成为茅盾文学奖有史以来最年轻的获得者。

　　小说中形形色色的人物角色,神秘而又陌生的土司制度,以及对白花花的银圆和对权力的狂热欲求,无一不在撩拨着读者阅读的心。

　　茅盾文学奖授奖词这样评价这部作品:语言轻巧而富有魅力,充满灵动的诗意,显示了作者出色的艺术才华。

MAI JIA READING WITH YOU

扫码收听本书音频

Day1.
一个傻子的逆袭，藏着一个时代的兴衰

阿来是一个喜欢分享的作家，他总提到一个关键词——行旅。在行旅的过程中，世间的万事万物好像开始给阿来的文学创作注入力量，各式各样的花草植物，绵延起伏的大地阶梯等，都能在阿来的作品中找到身影。

阿来的创作是基于自己民族的骨血，他总是能够用自己的心和手，把故事和藏地的人们结合起来。他笔下的藏地是有人味儿的，不是单纯的概念化的神秘之地。

其实最开始西藏作为一个文学地理符号走进文学界的时候，我们容易将其等同于雪山、高原、喇嘛、宫殿等刻板印象。而阿来的创作无疑是打破了传统藏地文化传播的壁垒，让藏地文化以新的姿态走进读者的视野。阿来的作品让关于藏地的叙述，不是集中在模式化和符号化的表达，而是充分挖掘出藏地人们的感受和经历，从发现地点到发现人，推动故事情节的发展。

《尘埃落定》一共分为十二个章节，其中每个章节又由属于各个小章节的主题故事串联而成。书中提到的"土司制度"，是中国封建王朝为了统御少数民族专设的政治制度。小说中故事的发生地嘉绒藏区，数百年间几经变迁，一共有18位土司，这些土司在自己守地的身份类似于中央集权的皇帝，他们对自己土地上的所有人和物都有处置权。

在这种制度之下，人们因"骨头"自上而下地分为几个阶层，位于阶层之首的是土司，土司下面是头人，头人管理百姓，然后是信差，最后是家奴。当然其中还有一些人的地位是可以随时变化的，他们是僧侣、手工艺人、巫师、说唱艺人。

土司之间也常常会有纷争，小说就写到了原本属于麦其土司家边界的头人背叛麦其土司，率领着手下十多家人，投靠南边的汪波土司。两位土司协商不成，于是麦其土司为了排除异敌，带着自己常被人看作是聪明的、有能力的大儿子去往东方，寻求汉人的帮助。

小说故事的主角是麦其土司家的二儿子，也是一个被称作"傻子"的人，或许是因为他是麦其土司醉酒后同汉族女子生下的，又或许是他总是说出一些惊人的话，做出一些让人难以预料的事情。

小说一开始就展示了傻子二少爷的"奇怪"之处：侍女卓玛窃窃地说着主人听见泼水声浑身颤抖的不正常，为了避免责难，傻子二少爷出面打了个圆场；山上的春雪把画眉压了下来，傻子二少爷和几个家奴的孩子厮混在一起，去逮画眉，为了得到一块干净的、可以生火的空地，傻子二少爷命令家奴开始扫雪，可是家奴故意把雪踢到傻子二少爷的脸上，但是傻子二少爷也毫不在意。

回到官寨里，傻子二少爷的眼睛被雪地反射上来的强光给弄伤了，为了减轻土司太太对家奴的责罚，笃定地声称自己眼睛已经恢复，能够睁眼看见。真正的傻子应该是舒服就笑、难受就叫，根本不会在意别人的看法和意见。可是傻子二少爷一直用自己的"傻"和善良保护着他在意的人。

二少爷之所以被人看作是傻子，通过上述的故事情节，我们其实能够得到一些信息。尽管他是善良、单纯的人，也乐意和他手底下的人打成一片，但是在当时的社会背景之下，奴隶就相当于牲口，可以把他们当马骑、当狗打，就是不能把他们当人看。把他们当作是人来看待，不仅会被上层阶级看不上，同时奴隶阶级也会觉得奇怪。总而言之，傻子二少爷就是这么一个不被人"待见"的角色。

联想到鲁迅先生笔下的角色，比如《狂人日记》中的狂人形象。外界的议论之声，"足够吃掉一个人"，毕竟在他们看来，凡是和主流的理解、价值观相悖的行为，都是不应该存在于世的。"狂人"妥协了，变成别人眼中的一个"正常人"；而傻子二少爷尽管被外人看作是异类，却还是有自己的行为处世哲学。

Day2.
生命是一团欲望，欲望是最深的陷阱

嘉绒地区从地理位置而言，不是纯粹地属于今天的西藏自治区，而是处于向东靠近四川平原的高原平原过渡地带。独特的地理环境因素，也同样造就了独特的政治倾向，嘉绒地区的土司们有各自的政治选择。

麦其土司牢记祖辈的荫封是从清朝皇帝颁布的官印和一张辖区地图得来的，因此他决定和东边发生更多的联系。而汪波土司觉得黑头藏民都是顺着一根羊毛绳子从天而降，到这片高洁峻奇的土地上来的，因此他有理由相信他现在所得到的东西都是来自上天的恩赐，虔诚地去往拉萨进香礼佛，和西边保持友好的联系。政见的不合，加深了两大土司之间的敌视和矛盾。

麦其土司此次从四川军政府回来，带回了国民政府的黄初民特派员。黄特派员一开始并没有把土司放在眼里，甚至在土司太太面前把土司称为夷人。黄特派员打心眼里看不上野蛮民族的内部利益之战，但是迫于当时国家秩序的重建，才不得不来此地帮忙处理。他原本的态度是主和不主战，暧昧的处事态度弄得麦其土司心似油烹，于是立即请来喇嘛打卦。

喇嘛的卦象显示，失去的寨子能夺回来，但要付出代价，代价既不是人也不是钱，而是影影绰绰像火焰一样的花。

黄特派员的一片"好心"并没有得到珍视，汪波土司敬酒不吃吃罚酒，派遣信使送了一双令其滚蛋的靴子。这下黄特派员被激怒了，帮助麦其土司打造了一支藏地绝无仅有的新式军队，一举拿下了被汪波土司占领的寨子。

可是请神容易送神难！虽然战争取得了压倒性的胜利，但事后黄特派员好像并没有要走的意思，依旧住在麦其土司家的官寨里。麦其土司决定主动出击，探探口风。麦其土司问有什么是能够感谢政府和特派员的。黄特派员也欣然地说出了自己的条件——政府给土司提供罂粟种子种植，待到种子成熟便会用银圆来购买。说罢，黄特派员总算是离开了官寨。

"因为战争，这一年播种比以往晚了几天。结果，等到地里庄稼出苗时，反而躲过了一场霜冻。坏事变成了好事。"

麦其土司在围绕官寨的土地上，全部播下了罂粟种子，大家也都想知道黄特派员留下的种子会长出什么东西。两三个月的时间很快过去了，罂粟开花了，硕大的红色花朵令麦其土司的领地灿烂而壮观，之前喇嘛、活佛提到的关于夺回寨子需要付出的代价，像火焰一样的代价，仿佛也开始揭开了神秘的面纱，在众人的眼皮底下肆意生长，却没有人能够发现。

夏季的空气中弥散着罂粟花的香味，麦其土司率领众人去手下头人的寨子里消暑。当头人的老婆央金第一次出现在麦其土司的视野中，麦其土司就看上了她。于是他就命头人的管家多吉次仁暗杀了头人，将央金据为己有。

这片土地上但凡出现了这种情况，那么始作俑者就活该死于非命。火红的罂粟花，在雨水的冲刷中次第凋落。原先的花朵开始变成了一枚枚青色的浆果。麦其土司和他新拥有的女人正爱得火热，罂粟地里时时能看到他们的身影。

土司太太出于嫉妒，命管家多吉次仁杀死央金。为了毁尸灭迹，又命家丁队长杀死管家多吉次仁。阴差阳错，头人的老婆央金安然无恙，并成为土司的新太太，而死去的管家多吉次仁却被当作是叛徒，被行刑人尔依父子俩将尸体倒吊在行刑柱之上，受人唾弃。

是夜，多吉次仁的老婆点燃了麦其土司从查查头人手中夺来的寨子，随即投身于大火之中，而她的两个孩子许下了复仇的诺言，趁着夜色逃走了。

地里的罂粟开始成熟，田野中飘满醉人的气息。大地在藏族的固有观念中是最稳固的东西，其次就是土司国王般的权力。但就在罂粟开始成熟的时节，蛇虫频出，鸡犬不得安宁，原本沉寂不吉利的古老歌谣又重现于世。

寺庙里的济嘎活佛发现不吉的征兆频频出现，于是下山找到门巴喇嘛商量对策，希望让土司知道问题的严重性。固执的麦其土司原以为济嘎活佛是来教训他的，可是正当他们在楼梯上碰面的时候，顷刻间，春雷一样的声音从东方滚过来，接着大地开始摇晃，地震了。

从地理位置而言，小说中的嘉绒藏区属于印度洋板块和太平洋板块的交界处，按理嘉绒藏区的地震要远远多于汉地。那为什么声音会从东方而来？在《尘埃落定》中，汉人的世界被一个方位词给限定了——东方。东方代表着汉人的世界，地震同时隐喻着汉人的世界开始出现了力量足以撼动天地的变化。小说中一共出现了三次剧烈的震动，而封建的土司制度也正是在这三次震动中，一步一步走向灭亡。

这一次的地震对于麦其土司而言，好像是一次警示，地震也让麦其土司的头脑发生了地震，把他从混沌、放荡的深渊中拯救了回来。

地里的罂粟也到了该采摘的时候。就像是割胶一样，罂粟最值钱的部分不是热烈鲜艳的花朵，也不是青涩圆滚的果实，而是果实中浓稠乳白的液体。

自古以来，藏地人民对于白色的喜爱，是其他颜色不可比拟的。在土司的辖地上，人们的居所和庙宇的门楣、窗棂上，都垒放着白色石英，门窗四周都用纯净的白色勾勒；高大的山墙上，白色涂出了牛头和能够镇魔的金刚图案；房子的内部，墙壁和柜子上都是用白色的麦面绘制而成的。白色对于藏族人民来说意味着美好的祝愿和幸福的未来。

阿来的《尘埃落定》让人一眼能够看到的颜色就是白色，而且白色贯穿始终，白色的罂粟汁、白花花的银圆，以及后来的白军。如果说傻子眼中看到的白色，象征着好运、吉祥和憧憬，那么刚刚提到的白色就是异化的白色。这就很能让人思考，仅仅凭外在的表现形式，是不能轻易判断好坏的。

Day3.
越聪明的人，越容易被人生困住

　　黄特派员带回来的卫队，对鸦片的香味吸引过来的老鼠很感兴趣，他们喜欢吃老鼠肉，土司太太也加入了老鼠肉盛宴。傻子二少爷目睹了土司太太吃熏制好的老鼠之后，就开始害了一种怕老鼠的病。管家为了减轻他的恐惧，命小家奴索郎泽郎和小行刑人尔依跟着傻子二少爷。也是由此开始，索郎泽郎、小尔依和傻子二少爷开始成了形影不离的存在。

　　在黄特派员到来之前，麦其土司家迎来了两位传教士：一位是来自英国的查尔斯，另一位是从圣城拉萨来的、取得格西学位的高僧翁波意西。两位都想在这片土地上宣扬自己的教法，但是无论他们的教法有多么好，麦其土司都不会允许在他的土地上出现教权大于王权的情况。查尔斯意识到了这一点，便去了其他的地方传教，可翁波意西还是决定留下来，继续宣扬自己的教法。

　　时间流转，冬天快到了。原本大家不愿意挽留黄特派员，这一次却是盼星星、盼月亮似的，盼着他来。终于，他来了。正如他所说的，罂粟确实值很多银子，这些罂粟换来的银子足够让麦其家比历史上最富有的土司还要富裕。

同时，黄特派员也要求麦其土司拿出四分之一的款项，向他购买新式武器。正是这一举动，帮助麦其土司家迅速成为嘉绒地区第一战力，征伐、攻防不在话下。

罂粟真的给麦其家带来数不胜数的银钱，但就像荒原里的一块肉总是会引起狼群的注意，麦其家的经历也令其他土司眼红。

积雪消融，大路上出现了新的客人。各个相邻的土司，带着长长的由下人和卫队组成的队伍，来往官寨。土司们美其名曰是来串门、走亲戚，实际上想要得到令麦其家迅速致富的神奇植物的种子。

但是，身怀重宝的麦其土司又怎么肯把致富秘诀拱手相让呢？麦其土司家立即召开家庭会议，商议给不给邻居土司们神奇的种子。当三个聪明人都一致反对给其中任何一位一粒种子的时候，傻子二少爷又做出"神预测"——风或者飞鸟也会把种子带过去。当局者迷，旁观者清，可作为当局者的傻子二少爷，知道罂粟能够带来银圆，但同样也知道怀璧其罪，一味地保有巨大的财富，就会变成众矢之的，更何况有些自然规律是不被人为因素控制的。

土司们在麦其土司家碰壁，麦其土司因此也成了别的土司仇恨的对象。春天到了，仅剩下一个土司，自始至终还没有露面，那就是汪波土司。聪明的哥哥预测汪波土司会派人来偷罂粟种子。不出所料，正在麦其土司安排防范外人偷窃罂粟种子的时候，麦其土司手下的英果洛头人抓住了汪波土司派来偷罂粟种子的贼。

按惯例,行刑人要把窃贼处以极刑——砍头,可是为了表彰他对自己主子忠勇的行为,聪明哥哥派人把他的头颅送回了他的家乡。

一切都看似正常,唯一不正常的是,傻子二少爷发现砍掉的人头带着胜利者的笑容,不仅丝毫没有对死亡的恐惧,而且还有着讥讽的意味。

故事也就在这个时候悄然发生了变化。土司家儿子成年后必需的一课,就是到自家的领地上巡行一次,傻子二少爷也不例外。这一次的出行,第一次让傻子二少爷了解,麦其家土地有多么辽阔,这也是他第一次品尝到了地位和权力的味道。

每到一个地方,头人都会带着百姓出来迎接。在远处时,他们就吹起喇叭,唱起歌谣。近一点,人群就在马队扬起的尘土里跪伏下去,等傻子二少爷下了命令,他们才能从地上站起来。

"开始的时候,我总是被尘土呛着。下人们手忙脚乱为我捶背,喂水。后来,我有了经验,要走到上风头,才叫跪着的人们起身。"

傻气只是他身上披着的保护壳,傻子二少爷心里想什么就可以说什么,比如,当管家拿一些传统礼法想要钳制他的行为时;当傻子二少爷叫人验毒的行为伤害了忠心的头人时;当春季飞禽走兽都在怀胎哺乳,他却执意要去山中狩猎时,所有这一切他都可以用一句"你们不要太在意我,我就是那个人人知道的土司家的傻瓜儿子"来化解。

他仗着别人不能为难一个傻子的社会共识，说出了聪明人不敢说出的话，做出了聪明人不敢做出的事。巡游的脚步依旧未停，春季结束，巡游队伍才仅仅到麦其家领地的一半。

嘉绒地区的夏天如约而至。这个夏天，傻子二少爷的队伍到了南边和汪波土司领地交界的地方。在队伍打马经过边界的时候，顺着傻子二少爷的手，管家看到了原本只属于麦其土司家的罂粟花。

只见三棵罂粟花特别茁壮地挺立在路边的杉树下。当傻子二少爷一行人发现罂粟花的一瞬，原本汪波土司家暗伏不动的杀手率先出击，想要了结发现这件事情的人。一阵疾风骤雨的枪战过后，对方的四个杀手全部死于大树之下，蜷曲着身子，十分古怪。傻子二少爷命人用刺刀往罂粟花的根部挖掘，发现三棵罂粟花底下是三个人头。

三朵开在边界的花，既是汪波土司用来纪念他的英雄的方式，又是诅咒麦其土司家的手段。傻子二少爷取消了本该持续到秋天的巡游，快马加鞭，回到官寨。原本议论是否要把罂粟种子分给其他土司的家庭成员，再次聚集在一起。

阿来在《尘埃落定》中会给一些人物前边加修饰语，可小说里角色的所作所为和他的修饰前缀是相反的，这样的反差带着些许荒谬感的阅读体验。

聪明的哥哥听到死人的耳朵里开出了花,他的反应比谁都激烈。直到麦其土司开腔,"好像不是人栽进去,而是它自己长起来的。"聪明的哥哥才勉强接受了这个事实。原来在阿来构筑的世界里,聪明的人指的是没有自己的想法,仅附和于权威的应声虫;而傻的人就是对世界充满好奇,能够把发生在身边的事联系起来看的开拓者。

Day4.
少有人走的路，是勇敢的选择

麦其土司家的强大离不开罂粟交换而来的银钱，所以罂粟倒伏，麦其土司家的地位也就不保了。倒伏指的是庄稼受到自然灾害的影响，原本直立生长的作物，全株倾斜或倒在地的现象。倒伏会导致庄稼的减产甚至是绝收，最终造成粮毁民亡。

所以在那个主要是自给自足小农经济的社会背景之下，罂粟在生长最旺盛时被鸡蛋大的冰雹所倒伏，是那个时代的人能够想出来最狠毒的诅咒。

由这个诅咒开始爆发了一场前所未有的战争——罂粟花战争。这场战争是不是有必要呢？土司太太说出了傻子二少爷曾经说过的话，"一种植物的种子最终要长到别的地方去，我们不该为此如此操心，就是人不来偷，风会刮过去，鸟的翅膀也会沾过去。"

傻子二少爷当时说出这话的时候大家都嗤之以鼻，但是当土司太太提出相同论调的时候，得到的却是相反的结果，麦其土司前所未有地重视了起来。

第一回合，汪波土司在南方边界上积聚大批神巫，朝向北方开始作法。麦其土司家的巫师主要是以门巴喇嘛为主，统率手下的其他巫师，在仅低于官寨的行刑人尔依家筑起法坛，开始斗法。第一回合，门巴喇嘛请神成功，化雹为雨，略胜一筹。

第二回合，是麦其土司主动发起冰雹的进攻。这一回合作法的效果并不是作用在自家领地上的，所以并没有第一轮斗法的紧张刺激感。不过三天后传来消息，冰雹倒伏了汪波土司辖地的庄稼，洪水冲毁了他们的果园。

第三回合，是土司双方单纯的武器较量。麦其家靠着先进的武器，把汪波土司家有关罂粟的踪迹扫荡一空。这一次战争的胜利，离不开喇嘛、活佛的努力。但是在新派僧人翁波意西看来，身披袈裟却受人差遣的行为是令人十分不齿，令信仰蒙羞的。这些人是失去了对神灵、真理信仰的人，变成了只懂得仰人鼻息的奴仆。翁波意西认为，凡是有黑头藏民的地方就只能归顺于一个中心——拉萨。于是他便与济嘎活佛展开了辩论，最终的结果是济嘎活佛输了，但是翁波意西的观点惹怒了麦其土司，麦其土司决定割去他能言善辩的舌头，并把他变成奴隶。

辩论输了的活佛也失去了心怀天下、兼济众生的心，他没有像自己往常一样去强烈地建言献策和拯救需要帮助的人，而是叫翁波意西放心地死，死后的灵魂会被收服，做麦其家的护法。翁波意西在牢房里说："为什么宗教没有教会我们爱，而是教会了我们恨？"

翁波意西怀着满心的希望，不辞辛苦地传教，希望可以通过思辨、正反合在矛盾中找到自己的本心，放下对别的教派的仇恨，但是别的教派的信徒却不会放过他。

翁波意西在失去舌头之后，也失去了方向。傻子二少爷却知道他的方向在哪儿，甚至知道他接下来的路该往哪里走。傻子二少爷给翁波意西送来了早前麦其家有书记官时，最早的三个麦其土司的事迹编撰成的史书。在那以后就再也没有书记官这个职位，同样麦其家自那时开始也就没有历史了。

翁波意西在看了傻子二少爷给的书以后，写了一封长长的，请求傻子二少爷转交给土司大人的信。信件的内容是，翁波意西想要成为麦其土司家的书记官。麦其土司考虑过后认为他自己已经是有史以来最强大的麦其，需要给后人们留下点银子之外的东西。

以往的麦其土司在最鼎盛之时，受到荫封才衍生出了书记官这个职位，为的是记录下麦其家的故事。但按照翁波意西所说，他想亲眼见证并记录下土司制度的瓦解。在这个时候，麦其家如日中天的时候，没有人能够听得进去翁波意西的话。

麦其土司最终却同意了他的要求，麦其家书记官的传统在中断了很多代之后，又恢复了。翁波意西也确实尽到了他作为书记官的职责。

尽管麦其家发动了几次的战争，保卫罂粟的独家种植权，但没过多少年，也不知道是微风和飞鸟，还是其他土司运用了什么不为人知的手段，总之十八位土司的领地上都开满了罂粟花。

原来的贵客黄特派员已经不复以往的荣光,现在是联防军的姜团长和土司们在打交道。姜团长和原来黄特派员的理念相悖:黄特派员是希望一家独大,控制其他的土司;而姜团长则是让所有的人都有罂粟、枪械,这样选择权就能牢牢地攥在自己的手上。

也正如他预料的那样,火红色的花朵遍布土司们的领地,土司们为了银圆,不惜挤占了粮食作物的生长用地。没过几年,弊端显现出来了。原来值钱的鸦片这个时候变得不值钱,而往年粮食的甜味也渐渐地消失,百姓就要饿肚子了。

Day5.
每一个选择,都可能是一场豪赌

冬去春来,又到了播种的季节,南方的土司已经早早地种下了大片的罂粟,麦其土司家夹在中不溜的地位,一时间没有办法下判断,到底是和大家一样种罂粟赚银圆,还是选择种粮食,养活喂饱手下的百姓。

在当时的社会背景之下,交流沟通是存在媒介真空带的,彼此之间也存在巨大的信息差,土司一个小小的选择,实际上是一场豪赌,没有人能够提前预判选择所谓稳赢的结果,毕竟没有人能抵御金钱的诱惑。

麦其土司拿着应该选择种粮食还是罂粟的问题,来问聪明哥哥和傻子二少爷的意见,聪明的哥哥选择种罂粟,听到他的答案,麦其土司不置可否;而傻子二少爷心中却是早已拿定了主意,借着侍女的嘴,说出自己内心真正的答案——种粮食。麦其土司称得上是一位好的领导人,在一次又一次的决策中,他能发现,聪明的哥哥其实缺乏敏锐、正确的判断力,而痴傻的弟弟却总是能不在意别人的看法,选择正确的路径。

所以,他对土司太太说:"你儿子叫我操心了。"如果傻子二少爷真的是一个傻子,那么麦其土司根本就不会为难,选择继承人时直接选择哥哥就好，可现在他得好好地想一想了。

"又是一个秋天，小麦丰收，接着晚秋的玉米也丰收了。"

麦其家粮食的储量已经让满得不能再满的一个仓房爆开了，傻子二儿子给出的建议是：免除百姓一年的贡赋。傻子二少爷能够体察民情，可聪明的哥哥却不以为然，他持有相反的观点。毕竟聪明哥哥只有通过战争才能显示出他善战的实力，况且他对局势也丝毫没有认识，总是像个"傻子"一样沉浸在自己的世界里。

麦其土司又一次采纳了傻子二儿子的建议，并且命令大儿子去往南方边界和北方边界修建两幢大房子。但是关于修建这两幢大房子的意图，聪明的大儿子不清楚，傻子二儿子却了然于胸。不久后，土司们的选择就能在广袤的康藏大地上看见端倪。

春天刚刚来临，山口的积雪还没有完全融化，当年寻找罂粟种子的人就挤满了曾经的路，这一次他们带来的交换条件不是婚约和女人，他们带的是银子和罂粟，希望换回麦其家的粮食，毕竟只有麦其家的谷仓是满满的。明明不是荒年，却因为所有的土地上都种满了罂粟，人为爆发了前所未有的大饥荒，麦其土司要等到其他土司愿意付出十倍的代价，才愿意给予他们粮食。

麦其土司把两个儿子召集在一起，分派他们各自前往南方和北方。麦其土司吩咐严守这两个仓库，直至有人愿意出十倍的价钱购买粮食。傻子二少爷带着他的部下前往北方，他意识到了在罂粟花战争之后，还有一场麦子战争在后面等着他们。

久违的粮食霉烂散发出来的香甜之气，出现在这个饿殍遍野的春天里。傻子二少爷参加这次麦子之战，并没有用到真刀实枪，他就是命令原来的侍女、现在的厨娘卓玛，架起炒锅，翻炒麦子。很快麦子的香气向远方的原野飘去，吸引一批又一批的人来到堡垒，傻子二少爷在这个时候给予他们粮食，给了饥民们活下去的希望。

傻子二少爷在这一次又一次的经历中得到了成长，每天早上起来，他都会问自己两个问题：我在哪儿？我是谁？其实，这两个问题看似简单，却是很多哲学家历经一生都在尝试寻找的答案，傻子二少爷正在尝试自身的角色转换，从自然人到社会人的转变，社会人需要的是身份认定和自我归属。

堡垒里面迎来了两批北边来的客人，拉雪巴土司和茸贡女土司。前者知道是傻子二少爷来北方的堡垒里管理，原本是轻视的，但是在和傻子二少爷真正的交谈中，才知道这个"傻子"不好惹；茸贡土司则采取怀柔政策，想要把自己的女儿，康藏大地上最美的女子嫁给傻子二少爷，换取粮食。

傻子二少爷看起来是沉溺在女人的温柔乡中，忘记了父亲的嘱托——"唯有出得起十倍的价钱才能把粮食交给对方。"反观聪明的哥哥，还是执拗盲目地崇拜武力和枪炮，尽管他让汪波土司失去了一只手臂，但是他因为过分地往汪波土司领地推进行军队伍，导致南方的堡垒因人手不够而失守，里面的粮食也被夺走了一大半。

麦其土司并没有对傻子二少爷的决定提出质疑，只是问："告诉我爱是什么？"

"就是骨头里满是泡泡。"

"你这个傻子，是泡泡都会消散。"

"它们会不断冒出来。"

理想的爱情是不断更新、生长、创造的，傻子二少爷仿佛是初尝爱的滋味，甜蜜的爱情把他包裹了起来。

这里所说的泡泡，是把骨头放置在沸锅里，那种伴随着热烈滚烫的汤水一起翻涌上来的泡泡。沸锅下的炉灶不灭，泡泡也就不会消散。爱就是这样，情不知所起，一往而深。

茸贡土司得到了她梦寐以求的粮食，但是在半路上却被拉雪巴土司给抢走了。麦其土司派人在山里设下埋伏，等待拉雪巴土司出来强抢茸贡土司的粮食。这件事麦其土司并没有事先告知傻子二少爷，傻子二少爷却通过自己的观察猜到了几分，在混沌之中仿佛又受到了神灵的感召，听到了一声巨响。

随即，他翻身就起，大叫"开始了，开始了"，可是众人都不为所动，不一会儿，山谷方向传来激烈的枪响。这个时候，麦其土司对着管家大叫："他预先就知道，他比我们先知道，他是世界上最聪明的傻瓜。"这一句话是麦其土司对傻子二少爷之前所有正确判断的肯定，也是对自己的肯定，因为他已经意识到傻子二少爷并不是真正意义上的傻子,他是能预见未来的先知。

麦子战争终归是告一段落,傻子二少爷开始着手做他自己想做的事。他再一次喂饱了绕着堡垒四处游荡的饥民,并且把原来四方形的堡垒拆除了一面,让这个焕然一新的建筑和整个宽阔的原野连成了一片。

授人以鱼不如授人以渔,傻子二少爷分发给他们足够度过饥荒的粮食,还有来年的种子。饥民们感受到了傻子二少爷的仁爱之心。尽管藏地上的流言蜚语传播得比卓玛烹煮的饭菜香味还要快,尽管大家都知道他是麦其土司家出了名的傻子二少爷,大家还是自觉地围绕在他的周身,把他看作是救苦救难的神。

Day6.
人不自持，终将被欲望吞噬

原来封闭的堡垒变成了一个开放的宏伟建筑，属于拉雪巴土司的百姓背弃了他们眼中没有怜悯之心的土司，选择了就近居住在宏伟建筑附近。拉雪巴土司也愿意连人带地做个顺水人情换取粮食，可是傻子二少爷并没有多收他的银钱，他按照平常年景的价钱把粮食卖给了拉雪巴土司。

拉雪巴土司感激涕零地说："天哪，麦其家可是把你们的拉雪巴侄儿害苦了。"

"人都是需要教训的。"傻子二少爷如是说道。

傻子二少爷已经具备了领导人的思考方式：他知道如何去和人谈判，懂得如何恩威并施，会通过对人性的分析获得自己想要达到的结果。他渐渐地从权力的外部走向权力的中心。

他的角色在发生变化，但是他的思维方式并没有改变。这也就使得即使变化作用在他的身上，他还是能做到自持，不会被欲望吞噬。不久后，麦其家二少爷的堡垒摇身一变，成了专门的生意市场。市场建立在河岸的两侧，拉雪巴土司领略到傻子二少爷的智慧之后，从领地上运来各种东西，率先加入。

可是聪明哥哥还是和以往一样，察觉不到周围的世界已经开始变化，在麦其土司委婉地说出他有勇无谋的现实真相之后，聪明哥哥就病了。新的汪波土司继任之后，也摒弃了以往征伐好战的作风，由南至北，绕了很远的路来到傻子二少爷的地盘做生意。

傻子二少爷的态度是来者不拒，就像一个自由贸易区，所有的人都可以来这个地方交易，不计旧仇也没有新怨。也正是这种宽宏包容的态度，决定了嘉绒藏区有且仅有这么一个贸易市场。在北方边界上，傻子二少爷尽管没有把粮食以十倍的价格出售，但是却得到了十倍的报酬，麦其家的领地也扩大了。

且傻子二少爷真正得到了百姓的民心，炙热拥护的心比什么外物都来得更加珍贵。麦其土司派遣信使把他的两个孩子召唤回家，傻子二少爷当初去往北方的时候只有寥寥数十人的队伍，现在回来却有了能把经历过大世面的麦其土司弄得紧张起来的人马。

官寨里的人们已经看清来者是自家人的时候，麦其土司还是没有放松警惕，因为害怕傻子二少爷强夺土司之位。在官寨接待客人时，即使麦其土司不喜欢，还是会奏乐鸣笛、排布起舞，以示重视。可是自家儿子回来，书中却是这么描述的："我们走得更近了，官寨厚重的石墙后面还是保持着暧昧的沉默。"

麦其土司之前为自己的儿子不是一个真正的傻子感到高兴，同样也不妨碍现在他为自己儿子不是一个真正的傻子而感到害怕。

傻子二少爷回到官寨,在广场上,他受到了百姓们的热烈欢呼。在广场边的树荫下,傻子二少爷见到了自己的老朋友翁波意西。翁波意西把发生在傻子二少爷身边的故事都记录下来,傻子二少爷送给翁波意西一份礼物,翁波意西激动地开始发出含混的声音,紧接着他能开口说话了。

没有舌头的人说话了,这绝对是一个奇迹。这时济嘎活佛从人群里面站出来,开始诠释这件不寻常的事:"这是神的眷顾!是二少爷带来的!他走到哪里,神就让奇迹出现在哪里!"活佛的话加上傻子二少爷这些年的所作所为,都被百姓们看在眼里、听在耳里、记在心里。翁波意西就像是傻子二少爷的精神伴侣,同时帮助傻子二少爷认识到,从出生到现在第一个自己想成为的角色身份——麦其土司。

土司太太似乎感受到空气中剑拔弩张的气氛,她劝傻子二少爷回到属于他自己的地方。就像往常一样,在麦其家,好多事情都是在早餐时定下来的。麦其土司做出了最终决定,他决定把土司之位让出给他的大儿子——旦真贡布。

书记官开口了:"土司说得很对,大儿子该做土司。但土司也说得不对。没有任何重要的事情证明小少爷是傻子,也没有任何重要的事情证明大少爷是聪明人。"

刚能开口说话的书记官翁波意西和麦其土司发生了激烈的争吵,书记官的职责是记录历史,那什么又是历史呢?在翁波意西看来,历史不是简单地把看过听过的东西记录下来,而是能够告诉人什么是对、什么是错！翁波意西的确是一个有大智慧的人，也正是因为这个，他注定要失去发生在他身上的奇迹。麦其土司，不，这个时候应该把他称为老麦其土司，毕竟他已经决定逊位给聪明的大儿子了。

老麦其土司下令割掉翁波意西的舌头，让他彻底失去说话的能力。观刑的人和昨天见证神迹的人是同一批人，可是这一次他们都失去了声音，就像是他们跟着翁波意西一起失去了舌头，他们心里也一定知道孰是孰非，聪明了一辈子的老麦其土司也不过尔尔。

傻子二少爷第一次对老麦其土司说出了自己不是傻子，也说出了自己对老麦其土司的恨。诚然，老麦其土司一直希望自己的儿子不是傻子，但是他也有自己的顾虑："我本不想这么做，要是我传位给你，你哥哥肯定会发动战争。你做了比他聪明百倍的事情，但我不敢肯定你永远聪明。我不敢肯定你不是傻子。"

傻子二少爷知道，即使他说了他的想法，也不会被应该珍视的人听见，所以他决定不再开口说话。

他的变化让妻子塔娜不明所以，但是美丽的女人似乎没有强大的男人喜爱，就会像花朵离开了水一样，立马枯萎。在塔娜的心里傻子二少爷原本就不是良配，如今看来，更是没有必要在他身上浪费她的绝世美貌。她本来不愿意嫁给一个傻子做妻子的，作为最美丽的女人，她只会被"优秀的"男性吸引，可是茸贡女土司为了粮食却把她嫁给公认的傻子，自始至终没有问过她的意愿。

到了她以为自己能够选择的时候,她选择投入聪明哥哥的怀抱,感受一个在她看来是"真正"的人的呼吸和心跳。就在塔娜和聪明哥哥发生关系的时候,大地震颤了起来。上一次大地的震颤还是在麦其家种罂粟的时候,也正是因为地震,才把老麦其土司从意识混乱中拯救了出来。

Day7.
繁华、纷争、欲望，一切终将落定

雷声从远处传来，官寨剧烈地摇晃起来……

老麦其自这一次地震之后，身体开始一天不如一天，由内而外地，就好像他的所作所为是在说服自己，已经没有能力再担任土司。殊不知，正是因为他退位的举动冥冥之中救了他自己一命。

一天夜里，蓄谋已久的管家多吉次仁的小儿子，原本计划暗杀老麦其土司，但是根据要杀死土司的誓言，再加上老麦其土司已经进入病入膏肓的垂死状态，于是多吉次仁的小儿子决定刺杀新土司。锋利的刀透过皮肤的肌理深入肠道，腌臢之物混合血液喷涌而出，连喇嘛、活佛都束手无策。过不了多久，药石无灵，新麦其土司最终死于复仇者的利刃之下。

新麦其土司死后，老麦其土司再也没有提到让位的事情，就连原本希望自己儿子继任土司之位的麦其太太都不愿再提起这件事，因为她还想继续当土司太太。大儿子死后，老麦其土司就像是枯木逢春，焕发出新的活力与生机。傻子二少爷向麦其土司提出准许自己前往北方的请求，这一次老麦其土司没有再想傻子二少爷到底是真傻还是假傻，爽快地答应了这个请求。于是傻子二少爷便带着自己的亲随和出轨的妻子，前往北方边界那个属于自己建立起来的边地贸易集市。傻子二少爷的治理不仅给他带来了巨大的财富，同时也使他获得了空前的威望。原来看不上黑头藏人的黄特派员也从汉地回来给傻子二少爷做起了师爷。

时间在变化中流逝，事情多的时候就流逝得越快，事情少的时候就流逝得越慢。在经历过种植鸦片的疯狂和历史上时间最长、范围最广的饥荒后，这片土地在长久的紧张后，又像产后的妇人一样松弛下来，陷入昏昏沉沉的睡眠中。

土司们现在都不再在意发生在别人领地上的故事，只是默默地躲在自己的官寨中。老麦其土司终于意识到自己老了，他需要傻儿子来继承他的土司之位。可是傻子二少爷却说："要不了多久，土司就会没有了，你晚些死，就免得交班了。"

好像一切都回到了正轨，傻子二少爷的话引起了麦其土司的担忧，难不成土司制度马上就要瓦解了？傻子二少爷"看到"土司消失了，好多人都相信傻子二少爷的话，土司们已经没有未来了。将来所有土司的官寨都没有了，那里将成为一个新的地方，一个属于未来没有土司时代的地方，越来越大，越来越漂亮。

傻子二少爷举办了一个主题为"土司们最后的节日"的聚会。所有土司出乎意料地都来参加了这次聚会，既然有聚会，那么就会有娱乐活动。

茸贡土司恨恨地对老麦其土司说:"看看你们麦其家吧,你的大儿子带来了鸦片,傻瓜二少爷又带来这样的女人。"

茸贡女土司一语成谶,又是一个来自汉地的新奇玩意儿,没有男人能够招架这赤裸的诱惑,这样的女人和罂粟花一样鲜艳、美丽、令人着迷。这个时候女土司还不知道,这样的女人身上带着的毒不比罂粟来得轻。

黄师爷向傻子二少爷介绍这种女人身上带着的毒叫作梅毒,从黄师爷紧张的神情里可以读出,梅毒很厉害。黄师爷说:"天哪,这里连这个也有了,还有什么不会有呢?"

不出意外,越来越多外来的人和物,进入土司们的领地,国民党的军队开始进入藏地,紧接着共产党的军队也开始进入藏地。各个土司面对变化的时候,态度也不一样,有的土司早早地就归降了民心所向的共产党解放军部队,可是同样也有始终做着土皇帝梦的土司在负隅顽抗。

又是一个春天,画眉鸟的叫声已经变得清晰可闻,百灵和山雀也在肆意歌唱。土司太太就像她最开始出场的时候一样,用牛奶洗漱,精心地打扮自己。土司太太意识到土司不可能再是这片土地上的统治者了,她选择结束自己的生命。即使她是从妓女变成土司太太的,但是当人品尝过权力的味道之后,就不可能放弃权力。

红色汉人的炮口对准高耸的官寨,在一轮轮的冲击下,老麦其土司官寨这座巨大的石头建筑终于倒塌了。原来矗立在最高处的麦其土司家官寨，历经两次地震的侵袭都没有伤及根本，最后却消失在炮火声中，与之一同瓦解的还有承袭了数百年的土司制度。

阳光下随风轻旋升空的尘埃，一切都落定了。

"是的，上天叫我看见，叫我听见，叫我置身其中，又叫我超然物外。上天是为了这个目的，才让我看起来像个傻子的。"

傻子二少爷既是故事的亲历者，同时又是故事的旁观者。傻子二少爷作为名誉土司，最终死在了多吉次仁大儿子复仇的刀下，《尘埃落定》这本小说结束于此。我们不舍得傻子二少爷的生命就此消失，但是血债血偿，在他们的信仰中，未必不是一种尘埃落定。

阿来用丰富的、大体量的故事支撑起了史诗般宏大的叙事，又透过他细腻的笔触，让我们看到一场初时美好、结局离散的爱情故事。

《我是猫》

以猫之眼，冷眼窥视日本社会

[日] 夏目漱石

  鲁迅先生这样评价："夏目漱石的著作以想象丰富、文辞精美见称。"

  《我是猫》是夏目漱石的处女作，不鸣则已，一鸣惊人。它的成功，让夏目漱石保持了十年的创作高峰，这期间发表《草枕》《野分》《虞美人草》《门》《彼岸》《行人》《心》等多部中长篇小说作品，奠定了他在日本文学史上的不朽地位，时至今日依然影响着日本文坛。

  十年间，夏目漱石虽然在小说创作上取得了成功，但身体却饱受了神经衰弱和肠胃病的折磨。1916年，他因病去世后，将自己的脑和胃捐给了东京帝大的医学部。

Day1.
透过猫眼看世界，看清我们未曾发现的真相

夏目漱石，头像印在1984年面值1000元的日元纸币上，一句"今晚月色真美"成为表达爱情的经典句子。

夏目漱石在日本的文学地位很高，被称为"国民大作家"。作家路上，大器晚成的夏目漱石，38岁时在《杜鹃》杂志上发表短篇小说《我是猫》，意外受到好评，这让夏目漱石有了创作的力量，应读者的要求，将小说连载了十一章。创作《我是猫》的初衷，是为了纾解生活中的压力。夏目漱石自幼爱好文学，可父亲对他的理想，非但不支持还不以为然。夏目漱石在大学之所以选修英文，是想学会英文后，可以通过英文写作，名扬西方文坛。让夏目漱石崭露文学才华的是他在1899年发表在日本《杜鹃》杂志上的两篇文章，分别是：4月发表的《英国文人与新闻杂志》和8月发表的《评小说》。

夏目漱石1900年受教育部的委派到英国留学两年。在这两年里，夏目认识到英国文学同他之前所认识的英文有着极大的差异。精通英文并不能实现他的强国梦，这让夏目漱石的理想几乎破灭，加上留学经费不足，和怀孕的妻子极少联系，使得夏目漱石的神经衰弱加剧。这个病此后伴随夏目终身，也刺激

他更专注地写作。

1903年回国后,夏目漱石继续在第一高等学校做英语老师。在谈到创作经历时,他自述说:"《我是猫》只是偶然写出来的,而我也未曾想过要以此轰动文坛,只是想写就写,有感而发罢了。"

厚积薄发的夏目漱石,正是在这种苦闷的生活背景下,看似无意创作属于自己的文体,却开启了后世私小说的风气。私小说是日本20世纪一种文学体裁,小说领域的术语,凡是用第一人称来讲述的故事,皆被称为私小说。夏目漱石门下,出了不少对后世有影响的文人,其中知名的有芥川龙之介和久米正雄。

夏目漱石一生对明治社会持批判主义态度。《我是猫》虽然读起来轻松幽默,实则透露着夏目漱石对明治时代浮躁西化的社会现象的抨击和不满。日本明治维新时期,明治政府急于将整个日本社会西化,将"脱亚入欧"的口号变成现实。日本传统社会生活、思维方式及道德观和价值观发生着巨大变化。处于社会变革时代的夏目漱石,他的作品中几乎都描写了人们对未来所怀有的期待、不安,以及依旧茫然不觉的种种变化。

这本书看似没有主题,没有结构,像个没头没尾的故事。作者可以随时停笔,读者可以随便一页翻开阅读,不会影响故事情节发展的连贯性。看似夏目漱石是在精神重压和神经衰弱疾病下的倾诉,实则是对明治维新改革超前的清醒认识。

夏目漱石借"猫"之眼和"猫"之语,调侃日本20世纪之初的"现代文明"。整个故事以英语老师苦沙弥家的猫为主角,讲述中学英语老师苦沙弥一家人的普通生活,和发生在苦沙弥身边朋友、学生的人生琐事。现实中,夏目漱石家里,真的曾养过一只猫,猫死后夏目漱石写过一篇《猫之墓》。

在《猫之墓》中,对于行将就木重病在身的猫,一家人并没有给予过任何的关怀和温暖。猫死后,夏目一家又表现出对猫的思念与疼爱。小说中猫主人苦沙弥的原型,虽然不全是夏目漱石,其中有不少他的影子。猫眼中的"主人"也并非正面形象。文中猫这样形容主人:"主人肠胃不太好,脸色发黄,皮肤干巴巴没什么弹性。可平时饭量不小,肚子塞满了,他还要吃消食胃药。吃饱喝足了,这才打开书来看看。不过,他没看几页准要打瞌睡,那口水便流在翻开的书上。每晚如此。"猫眼中那个脾气暴躁、形象邋遢,邻居对他颇有微词的苦沙弥形象,正是夏目漱石对自己人生无奈的自嘲。

小说从猫的视角来观察整个人类社会,让读者对熟悉的社会有一种新的发现。在猫的描述和思考中,渗入道德法则和价值观判断,也更容易洞察社会的真相,达到批判的效果。猫眼中:"世人褒贬,因时因地而不同,像我的眼珠一样变化多端。我的眼珠不过忽大忽小,而人间的评说却在颠倒黑白,颠倒黑白也无妨,因为事物本来就有两面和两头。只要抓住两头,对同一事物翻手为云,覆手为雨,这是人类通权达变的拿手好戏。"

Day2.
人类太任性了

吾辈是猫，尚无名字。我不记得自己什么出身，只记得遇到人，是在一片阴暗潮湿之地。当时我还不谙世事，只知道喵喵地哭个不停，那是我第一次见到人。当时我才刚出生，初生猫犊不怕人，对于人世间一无所知的我，并没有因此对人产生任何恐惧之感。后来我才知道，那个人是位书生，之后又听说一些关于"书生是人类中最凶残的，还会把猫逮到后煮熟吃"之类的传言。

恍惚间记得我好像被书生从一片稻草堆中扔到野竹丛里。醒来后，又累又饿的我坐在池边，思考以后如何是好。其实，我也不知道自己想做什么。但不管怎么说，我应该找个填饱肚子的地方。这样想着，我沿着水池向左边爬去，不知不觉间好像爬到了有人家住的地方。

我想那儿总该有点吃的吧，就从竹篱笆下的一处破洞里钻进了一家宅院。或许真的应了一句俗语：一树之荫，前世之缘。我钻进宅院后，却不知下一步该如何是好。此时，我遇到书生之外的第一个人，这家的女仆阿三。阿三比书生还要蛮横，直接提起我的脖子，将我扔到门外边。没过多久，饥寒交迫的我又瞅空爬进了这家的厨房，结果还是被阿三扔了出来。如此，折腾了四五个来回。

这家的主人进屋了，问："吵吵什么？"阿三将我提到主人面前说："这野猫崽钻到咱家的厨房，赶都赶不走。真拿它没办法。"主人捏着鼻子下的一撮最黑的胡须，看了我几眼说："那就放它进来吧。"

主人留下我之后，不怎么和我见面了。他的名字叫苦沙弥，职业好像是老师。每天晚上吃饱喝足后，他就到书房打开书来看，看不到几页就开始打呼噜。虽然我是猫，但是我也会思考，看主人的样子，当老师应该是个美差，如果我能做人，也要去当老师。每天睡觉还能当老师，那我这个猫岂不是也能做老师？可是在我的主人苦沙弥看来，这世上没有比当老师还辛苦的工作了，家里每逢有客人来，他总要愤愤不平地发些牢骚。

初到这家时，除了主人外，没有人把我放在眼里，直到今天也没给我取个名字。我也是没办法，就凑合留在主人身边吧。最舒服的是晚上钻到主人家小孩的被窝里，跟她们挤着一块睡觉。

主人家有两个女孩，一个5岁，一个3岁。到了晚上总爱钻到一个被窝里睡觉，我尽量想办法挤到她们中间的空隙睡觉。如果运气不好，把她们中的一个弄醒，就闯祸了。特别是3岁的小女儿，脾气特别大，半夜开始大声哭叫："猫儿来了！猫儿来了！"

患有神经性胃炎的主人，听到哭声就会马上醒来，一脚踏进屋里，将我撵出去。我的屁股前几天还被他用尺子暴打一顿。自从跟人类住在一起后，我经过一番观察，得出一个结论：人类太任性了。特别是跟我一起睡觉的两个小女孩。高兴时把我倒着提溜起来，或者把我头上蒙个袋子扔出去。如果我稍有抵抗，主人家就会全家出动，对我进行围攻，施加各种迫害。

斜对面住着一位军人，他家有只大白猫，我对她十分尊敬。她总对我说：人是最不讲情义的。她前些日子生了四只小白猫，才出生三天，就被她家的主人全部扔到后院的池子。大白猫将事情的前前后后告诉我后，说：我们猫族爱子如命，要想让一家大小团圆过日子，就得跟他们人类决战一场，把他们全部消灭干净。

邻居的花猫听到大白猫的遭遇，也对此感到极为愤慨，说人类竟然不懂所有权之事。在我们猫族之间，不论是风干沙丁鱼，还是鱼肚子，谁先发现谁就有权利吃它。

随着新年的到来，我作为猫的自豪感也随之多了不少。人类却总是喜欢用轻蔑的口吻评价我们猫如何如何，在我看来都是毫无根据的。在人类眼中，猫几乎都是一样的，没什么差别和特色可言。如果你有机会走到猫的社会看一看，就会知道猫的世界其实也非常复杂。

用人的话来形容，叫"十人十色"。不论是眼神、鼻子还有毛色，走路的姿势都是不一样的。猫的区别如此明显，而人的眼珠总是往上看，看到天上去。在我这只猫的眼中，人其实也没什么了不起，并不像他们自以为是的那样：人类很伟大。特别是我的主人，是个缺乏同情心，不懂得爱是建立在完全理解的基础之上的人。对他这种人，我作为猫感到很无奈。可笑的是，他还总是摆出一副达观知理的样子。

有一日，住在主人家对面拐角处的金田家夫人忽然来访，找主人打听理学士寒月的私人情况，打算为他们的女儿富子挑选女婿。金田夫人的鼻子奇大无比，像是把别人的鼻子偷过来，硬安到她脸上的一样，形状如鹰钩一般。为了对她的鼻子表示敬意，我决定以后叫这个女人"鼻子"。作为实业家夫人的鼻子夫人自报家门说："你恐怕也是知道的，我丈夫不仅经营着一家公司，另外还在两三家公司兼任高管职务。"

主人和迷亭听到介绍后，并没有表现出一丝恭敬，让鼻子夫人顿感自己受到侮辱，最后被迷亭一本正经地嘲笑后，只好悻悻离开。鼻子夫人离开后，我却对主人不屑一顾的实业家金田一家产生了兴趣，开始习惯性潜入金田家宅院，窥视金田一家的生活。

Day3.
这世上，唯有人心最难揣摩

在主人苦沙弥家生活一段时间后，我发现人的心理是最难揣摩的。尤其是遇到一个与主人一样表里不一的人，弄不明白他什么时候心里有气，什么时候心神不定。还是我们猫单纯，想吃就吃，想睡就睡。

可是我们猫，每天吃喝拉撒就是真实的日记。当然，跟主人一起生活的这段时间，我还悟出了一些生活的真理：历经苦难，方知快活。自从鼻子夫人到访过主人家后，我就对金田家的生活产生了好奇之心。好奇心并不是人类独有的，猫儿生于世，这好奇心自然也是有的。

说到去金田家，其实我从没受到邀请，但我去他家并不是为了偷鱼吃，也不是为了跟他家的狗搞什么秘密约会。要说是去做侦探，也纯属无稽之谈。在我猫眼中世上没有比做侦探和放高利贷更卑贱的职业。我承认第一次潜入金田家，是因为像寒月一样忘了猫的本性，仗着一股侠气去打探一下金田家的情况。之后虽然多次潜入金田家，也没做什么昧着猫良心的事情。

之所以用潜入这个词，是因为如果我行我素、光明正大地走到金田家的宅院，很有可能遭遇一通扁担的乱打。虽然理在此处，权在彼时，或委曲求全，或避开权力之网，我行我素，我当然选择后者。

既然要躲扁担，我当然只能悄悄潜入金田家宅院了。随着到金田家次数的增多，对金田家的人和事情不由得记在脑子里。金田虽说是个堂堂的实业家，不会像大盗一样，发现我潜入他们家会暴打我一顿，但我听说他有一个毛病，就是不把人当人看，那他自然也不会把猫当猫看了。

因此，偷偷潜入金田家的举动就不能掉以轻心。今天看到金田夫妻坐在客厅，同一个客人交谈。客人叫铃木，是我主人苦沙弥的旧识，十年前一起租过房子。如今通过金田家的关系，刚刚调回东京。鼻子夫人上次去主人家打听水岛寒月的事情，被迷亭捣乱，这次还是想请铃木帮忙，去苦沙弥那里探探口风，了解水岛寒月是否会考博士。我必须赶在铃木到访前，回到房顶长满杂草的家。

回到家后，我当作没事一样绕到客厅外的木板走廊上。主人在屋檐下铺着一床白色的毛毯，趴在上面晒太阳。主人的夫人，正背着主人而坐。在当时的日本，夫人用屁股对着丈夫是没规矩的行为，但是我主人苦沙弥夫妻在结婚后不到一年，就不去讲究什么礼仪了，彻底摆脱了自寻烦恼的规矩礼仪，是一对天然超脱的夫妻。

就在主人全神贯望着夫人的满头黑发抽着香烟时，忽然发现与他相约到白头的夫人，头顶上居然秃了一块。这块秃顶在阳光的照耀下，显得格外光亮。这让主人感叹起来，说结婚前没发现夫人的秃头。这对年轻女人来说，是残缺不全，是一种病，他让夫人找甘木医生看病。

这让夫人感到不高兴，对男主人说："怎么老爱说别人呢，你自己鼻孔不也是长白毛了吗？要说秃子传染，那白毛就不传染了？"

主人又说："头上秃一点能忍受，可你个子也太矮了，还不是一般的矮，多难看。"

夫人也不甘示弱说："这个子可是一眼看得出来的，难道不是你自己当初把我看上才娶回来的？"

主人说，以为夫人嫁过来后，吃些有营养的，个子还能再长长。

对于主人这套一本正经的怪理论，我听了都觉得好笑。这时听到门铃响了起来，正是那受金田夫妇委托来拜访主人的铃木君。有客人来访，夫人只好暂时退场回避，抱着针线盒躲进起居间。不一会儿女仆递上客人的名片。

主人看了名片后，略显吃惊，拿着名片说了句："请他进来。"然后就去了厕所。对于主人此时去厕所，还带上铃木十郎君名片的行为，让我着实不能理解。倒霉的是名片，不得不跟着主人进入臭气熏天的厕所。女仆把铃木请进来后，将彩色丝绸的坐垫放到壁龛前，请他入座。铃木进来环顾四周之时，我坐到原本给铃木的坐垫上。

就在我跟铃木对望，上演争坐垫的无声剧时，主人整好衣服从厕所走出来，直接把我的脖子一把揪起来，扔到屋檐下，说："一边儿去，这家伙！"他指着坐垫，劝友人入座，铃木顺手将坐垫翻了个儿，才坐下。

主人招呼铃木入座后，两人开始叙旧寒暄起来。询问到对方的工作时，铃木表示对教师工作的羡慕和做实业家的无奈。主人毫不顾忌地说出从大学时代就讨厌实业家，认为他们是为了赚钱什么都做得出来的一批人，就是"商贩子"。铃木好不容易将话题引到水岛寒月是否愿意娶金田家女儿的事情上，想对主人说迷亭坏时，迷亭像往常一样，随着春风从后门飘然而入。

精明的铃木君，非常懂得当今的处世之道。不必要的争执要想办法避开，能免则免，无益之争不过是封建时代的陋习而已。人生的目的，在于付诸实际，而非口舌之争。

虽然我一贯鼓吹写生纪实，但是要将一天二十四小时发生的事情都记下来，我还真没那本事。尽管我家主人经常口出狂言，做出种种"奇葩"的事情，非常值得精描细述一番。奈何我猫儿既无能力，也没有耐心，在此略表遗憾。

Day4.
在我猫看来，人讲奢侈实是一种无能的表现

　　住在人世间久了，知道了很多事情，原本知道多了应该觉得高兴，可是随之而来的危险也越来越多。主人家遭遇小偷，主人的学生多多良来拜访，跟夫人说养猫没有用，还是养狗好。猫只知道吃，遇到小偷一点也不管用。请夫人将猫送他，他要将我拿回家煮熟了吃掉。这让我万万没想到，毕业没多久的多多良已经不是书生，而是个会吃猫的野蛮人。听了多多良的话，我又发现了一条真理：逢人皆须提防，他们是吃猫儿的。

　　人知道的多了后，会变得"老奸巨猾"，用表里不一的保护套将自己掩盖起来。而我为了不被主人一家看不起，下定决心要逮老鼠，但计划以失败告终。

　　说说酷热夏天发生的趣事吧。一个叫西德尼·史密斯的英国人，苦诉炎夏说："恨不得剥皮刮肉，好剩下一把骨头乘凉。"

　　其实我们猫，对四季的变化冷暖也是有感觉的。偶尔我们也想洗个澡。到主人家这么久，我都还没洗过一次澡呢。有时候我也想跟主人一样，拿扇子扇两下，可惜我的猫爪握不住扇子，只好放弃这个想法。想到这里，觉得人简直奢侈至极，比如说食物明明可以生吃，偏要花时间进行烹调，或煮或烤或煎或炸一番。

再说穿衣服也是，人天生就有缺陷，不像猫儿有一身毛，一年也不用换。为了身上不同的衣服，给羊添麻烦，让蚕为他们服务，还要接受棉花的恩赐。这要让我猫说，人讲奢侈实在是一种无能的表现。

最让我觉得不能理解的是，一帮闲人聚到一处，开始不停地诉说他们如何忙、如何辛苦，又看着我说："像这猫儿，整天悠闲自在，该多好。"我想对他们说，那你们就悠着点，别瞎忙呀。明明是"自己制造"的麻烦事，却还要叫苦连天。

天气热成这样，我这能吃能睡的猫，也全无睡意，决定去观察一下人类社会，看看他们忙活些什么呢。我的主人苦沙弥的性格，其实跟我很像，能吃能睡。尤其是放了暑假，不用上课更是能睡，这让我提不起精神去观察。只有迷亭来了，才能给主人那病恹恹的身体刺激一下，让他有点反应，起来活动活动，不至于总是睡着。

我心里正念叨着迷亭，就听到迷亭的说话声。迷亭终于来了，我今天就闲不住喽。迷亭一手擦着汗，一边脱去衣服，大大咧咧地一脚踏进客厅，随手把帽子往榻榻米上一扔，说："夫人，怎么不见苦沙弥？"

这声喊叫，将正趴在针线盒旁睡午觉的夫人惊醒。夫人睡眼惺忪地来到客厅，有点狼狈地说："哦，您来了。"

被迷亭吵醒的夫人，跟迷亭你一句我一句地聊了起来。忽然迷亭说他还没有吃午饭。夫人为难地说："哎呀，午饭时间了，我怎么没注意，不过我家里也没什么，给你弄碗茶泡饭吧。"

迷亭说："不麻烦了，不管茶泡饭还是开水泡饭，都不用了。刚才在路上我订了份饭，等会送来我就在这儿吃。"哎呀，这哪是一般人说出口的话呀。我想夫人心里定是又惊又气，又庆幸不用准备午饭给迷亭。

这时主人摇摇晃晃地从书房走了出来，打着哈欠，满脸不高兴地说："又是你这个爱咋呼的，人家好不容易刚睡着。"

听到主人的责怪，迷亭用一点也不生分的口气说："哦，大人醒了。惊了贵人美梦，万分抱歉。偶尔骚扰一下不必在意。来，请上座！"

主人默不作声地入座后，拿起一支卷烟，吧嗒吧嗒地抽了起来，一眼发现迷亭扔在角落的帽子。迷亭借机向主人夫妇炫耀起自己新买的帽子，正聊着，听到厨房那边阿三叫嚷着说客人订的饭到了，接着她端着两笼荞麦面送了进来。看到端进来的面食，迷亭正经地说："夫人，这饭是我自备的。不客气，就借您这地儿了。"

迷亭有点做戏的样子，让夫人一时不知该如何回话，只好说："请自便。"

就在迷亭面吃到一半时，寒月满脸灰尘地走了进来。奇怪的是，大热天的他居然戴着顶冬天的大厚帽子。

"啊，美男子驾到。我这面刚吃了一半，莫见怪喽。"打完招呼，迷亭也不客气，继续吃面。主人问道："寒月，你的博士论文已经完稿了？"迷亭也凑上说："人家金田小姐翘首待望，你就早点提交得了。"

寒月露出一丝苦笑说："问题总归是问题，研究课题相当费力气的，不是我想快就能快的。"迷亭接上话说："那是呀，研究课题哪能像鼻子说的那么简单。让我看，就她那鼻子的呼吸问题倒是值得研究一下。"

还是主人比较认真，问了寒月的论文题目，居然是《紫外线对青蛙眼球自动运动的影响》。听到这题目，主人和迷亭都认为离奇，迷亭一直拿寒月论文提交的事情调侃主人，让他在完稿前跟金田家通告一声。对于迷亭的话，主人并没有理会，继续跟寒月聊他论文的事情。正当三人聊得尽兴时，门铃声响起，又来了一位客人，夫人退到起居间。我抬头一望，新来的客人是大家熟悉的越智东风。东风一到，平时喜欢在主人家聚集的一众怪人算是齐了。

我看他们已经聊得淡然无味，觉得也没有必要守在这里。于是，我跑到院子里去找螳螂玩。院子里夕阳斜下，梧桐树郁郁葱葱，树上秋蝉齐鸣。

我开始运动了。一帮人冷嘲热讽地说：猫还要运动什么？对此，我想奉告他们：关于运动，人类也是近几年才知道的。在此之前，每天把"吃了睡"当作天职。现在到处听到人在瞎咋呼：要运动！要喝牛奶，洗冷水浴！如此种种，在我猫看来纯粹是犯病，这些病跟鼠疫、肺病和神经衰弱等一样，都是最近从西方传到日本来的。我很好奇人类为什么会把海水当良药呢。到海边走一圈，就能有答案了。

大海无边无际，水里有数不清的鱼类遨游在海中，却从来没听说病了找医生。如果有鱼病了游不动，就会浮出水面，所以说鱼死叫"浮"，鸟死叫"落"，而人死则叫"蹬腿"。如果人身边有经常往返于大海的人，可以问问，有没有见到鱼在风浪中咽气的。答案是很少会看到，那么说明鱼的身体是非常好的。

鱼的身体为什么这么结实呢？人类或许不知道，但是我作为猫儿却是知道一些。因为鱼喝的是海水，洗的是海水浴。既然海水对鱼有这么显著的作用，那么对人类应该也是有效的。

对于洗海水浴，我认为需要时机，不能马上行动，但是运动可以先做起来。人类社会进入了20世纪，过去，天天做运动的人，被称作是苦力；现在，你不运动会被认为低人一等。人对运动的认识，与我等猫眼一样，时常变化。不同的是，猫眼仅仅是瞳孔大小之变化，而人的认识却会给你带来上下彻底的颠倒。本来事物也是具有两面性，两个极端，两头一敲，使同一事物发生黑白变化，这也是人类灵活多变，且能通融之处。运动固然重要，但也不能过度。

Day5.
世间总有些不懂事理的俗人，找各种机会自恃

捉弄人是件很愉快的事情，我猫儿有时候会捉弄主人家的女儿玩。像主人苦沙弥这种呆头呆脑的人被落云馆的中学生捉弄，也是件极其自然的事情。主人苦沙弥对于被捉弄的事情感到愤愤不平，猫儿我却从捉弄人的心理，总结出两个要素：第一，被捉弄的人不肯心甘情愿就此罢休。第二，捉弄人的一方不论人数以及力量都须占绝对优势。

今天我给大家说说主人苦沙弥，他因为怠慢了金田家的夫人"鼻子"被捉弄这件事情。

得从主人家对面的空地说起。主人家篱笆墙的外面有块空地，有五六间房子大，空地尽头有五六棵枝繁叶茂的柏树。这些树对主人来说毫无价值。主人之所以被捉弄，其祸根就出在房子外面的空地上。空地上没有围墙，谁都可以抄近道从空地上走过，可以说是畅通无阻。加上主人家里穷，没什么财产，基本上盗贼也不会上门来，所以他也没有给自己家的院子砌围墙之类的。问题根源就出在主人家对面，那里有一所名叫落云馆的私立中学，学校有八百多名学生。

如果你以为落云馆里面的学生和老师都是些雅士君子，就

大错特错了。主人一家刚搬过来的时候，因为空地没有围墙，对面落云馆的学生经常钻到桐树林里，在里面胡吃海喝，或者躺在竹丛里睡觉，有时候还把盒饭和吃剩下的食物都扔在桐树林里。后来这些学生越来越过分，逐步将吵闹的阵地从桐树林移到主人家客厅前方的地盘，对着主人家客厅唱歌。主人不得已从书房跑出来，对他们说："这地方不能随便进来，赶紧出去。"这些学生经常是刚被赶走又返回来，变本加厉更大声唱歌、大声吵闹。

有一次，主人气得从书房跑出来，抓住一个学生问他们为什么要如此。学生回答说："我以为这里是学校的植物园。"听到学生的回答，主人只好训斥了几句，就放他走了。

主人揪着学生谈判了半天，自以为训斥了一番之后，以后这些学生会老实点了。然而，主人这次又失算了，于是写了一封投诉信给校长，希望校方可以出面制止学生。校长郑重其事回信，请主人少安毋躁，会安排人过来修个围墙。几天后，来了几个工匠，在主人院子与落云馆之间，立了道约三尺高的篱笆。

主人以为学生们从此可以消停了，但他终究太天真，就这点篱笆，怎么能拦得住那些学生呢？

首先喜欢捉弄人的人，大多是些愚蠢、又不懂得体谅且无聊的人。其次就是精力充沛且无处施展的少年，这些少年心志尚不成熟，只知道自己玩笑，不知道顾及他人。人之所以喜欢捉弄人，在我猫看来，捉弄人还是一种证明自己占据优势的简单方法。捉弄人的时候一定要显得张牙舞爪，让对方感到愤怒，还不能把自己怎么样，才是最让人感到愉快的。

人如果想显示自己的优势，又不太愿意太伤害人时，捉弄人就是最合适不过的方式。而完全不伤害人，又要显示自己的优势是不可能的。猫儿觉得吧，人好自恃其才，就算无可自恃也要跃跃一试。自恃者，不向他人显摆一番就觉得不甘心。世间总有些不懂事理的俗人，本无可自恃，又不甘心，于是找各种机会自恃一番，如同柔道运动员时不时想把人摔一把的心理一样。

主人被捉弄的真相，被我一次出门散步偶遇路对面金田家的老板和铃木君时揭开了。我一步步走近二人身旁，他们的谈话钻进我的耳朵。金田老板对铃木说起之前夫人去拜访苦沙弥被怠慢的事情。

铃木说："那可不是嘛。都怪苦沙弥太傲慢啦。至少他得考虑一下自己的社会地位才是，好像天下就他是老大了。"

金田家老板说："就是这儿，说什么，'不为金钱折腰啦，实业家算什么啦……'真不知好歹。琢磨着给他看看，这实业家的厉害。最近，就把他给治了治，可还是不见他有所收敛。真是个倔家伙，少见啊！"

"那家伙，没个吃亏的概念，就好逞强。一直是这毛病，明摆着自己吃了亏，他也糊里糊涂地觉察不到，无可救药了。"

"咳，真是无可救药了，这个变着法整了他半天，最后连学生都用上了。"

唉，这些实业家太坏了，占据势力强大的优势，还要阴谋使坏。主人那呆头呆脑的，估计真要被逼疯了。经过这次被学生捉弄的事情，应该有所醒悟。再继续下去，他可就危险了。我虽是猫儿，还是挂念主人的。我须在铃木到主人家看笑话前回到家。

没想到家里又来客人了，这客人名叫八木独仙，今天的客人跟美学家迷亭不一样，我打算称他为哲学家。主人跟这位稀客诉说了落云馆学生在院子空地恶作剧事件的始末，哲学家给主人讲了和尚被人刀斩时，潇洒地做了一句偈语：电光影里斩春风。原话是有四句：乾坤天地卓孤筇，喜得人空法亦空；珍重大元三尺剑，电光影里斩春风。

这个和尚是元代的无学禅师，面对元军的屠杀临危不惧。哲学家独仙用这个故事建议主人消极应对，静心养神就可自由自在。原因是主人再积极应对，也赢不了，还有金钱和寡不敌众的问题。换句话说，跟有钱人低个头就行了。

哲学家走后，铃木君也来到家里，劝主人要跟着金钱转，随着众人走。然而，在我猫儿看来，主人如何选择是他的自由，如果不做变通就会无路可走。主人脸上有麻子，每每看到他的脸，我便在想，他前世到底造了什么孽，竟长成这副怪样子，如今呼吸着20世纪的空气，居然毫无愧疚之感。如果主人听到我背后这么评价他，估计扎心了。我是只灵猫，主人任何心思，都逃不过我的眼睛。

Day6.
自知之明，到底有多重要

看到世间那些所谓有能耐的人，不是自欺欺人，就是踩着别人往上爬，或者为非作歹，仗势欺人，真不明白，世上为什么无赖的人那么多。跟那些无赖的人相比，我家主人的品位就还算是高多了。在我猫儿看来，愚钝、无能、耿直是最难得的可贵品质了。今天我和大家说说我"猫生"最后经历的故事吧。

世上不管是人还是动物，有"自知之明"是一生中最重要的事情。人类终究做不到有自知之明，他们根本看不到自己的鼻子有多高，看起来有多狂妄自大，其实是愚蠢至极。自以为是万物之灵，总问：我的鼻子在哪儿？是不是很可笑。当然，人能够坦然面对重重矛盾，也是有可爱之处的。

不过，也得甘心当个蠢货才好。我之所以觉得主人和学生武右卫门、夫人，还有来家串门的雪江小姐好笑，是由于主人的学生武右卫门给金田家的小姐富子写情书，害怕被学校开除，跑来找主人求情，可是主人的态度极其冷淡，这是因为学校开除武右卫门和他自己被革职完全是两码事。

如果上千个学生被开除，可以关乎老师的饭碗问题，但一个学生被开除,跟主人生活实际上毫无关系。人在面对与自己无关的事情上,同情心自然也会淡薄一些。人生来活在世上,有交税的义务。但很多其他事情却没有义务,看上去更多的是人情世故上的表演。若是为了人情世故,流几滴眼泪,做出同情怜悯的样子——说白了,就是做个样子的表演——达到知世故不世故的境界,是一种艺术。善于表演伪装的人,会得到器重,而这种器重,往往是不被信任的。看看主人就理解了,在人情世故上,主人属于笨拙型,这样的人不会受到器重,也没人会器重他,因此,他也没有必要掩饰自己内心的冷漠。

从他对武右卫门问他是否会被开除的回答——"没准儿",这话中就能听出他的内心活动。不过读者们,你们不要因为主人的态度冷漠就讨厌他。因为冷漠是人类的本性,不去掩盖其本性的人,就是正直的人。如果在这种事不关己的事情上期待主人不冷漠,未免把人看得太高尚了。

主人的事情就说到这里吧。起居间几个女人,听到武右卫门求情的经过,一个个笑得咯咯响,比主人的冷漠更胜一筹。情书的事情弄得武右卫门焦头烂额,可对两个女人来说,是件搞笑的事情。

接下来我说说武右卫门的心思,他这两三天因为情书的事情苦不堪言,以为美其名曰来班主任苦沙弥家里,老师总该会多帮他,替他想想办法,可是这小子太单纯了。当班主任并不是主人自愿,只是校长一声令下。跟迷亭伯父头顶上的礼帽一样,只是担个虚名而已,且这个虚名没有任何用处。

武右卫门这趟到家里，定能悟出一个关于做人的真理——见人忧虑，冷眼相对；见人有难，放声大笑。只有发现这个真理，他才会真正长大。社会日后若如此循环，那么未来，武右卫门式的人将会随处可见，金田和金田夫人式的人物更是满大街都是。我真心希望武右卫门早日长大成人，否则他再怎么担忧和后悔都是徒劳，最后也不会像金田那样取得成功。

迷亭和独仙二人相对而坐，中间摆着围棋。对于围棋，我猫儿的见解未免有些肤浅，最近才有机会目睹它的风采，越看越发现这游戏中的妙处。眼见双方在一块四方木板上面摆满黑白石子，双方拼斗，你死我活，争得满头大汗。如果我猫儿凑上前，用我猫爪扒拉几下，他们还不全部乱套？不过我是个有素质的猫儿，有言在先：结绳为草庵，解绳归荒野。无须自寻烦恼。我还是袖手旁观，求个快活吧。

围棋是人类发明的，其中也就显出人类的某些嗜好。棋子的忍辱求生，其命运则是代表人之本性，即心胸狭窄、目光短浅。而围棋的生存法是，世界天高地阔，人类却宁愿故步自封。但凡有了立足之地后，就不再向外迈出一步。故我猫儿断言人类是群自寻烦恼的动物。比如说迷亭逍遥自在，独仙自有禅机，他俩不知道哪根筋不对，今天特意从壁橱里把旧棋盘给找出来，要决战一场。毕竟这二位不是一般人，下起棋来是各行其中，好不自在，最终难免决一死战。

就在迷亭和独仙两人在佛龛前的棋盘上斗得你死我活，客厅口门那边寒月和东风并排坐着,边上还坐着主人。我看见寒月面前摆着三块干熏鱼,整整齐齐地被摆在榻榻米上。寒月见主人和东风盯着熏鱼,一脸茫然的表情,解释说,他四天前刚从老家回来,这次回老家,寒月堂堂正正娶了媳妇。今天送来的干熏鱼,就是婚礼时亲戚送的贺礼。

听到这个消息,主人问他有没有通知金田家。寒月说:"没,不须告诉他。我既没说过要结婚,也没说过想娶他家的女儿。我不吭气就不错了。那一二十个密探,这回早就一五一十全都通告了。"

提起密探,主人脸色忽然变了。接着对密探发表一大通言论,这里我就不细说了,有兴趣的读者,可以去看我的原著,作者的署名是夏目漱石。

独仙虽然早已看破红尘俗世,依然脚踏实地;迷亭也许很乐观,他却不懂得世间,并不是他所想象的那般美好;寒月不磨玻璃球,放弃考博士娶金田家的小姐,回乡娶了老婆,算是走上正路。可是时间一久,估计寒月就会感到无聊。再过十年,东风或许会觉悟,不应该随便给人写什么新体诗了。像铃木君那样的人,总是随着潮流摸爬滚打,过程中难免身上粘上泥巴,但即使浑身泥巴,他也会过得比一般人要好。

而我生而为猫,来到这世间与人相处已有两年,自以为是见多识广,族内无人能比。没想到百年前,德国有个摩尔的公猫,仔细打听后知道,原来他是十九世纪德国作家霍夫曼的小说《公猫摩尔的人生观》里的主角。它已过世百年之久，如今因为对我忽起好奇之心，不顾冥界路途遥远，特意化作幽灵再现于世，给我一个惊吓。

据说这只公猫有着超人的才华，偶尔作诗，还能将主人惊诧一番。我想，既然百年前我们猫族就出过如此豪杰，我岂不是该知趣，早点回我的无何有乡去？无何有乡是《庄子·逍遥游》中空无所有的地方。

秋天到了，树叶大都落了。世间万物最终都将死去。主人早晚会死于胃病，金田老头也将会死于贪婪。如果活着没什么用处，其实早点死了或许更明智。照这么说的话，今后人类都会去自杀。世界若真这么郁闷，我猫儿也活不下去了。忽然感觉好可怕，好不悲凉呀。唉，干脆我也去喝点啤酒，提提神吧。这条命总有一天会死的，不如趁活着时尝试一番酒的滋味。我横下心，忍着苦涩口感，两杯啤酒下肚，我居然有"陶然"的感觉。没有目的在四周散步，脚好像不是自己的，只是在移动。一不小心脚底踩空，当我清醒时，身子已经在水里。

我摘日揽月，翻天覆地，就要进入一个不可思议的太平世界。我想我是死了，南无阿弥陀佛！

Day7.
幽默又深刻！一只猫带你看清世间百态

《我是猫》，其实并不是写猫生活的故事，只是借猫之口来反映人类的社会生活。苦沙弥家的猫，是整个故事的讲述者。它虽是一只无名的被遗弃的猫，也是一只充满智慧和正义感的猫。被穷教师苦沙弥收养后，以猫眼来观察人类世界，点评人类生活。透过猫眼窥视人类和猫类世界，好奇心害死猫，说的就是《我是猫》的结局吧，最后猫因为好奇喝了啤酒，失足落入水缸被淹死，故事到此结束。

对于本书的创作思路，夏目漱石这样说："要说我的处女作，还得算《我是猫》，不过，好像也没什么值得追忆。只能说是偶然写出了这么个东西，而我恰巧遇到这么个时机而已。话说回来，我原本没什么非做不可的事。当然，人既然活着，总得做点什么。既然要做，就要体现出自己的存在感，向外界展现'个人'价值所在——在这点上，也许我和普通人的想法差不多吧。至于创作方面，我在动笔前其实并没有特别考虑过要如何发挥自我特色。"

夏目漱石本人一生多病，饱受神经衰弱和肠胃病的长期折磨，49岁就因病去世。他的作品至今影响着世界读者。

猫眼中的每一个人,都极具个性。主人苦沙弥,是个穷教师,喜欢读书和买书,家里穷得饭都吃不饱,他还会去书店买书。生活经历来自夏目漱石自身,借苦沙弥来自嘲苦闷的生活。

主人家有个经常神出鬼没、不请自来的朋友,美学家迷亭。他喜欢与人争论,爱开玩笑,经常以捉弄人取乐,就算被别人看出来,也不会觉得尴尬。迷亭知识存量极大,审美观同苦沙弥相近,迷亭的审美观反映了苦沙弥的另一面。夏目漱石的女儿在回忆文章中说起,迷亭的创作原型就是夏目漱石的另一面。

书中夏目漱石借迷亭之口,对当时的很多社会现象进行嘲讽。百年前迷亭在苦沙弥家说起的社会话题,如今也成了当代社会面临的现实问题。美男子理学家水岛寒月也是主人家的常客,他同当时日本尚武的青年不同,从未曾放弃自己的兴趣爱好。他的创造原型是夏目漱石最得意的弟子寺田寅彦,26岁就在东京大学任教,之后成为日本近代优秀的物理学家。

猫眼中的哲学家八木独仙,是苦沙弥的大学同学。独仙最大的特征是留着山羊胡,信奉中国的老庄思想,喜欢下围棋。他主张静心养神,以获安宁。苦沙弥被落云馆学生骚扰时,他的建议是消极抵抗。他认为不论你有多伟大,这个世界也不会随心所欲。因此,神经衰弱的苦沙弥,每次心情郁闷时同独仙聊天后,就能哈哈大笑,心情得到纾解。

苦沙弥家对面的金田一家,算是明治维新时期推行强国富民的受益者。金田家是实业家的代表,是奉金钱万能的利己主义者。铃木也是苦沙弥的大学同学,是享乐主义的信奉者。金田夫妻以为金钱可以买到一切,不料苦沙弥却是不识相的人。

对于接受金田指使的中学生的行为,是提醒人们要注意,那些容易受人教唆的年轻学生,他们虽然身强力壮,受着良好的教育,却欠缺独立思考的能力。这实际上是夏目漱石给日本近代教育制度敲响的警钟。

《我是猫》所描述的不过是主人苦沙弥一家日常生活的场景。苦沙弥每天下课回到家中的一举一动,都透过猫转述给我们。

主人家发生的任何事情,都逃不过猫眼的观察。这只猫还会翻看主人日记,趴在主人身上揣摩主人的心思。夏目漱石借猫眼和猫言,将明治维新时期知识分子的精神生活似动漫般展现在读者面前。

《我是猫》中的知识,几乎囊括了古今东西方方面面的知识。这同夏目漱石本人的教育经历有关,他在接受近代知识的同时,坚守着"独立自我"的信念。他在英国伦敦留学期间,虽然受到歧视,也没有排斥对西方近代思想和文化的学习。

《雷雨》

命运之下的震撼与无奈

曹禺

《雷雨》发表于1934年7月,被誉为中国话剧史上"第一次成熟而优美的收获"。全剧以1925年前后的中国社会为背景,以两个家庭、八个人物、三十年的恩怨为主线,讲述了在浓厚的封建思想下,周、鲁两家的悲剧命运。时至今日,它仍在舞台上被不断演绎。

读完这部作品,或许读者会对命运产生一种震撼与无可奈何之感。曹禺在谈及自己的创作意图时表示:"《雷雨》对我是个诱惑。与《雷雨》俱来的情绪蕴成我对宇宙间许多神秘的事物一种不可言喻的憧憬。"

Day1.
两代人的纠葛，一个时代的悲剧

　　故事发生在1925年前后的中国，资本家周朴园因长年在外经营矿山等现代产业，而冷落了妻子繁漪。枯寂无聊之下，年轻漂亮的繁漪在与继子周萍的相处中，慢慢对他产生了好感，并与他私通。

　　周萍风流放浪，虽忍不住与繁漪跨越雷池，却又耻于这种乱伦关系，且不敢为了繁漪挑战父亲的权威。于是，周萍在得到繁漪后不久，便抛弃了她，转而将注意力放在了侍女鲁四凤的身上。当鲁四凤对周萍情根深种，准备与他远走高飞之时，却遭到了母亲鲁侍萍的反对。

　　表面上看，鲁侍萍反对周萍和鲁四凤结合，是因为门第悬殊。实际上，却是因为周萍和鲁四凤"同母异父"的兄妹关系。雷电交加的雨夜，周朴园在众人面前说出真相的那一刻，周萍和鲁四凤瞬间就蒙了。周萍一直以为自己的母亲去世了，如今得知母亲活着固然是好事，可她为什么会是鲁四凤的母亲？与自己的妹妹有了"爱的结晶"，周萍究竟该何去何从？

　　曹禺曾说："《雷雨》是在没有太阳的日子里的产物。那个时候,我是想反抗的。因陷于旧社会的昏暗、腐恶,我不甘模棱地活下去,所以我才拿起笔。《雷雨》是我的第一声呻吟,或许是一声呼喊。"

作为"中国话剧现实主义的基石",《雷雨》具有浓厚的悲剧色彩。因为剧中的每一个人物,都是旧社会封建势力下的受害者。而且悲剧性的作品能让人在阅读的过程中加深对生命真谛的反思,从而获得人生阅历的增长。

比如,爱情虽然是美好的,但欲望操纵下的爱情却是害人害己的。周朴园和鲁侍萍的爱情故事,原本是民国版的"王子与灰姑娘"。可它却因为周朴园的野心和面子,而酿出了一场鲁侍萍携襁褓婴儿跳河的惨剧,更是造成了自己儿女的爱情悲剧。再比如,父母爱子女本是一种理所当然的事,可繁漪却为了维系自己与周萍的"乱伦关系",不惜伤害自己的亲儿子周冲;而周朴园则为了自己的名声,不顾自己亲生儿子大海的生死。"人非圣贤,孰能无过?"虽然在任何情感中都难免掺杂衡量与算计,但情感中如果加入了过多的欲望,"美好"的表象终究会被命运撕得粉碎。

曹禺说:"《雷雨》所显示的,并不是因果,并不是报应,而是我们所觉得的天地间的'残忍'。"在《雷雨》中,曹禺一直在用故事描述着"无形之手"的威力,这"无形之手"就是文中侍萍所控诉的"命,不公平的命"。他之所以会有如此深的启发,与他个人的成长环境脱不开关系。

鲁迅先生曾说："真的勇士，敢于直面惨淡的人生，敢于正视淋漓的鲜血。"其实，曹禺就是这样的"勇士"。

虽然从小过着锦衣玉食的生活，曹禺却在精神上极度缺爱。父亲万得尊是周朴园式的"封建大家长"，在他的身上曹禺没有感受到父爱，而是受困于被统治的"压抑感"。幼年丧母的曹禺，从小跟着继母长大。在继母薛咏南潜移默化的影响下，性格苦闷且内向的曹禺对戏剧产生了浓厚的兴趣。曹禺在南开求学期间，积极参加学校组织的各种戏剧活动，并加入了南开的新话剧团。也就是从那时开始，曹禺在启蒙老师张彭春的指导下，不仅登台演戏，还尝试着改写起了剧本。转入清华大学的西洋文学系后，曹禺更是通过大量的阅读，积累了戏剧的创作心得和素材。都说，艺术源于生活，在《雷雨》中，曹禺创作的每一个人物身上，几乎都有身边人的影子。

周朴园的原型是自己严厉的父亲万得尊；创作鲁大海这个人物的时候，曹禺想到的则是"九一八"事变时，在火车站遇到的铁厂工人；而在周萍的身上，我们则看到了曹禺那个懦弱胆小、因吸毒被万得尊打断腿的大哥的影子。

巴金谈到他初读《雷雨》的感受时，由衷地佩服曹禺的才华，评价剧本"抓住了我的灵魂，我为它落了泪。但是落泪之后我感到一阵舒畅，而且我还感到一种渴望，一种力量在身内产生了，我想做一件事，一件帮助人的事情，我想找个机会不自私地献出我的精力。《雷雨》是这样地感动过我"。巴金先生有这样的感悟，是因为他洞穿了藏在《雷雨》悲剧背后的意义。

曹禺从小见惯了封建家庭的腐朽与顽固，内心对受压迫者充满了深切的同情。他通过文字想要表达的不是浅薄、低哑的呼喊，而是意图通过对人物的塑造和对命运的阐释，抨击封建礼教对人性造成的扭曲。

曹禺曾说："我念起人类是怎么样可怜的动物，带着踌躇满志的心情，仿佛自己来主宰自己的命运，而时常不能自己来主宰着。"人总是会在命运面前溃败成一粒尘埃，它像一只"无形的手"操纵着我们的人生方向。

《雷雨》中的鲁侍萍和四凤母女就是这样，前者遭遇了周朴园的抛弃后，发誓不要女儿再步她的后尘；可是在命运的摆布下，鲁四凤还是遇见并爱上了自己同母异父的哥哥周萍。繁漪不甘心嫁给一个她不爱的男人，一心想要冲破禁忌，与继子周萍双宿双飞，可她无论怎样努力，却还是失败了。很多时候，我们在强大的命运引力下，无论使出多大的力气，都无法逆行而上。这听上去就令人沮丧，所以像繁漪那般的"反抗者"才会因勇气可嘉而被人称赞。

Day2.
爱恨情仇，在两代人之间循环上演

某个夏天的上午，在周公馆的客厅里，一个穿着旧绸上衣和粗绸裤子的十七八少女，正摇着一把蒲扇艰难地端着中药锅滤药。这个女孩名叫鲁四凤，是周公馆的侍女，站在她旁边的是鲁四凤的父亲鲁贵。鲁贵也在周公馆当差，今年四十多岁，虽然身材佝偻、神气萎缩，却眼神锐利，透着如狼一般的精明算计。

"四凤！我刚才说的话你听见了吗？回头见着你妈，别忘了把新衣服拿出来给她瞧瞧！"鲁贵拿着周老爷的皮鞋，一边擦着，一边神情严肃地嘱咐着鲁四凤。

鲁贵的妻子、鲁四凤的母亲——鲁侍萍在外地的女学堂当老妈，两年才回一趟家，她将儿子鲁大海和女儿鲁四凤全权交给了鲁贵。鲁贵心里委屈，他常和四凤抱怨鲁侍萍不顾家、不本分，成天想着要给鲁侍萍一个"下马威"。于是，鲁贵安排鲁四凤进了周公馆工作。不过这样的安排，也不全是为了给鲁侍萍"下马威"，还为了满足他自己的私心。鲁贵喜欢吃喝嫖赌，单凭自己的工资是远远不够的，他必须让女儿也出去赚钱。

鲁四凤在周家挣着工资不说，周家的大少爷周萍心疼鲁四凤，还会额外给她些钱花。鲁贵每每见到都会找鲁四凤要过来。尽管鲁四凤总是表现得不耐烦，但到最后也还是会因为心软把钱全都给他。鲁贵打得一副如意算盘，自然不想让鲁侍萍横加阻挠，便继续说道："你还别忘了告诉你妈，你在这儿周公馆吃得好、喝得好，都是白天侍候大少爷，晚上回家睡觉。"

鲁四凤先是敷衍着点头，却在鲁贵提到"大少爷"的那一刻，微微涨红了脸颊。鲁四凤初见周萍，就被他的甜言蜜语给迷住了。自古都说，门不当户不对的爱情注定会是悲剧散场。可鲁贵作为鲁四凤的父亲，在得知自己女儿和周萍走得近后极力撮合。原因很简单，他想通过鲁四凤给自己找个有钱的姑爷，好满足自己吃喝嫖赌的需求。面对如此"吃人"的父亲，鲁四凤一贯的态度都是嘲讽和揶揄。相较之下，鲁四凤的哥哥鲁大海对鲁贵的态度，就没那么客气了。

鲁大海并不是鲁贵的亲儿子，他是鲁侍萍和周朴园的孩子。当初，鲁贵看到鲁侍萍身边这个"拖油瓶"时，就曾嫌弃和抱怨过。奈何没钱没势的他，年岁大了不好娶媳妇，只能接受了鲁侍萍和鲁大海。

在与鲁大海相处的这些年，鲁贵一直想在鲁大海的面前树立"父亲"的威严，奈何鲁贵就是个赌徒，实在没什么一家之主的样子。为了满足自己吃喝嫖赌的需求，鲁贵表面上是把鲁大海推荐到了周家的矿上干活，实则却暗自截和了鲁大海寄给鲁侍萍的工钱。

鲁贵很得意，他觉得自己比起鲁侍萍还有本事，起码鲁侍萍没能力帮儿女解决工作问题。自卑的人常喜欢寻找优于别人之处，来获得内心的虚荣感。鲁贵就是这样，可他却从未想过，一个人是否能得到家人的尊重，跟他能办成多大的事无关，而跟他对家人的"关心"有关。

表面上看，鲁贵确实是帮鲁大海和鲁四凤解决了工作问题，但本质上他却是为了自己，而且他也确实是实际受益者。人心都是肉长的，鲁大海看得通透，所以才全然不把鲁贵放在眼里。在周家矿上工作的这几年，鲁大海目睹了作为资本家的周家为了自己的利益，枉顾他人性命的种种恶行。

他恨周家人，也恨资本家。所以，后来当鲁大海看到周萍摆出一副要死的样子，站在花园里唉声叹气时，鲁大海觉得大快人心。父债子偿，他觉得这就该是周家人的报应。警察在矿上打死工人后，鲁大海更是难掩心中的怒火，他气冲冲地跑到周公馆，先是警告鲁四凤："妈也快回来了，我看你把周家的事辞了，好好回家去。这不是你住的地方。"而后又作势要冲到周朴园的书房，找他讨要说法。鲁贵担心鲁大海惹事，便以"老爷正在接待宾客"为由，将鲁大海送到了下房等待。

鲁贵把鲁大海送到下房后，心里还惦记着鲁四凤手里的钱，便转头又回到客厅去找鲁四凤。恰好这时，鲁贵撞见了鲁四凤对周家二少爷周冲爱搭不理的一幕。

鲁贵知道鲁四凤喜欢周萍，却还是希望鲁四凤和周冲在一起，所以他便故意说起了周公馆的旧事。鲁贵一本正经地说："你知道这屋子为什么晚上没有人来吗？老爷在矿上的时候，就是白天也是一个人也没有吗？"

"不是因为半夜闹鬼吗？我只听说从前这屋子里常有叹息声，有时哭，有时笑的，听说这屋子里死过人，屈死鬼！"鲁四凤不慌不忙地答道。"一点也没错！我可是偷偷看见了！"鲁贵等鲁四凤说完，连忙接话道，全然不像是见过鬼的样子，反倒是像发现了这里的一件大秘密似的。

根据鲁贵所说，他刚来这里当差时，半夜曾被周冲叫起来去客厅看过"鬼"。没想到看到的不是鬼，而是繁漪和周萍在客厅里幽会。鲁四凤听后大惊，她只觉得繁漪作为继母，确实对周萍这个继子额外好些，却从未想过，繁漪对周萍的"爱"，可能不是母爱。

"我不信，您准是看错人了吧？他不会那样的！"鲁四凤拨浪鼓似的摇头否认，她实在不愿意相信，自己倾心相付的男人，会和自己的继母纠缠不清，也想不出为什么鲁贵要这般诋毁周萍。她不耐烦地驱赶鲁贵："您别说了！我妈今天回来，您看我太快活了是吗？您说这些瞎话干什么，快一边去吧！"

鲁贵见鲁四凤不听他的，也急了眼："我告诉你，太太知道我不愿意你离开这儿。这次，她自己要对你妈说，叫她带着你卷铺盖，滚蛋！"

"她让我走？"鲁四凤听到这话，脑子里"嗡"地一响。

Day3.
最怕借着"为你好"的名义,在关系里肆意控制

鲁四凤正半信半疑地思考着鲁贵口中的"真相",饭厅传来的咳嗽声将她拉回了现实。看着手上的中药汤,鲁四凤这才想起要为繁漪送药。

"太太,怎么您下楼来啦?我正预备给您送药去呢!"鲁四凤作势要去给繁漪送药,却正好撞见了通身黑色,拿着蒲扇而至的繁漪。繁漪的眼神中充满了一个年轻妇人失望后的痛苦与怨怼。

她扫了一眼鲁四凤手里的中药,道:"老爷在书房吗?老妈子告诉我说,这房子已经卖给一个教堂做医院了,是吗?"

鲁四凤点点头:"是的!老爷回来就催着要搬!老爷觉得要把小东西收一收,大件的都已经搬到新房子里去了!"

"怎么没有人告诉我?"繁漪若有所思地顿了顿,没想到自己两个礼拜没下楼,家里竟发生了那么大的变化。她叹气道:"什么事自然要依着他,他是什么都不肯将就的。"来不及给繁漪更多的时间叹气,鲁四凤便把中药汤递到了繁漪的手上。

繁漪皱了皱眉:"我并没有请医生,哪里来的药?"

"老爷说您犯的是肝郁,今天早上想起从前您吃的老方子,就让抓了一服药,说太太一醒,就给您煎上。"

繁漪听罢苦笑着,直叫鲁四凤将药倒掉,这药让她觉得讽刺至极。长久以来,家里上上下下都以为老爷顶关心妻子的健康,却并不知道,周朴园只是以此为借口,剥夺了繁漪在这个家中的权力。

想到这,繁漪厌恶地扫了一眼药碗,别过头道:"倒了吧!这些年喝这种苦药,我大概是喝够了。"

正说着,周冲突然破门而入。"妈,怎么您下楼来了?"周冲见到繁漪后,忙关切地问道:"您好一点儿没有?这两天我到楼上看您,您怎么总把门关上?父亲回家三天,您也没见着他。"

"我心里不舒服!"繁漪忧郁地看着周冲。

曹禺曾说:"周冲是这烦躁多事夏天里的一个春梦,周冲看不清社会,也看不清他所爱的人们。"见到自己最爱的母亲心有郁结,周冲安慰道:"妈,不要这样。父亲对不起您,可是他老了,我是您的将来,我要娶一个顶好的人。妈,您跟我们一块住,那我们一定会叫您快活的。"在单纯的周冲看来,母亲心中郁结,是因为父亲冷落了她,可他并不知道的是,母亲的忧愁,是源于对周萍的爱而不得。

周冲把自己的心事告诉繁漪,他以为繁漪会为此而开心,甚至会为了之后的美好生活而振作。周冲说:"妈,我一直什么都不肯瞒过您,您不是一个平常的母亲,您最大胆,最有想象，又最同情我的思想的。所以，我要跟您商量一件事。我现在喜欢一个人，她是我认为最满意的女孩，她懂得活着的快乐，她知道同情，她明白劳动有意义。最好的，她不是小姐堆里娇生惯养出来的人。"

繁漪看着满脸笑意的周冲，眼神一下子就暗了下来，"冲儿，你说的不是四凤吧？"周冲点点头，他对繁漪怀有最纯粹而真挚的爱意，所以坚信繁漪一定会支持他娶鲁四凤。可繁漪却直接浇了一盆冷水给他，"不行！我绝不同意你娶四凤！"

"妈妈，您为什么这样厌恶她！四凤是个好孩子，她背地总是很佩服您，敬重您的。"周冲不解地看着繁漪，他以为繁漪不接受鲁四凤，只是因为鲁四凤没有上过学，所以进一步说出了自己想要分一半学费给鲁四凤，供她上学的想法。

繁漪面色憔悴，她实在没有想到，鲁四凤竟如此惹人怜爱，不仅周萍移情于她，自己的亲儿子周冲也对她情根深种。正在这时，周萍伴着夕阳而归。

"萍！"繁漪好久不见周萍，这次相见算是解了相思之苦。她热切地望着周萍，本以为周萍多少也会对她有些思念。却不曾料想，周萍一进门就冷着脸道："我预备明天离开家里到矿上去。"

"你在矿上做什么呢？什么时候回来呢？"繁漪心下一沉，追问道。

"不一定，也许两年，也许三年。哦，这屋子怎么闷气得很。"周萍回避着繁漪炽热的眼神，他心虚得很，只想要赶快离开。

　　繁漪内心失落,还没从悲伤的情绪中缓过劲来,周朴园就从书房出来了。他与两个儿子简单地寒暄了几句矿上的事,就又煞有介事地把话题转到了繁漪的"病"上。周朴园问:"你为什么不喝药?喝了药,不要任性,当着孩子们的面。"

　　"我不愿意喝这种苦东西。我不想喝。"繁漪反抗地撇了撇嘴。

　　"你最好现在就喝了它!"周朴园不容许任何人忤逆他的意思。

　　面对周朴园的强势,周冲和繁漪只能一再妥协、顺从。趁着周朴园逼迫繁漪喝药之际,周萍和鲁四凤悄悄溜了出去。鲁四凤问:"刚才,我听你说,你明天就要到矿上去。你为什么不带我去?我好好地侍候你,给你缝衣服,烧饭做菜,我都做得好,只要你叫我跟你在一块儿。"

　　"不行!现在还不是时候!"周萍一口拒绝了鲁四凤,因为周萍想先安顿下来后,再回来找父亲坦白,接走四凤。可鲁四凤心中沮丧,因为她实在不想继续在现有的处境中左右为难。按鲁四凤自己的话说:"我父亲只会跟人要钱。我哥哥瞧不起我,说我没有志气。我母亲如果知道了这件事,她一定恨我。"

　　可尽管如此,周萍还是没答应鲁四凤。重返饭厅时,又遇见了繁漪。他本想着离开前不再与繁漪多说,却不曾料想,繁漪因为得不到周萍的爱而恼羞成怒，将周朴园抛弃良家妇女、逼良家妇女跳河的往事，全盘告诉了周萍。她愤愤地说："你父亲对不起我，他用同样的手段把我骗到你们家来，我逃不开，生了冲儿。十几年来像刚才一样的凶横，把我渐渐地磨成了石头样的死人。心如死灰的时候，是你突然从家里出来，然后把我引到了一条母亲不像母亲、情妇不像情妇的路上去。是你引诱我的！"

周萍吓得一个趔趄，声音颤抖地辩解道："年轻人一时糊涂，做错了的事，你就不肯原谅吗？"

"这不是原谅不原谅的问题，"繁漪步步逼近周萍，她发疯似的哭诉道，"我已预备好棺材，安安静静地等死，一个人偏把我救活了又不理我，撇得我枯死，慢慢地渴死。让你说，我该怎么办？你既知道这家庭可以闷死人，你怎么肯一个人走，把我放在家里？"

周萍见繁漪如此纠缠，更加坚定了要离家的决心。

Day4.
她痴心爱情，却只得来无数背弃

曹禺曾写道："《雷雨》中形象最为深刻的就是繁漪。他自己亲身看见过许多个繁漪，她们生活在恶劣的环境中，遭受着不幸和痛苦，在受到人们厌恶和唾弃的情况下，变得更加的乖戾，成为人们不能够想象和了解的人物。"

繁漪生活在深受封建思想荼毒的周家，她非但得不到丈夫的爱，连自己的自由都受到了周朴园的限制。内心苦苦煎熬之际，繁漪错把周萍当作解救她的"稻草"。可这样盲目地追求爱情，给周萍带来的却是惶恐和人伦上的耻辱。于是，周萍抓住了鲁四凤这颗救赎自己的"良药"，并决意要抛下繁漪，和鲁四凤双宿双飞。繁漪知道后，自然心有不甘，于是叫来了鲁四凤的母亲鲁侍萍，想要她带着鲁四凤尽快离开周家。

虽说太太辞退一个下人可以不需要任何理由，但繁漪是大家闺秀，做什么都讲究"事出有因"。搭话间，当繁漪看出鲁侍萍不同于鲁贵，是个有自知之明的通透之人时，便以周冲想娶四凤为由，逼鲁侍萍带着鲁四凤离开周家。鲁侍萍年轻时经历过周朴园的抛弃，她深刻体会了什么叫"门当户对"。在明知四凤和周家二少爷地位相差悬殊的情况下，她是不会像鲁贵一样，只计算自己得失，不顾女儿死活的。

繁漪一说，鲁侍萍就明白了周家人对这门亲事的反对。得不到父母祝福的爱情，多半是悲剧的，就像罗密欧与朱丽叶、梁山伯与祝英台。而且鲁侍萍自己也曾因男方母亲的反对而被抛弃过，所以在得知繁漪的意思后，便下定决心不让鲁四凤重蹈覆辙。

繁漪心里得意，正想着鲁四凤这个"眼中钉"终于要离开周家了，却被周朴园的突然出现吓得好心情全无。

和往常一样，周朴园名义上在问繁漪有没有喝药，实则是来巩固自己在家中的威严。可见到鲁侍萍后，他却惊呆了。因为周朴园做梦也没想到，此生竟还有机会再遇见周萍的母亲。在外人看来，周朴园一直是个长情的人，因为心中难忘初恋，所以才会冷落繁漪。只有鲁侍萍知道，周朴园就是个彻头彻尾的伪君子。

他担心自己曾与侍女恋爱的过往被人笑话，所以一直对外宣称周萍的母亲是知书达理的大小姐。而他与"意难忘"的侍萍重逢后，脱口而出的"此生不再相见"，也恰好证明了他的这份虚伪。

如今三十年过去了，为了补偿鲁侍萍，周朴园从口袋里掏出了五千块的支票给她，不料，这张支票刚到鲁侍萍的手中，就被她撕碎了。鲁侍萍虽现在过得不算富裕，却十分有骨气。而周朴园给她造成的痛苦，不是区区五千块就能一笔勾销的。

周朴园见鲁侍萍没有收下支票，正打算再说些什么，却被鲁大海的突然闯入打乱了思绪。

鲁大海疾恶如仇，爱憎分明，决定要找周朴园讨要说法。他对周朴园说："你故意淹死了二千二百个小工，每一个小工的性命你扣三百块钱！姓周的，你发的是绝子绝孙的昧心财！我们这次罢工是有团结的，有组织的。我们会一直罢工到底，我们知道你们不到两个月整个地就要关门的。"

在周朴园得知鲁大海是自己的儿子后，便收起了之前憎恶、嫌弃的嘴脸，反倒摆出了一副慈父的模样。他不仅宽容着鲁大海对他的出言不逊，还在周萍对鲁大海大打出手后，严厉地批评了周萍。周朴园说："你太鲁莽了！你不知道刚才这个工人也姓鲁，他就是四凤的哥哥吗？跟太太说，叫账房跟鲁贵同四凤多算两个月的工钱，叫他们今天就去，去吧。"周萍听说父亲要辞退鲁四凤，心下也承认了自己刚才的鲁莽。

鲁贵一家回到家后，鲁贵便坐在屋子里发起了牢骚："我是一辈子犯小人，不走运。刚在周家混了两年，孩子都安置好了，就叫你个鲁侍萍给连累下去了。你还真是回家一次就出一次事。"

鲁侍萍坐在一旁闷不吭声，鲁大海护母心切："你要骂我就骂我，别指东说西，欺负妈好说话。你喝了不到两盅酒，就叨叨叨，叨叨叨，这半点钟你够不够？"

鲁贵只顾自己说得畅快，全然不顾听者的内心感受。听鲁侍萍说要带着四凤离开，他心里一惊。鲁贵并不知道鲁侍萍和周朴园之间的旧事,他只知道,如果四凤走了,那自己就真成了无依无靠的小老头了。所以,鲁贵坚持不肯让鲁侍萍带走四凤。

正当鲁贵和鲁侍萍争论之时,周冲带着一百块钱,跑到了鲁家。

"二少爷,我看你赶快回家吧!你回去告诉太太,我们会好好过日子的!你拿回去吧!"鲁四凤原本就因为要离开周萍而心烦气躁,见周冲又来找她,连客气的态度都不愿意摆出来,就直接下了"逐客令"。周冲走后,鲁四凤的烦躁还未消散,鲁侍萍就进屋逼着她与周家划清界限。

得知周朴园就是周萍和周冲的父亲后,鲁侍萍怕得要命,而如今看到周冲对鲁四凤死缠烂打,鲁侍萍便更担心了起来。鲁侍萍声泪俱下,甚至以性命为要挟,逼着四凤起誓,永生永世不再见周家人。不见周冲,鲁四凤自然做得到,因她本就不喜欢周冲。可周萍也是周家人,要下定决心不见周萍,四凤就有些为难了。可为了不让鲁侍萍揪心,她也只能昧着心起了誓。

Day5.
从三个女性的命运，窥见一个时代的悲剧

对鲁四凤来说，在她被迫发誓要远离周家人的那一刻，就注定了这份爱的落寞结局。可当周萍躲在窗外的阴影处呼喊四凤时，她又再次陷入了纠结。看着周萍等在窗外淋雨，鲁四凤终究还是背弃了对母亲的承诺，再一次与周萍紧紧地抱在了一起。一阵缠绵后，首先等待他们的，是来自鲁大海的"拷问"。

"糟了！哥哥回来了，你走！你快走！"鲁四凤侧耳听到鲁大海的声音后，吓得把周萍推到了窗边。鲁大海恨透了周家人，如果让他看到周萍夜闯鲁四凤的闺房，一定不会善罢甘休。可他们不知，窗户已被悄悄尾随而来的繁漪从外面锁死，周萍未来得及逃走，鲁大海就已经和鲁侍萍一前一后地踏进了四凤的房间。

"天啊！"鲁侍萍推开鲁四凤房门的那一刻，直接就瘫倒在了地上。鲁大海见到衣冠不整的周萍后，直接抄起桌上的铁刀，作势就朝周萍挥了过去。手起刀落之际，鲁侍萍一个躬身死死环抱住了鲁大海："大海，你别动，你动，妈就死在你的面前！"

鲁大海急得跺脚,而胆小懦弱的周萍被眼前这一幕惊呆了,他吓得不敢挪动半分,直到鲁侍萍要他快跑,他才落荒而逃。周萍离开的时候,鲁四凤也随之逃了出去。

鲁家人出门寻找鲁四凤的时候,周朴园还坐在周公馆客厅的沙发上读文件。周朴园突然想起了花园里面的电线还没人来修,便叫来睡眼惺忪的仆人,这才知道,周家人该睡的已经睡下,该走的已经离开,未归的还在路上。恍惚间,周朴园突然感受到了一股莫名的凉意。那是孤独的滋味,是寂寞的味道。

正想着,繁漪默不作声地从门外走了进来,整个人就像一个行走的孤魂。周萍的离开让繁漪彻底陷入了绝望。

特别是周萍和鲁四凤在床上耳鬓厮磨的画面落到繁漪的眼中时,让繁漪再也不想逆来顺受了。所以,当周朴园再次对繁漪说"你走!你上楼去吧"时,繁漪轻蔑地拒绝了:"不,我不愿意。我告诉你,我不愿意!"说罢,繁漪瞟了一眼周朴园拿在手里的侍萍照片,冷笑道:"又是那个女人的照片。"

自打繁漪嫁到周家,侍萍的照片就一直存在于繁漪和周朴园之间。在繁漪看来,周朴园是因为难忘侍萍,才会疏于对自己的照顾。寄情于周萍之后,繁漪以为自己从此便可忽略掉周朴园的冷漠,但他们最终都抛弃了她。繁漪的心中不只有酸楚、嫉妒,更有恨。除此之外,她竟莫名其妙地对侍萍的照片有了一丝熟悉的感觉。繁漪一时还未理清思绪,她就看到了低着头、丧着气的周萍。

"爸！您还没睡？"周萍被周朴园的满脸责备吓出了一身冷汗。

"怎么现在才回来？你来这里，是打算要干什么？"周朴园看到失魂落魄的周萍闯进客厅，心中不觉又对这个儿子生出几丝不满。可听他说完要即刻出发去矿上后，周朴园又不免心疼了起来。

"外面下着大雨，半夜走不大方便吧？"周朴园露出了久违的慈爱表情，关切地劝说周萍等到明天早上再出发。

"就这样着急吗？"繁漪小心翼翼地试探。

"是！母亲！"周萍道。

繁漪听到周萍叫"母亲"，明显有些黯然。这样的关系与身份横亘在二人之间，也注定了他们的不可能。明知不可为，却偏要为之，繁漪骨子里的叛逆，再一次从心头奔涌了出来。

Day6.
三十年的罪与罚，顷刻而至

　　周萍担忧自己和繁漪的不伦关系、和鲁四凤的亲密缠绵，会被人捅到周朴园那里，所以一刻也不愿停留。周萍是懦弱的，这一点繁漪也知道。可即便如此，当看到周萍真的要离开，她仍无法接受。她用祈求的口吻说："如果今天你不走，你父亲那儿我可以替你想法子。"

　　被周萍拒绝的繁漪，瘫坐在客厅的沙发上，一片一片地撕碎了侍萍的照片，抬起头时，突然迎上了鲁贵狡黠的目光。"你来做什么？"繁漪惊讶地问。"我想见见老爷！"鲁贵阴险地看着繁漪，昂起头诡诈地说："要是太太愿做主，不叫我见老爷，那就大家都省事了。"鲁贵一直是个精于算计的人，他早就和四凤说过，如果周家敢把四凤轰出去，那他就把周萍和繁漪的事抖出去。可没想到的是，鲁贵这次的如意算盘不仅落空了，还扯出了周朴园和鲁侍萍掩盖了三十年的大秘密。

　　当繁漪听鲁贵说起鲁太太的名字叫"侍萍"时，当繁漪把撕碎的照片拼凑起来摆到鲁贵眼前时，她才意识到，原来鲁贵的妻子、鲁四凤的母亲，就是周朴园念了三十年的女人。领了繁漪的钱，鲁贵准备拉着鲁大海离开，可鲁大海见到周萍后，一巴掌打在了周萍的脸上。

"哼,听说你现在就要跑了?早有这个计划?刚才要不是我母亲拦着,你早就死了,现在你的命还是被我抓在了手心里。"鲁大海恶狠狠抓着周萍的衣领,恨不得给他挫骨扬灰。正说着,鲁四凤头发散乱、衣服湿透地跑进周公馆。周萍担心鲁四凤见到鲁大海后会情绪激动,便让鲁大海先藏了起来。

鲁四凤见到周萍后,哭着扑进了他的怀里,戚戚地说:"萍,我们一块离开这儿吧!就是这一条路,萍,我现在已经没有家,哥哥恨死我,母亲我是没有脸见的。我现在什么都没有,我没有亲戚,没有朋友,我只有你,萍!你明天带我去吧。"

周萍心疼地抱着鲁四凤,艰难地说:"好!我们现在就一起走!不过,走以前我们先见一个人。见完他我们就走!"

"见谁?""你哥哥!我已经见过他了,不见他,咱们也走不了!"鲁四凤满脸错愕,她害怕见到鲁大海,拉扯着周萍不要管鲁大海,先行离开。奈何离开之前,四凤还是见到了鲁大海和鲁侍萍。仓皇间,四凤"扑通"一下跪倒在地,泣不成声地求饶道:"妈!饶了我吧!饶了我吧!我忘了你的话了!"

鲁侍萍心疼地抱着四凤,按照鲁大海的说法,既然事已至此,便也只能成全鲁四凤和周萍了。所以,他和周萍约定好,等周萍在矿上安顿完,再回来接四凤走。眼看一切都得到了妥善的解决,鲁侍萍却一把拉起了四凤,连拖带拽地就要把她拉回家。鲁侍萍以为，只要将他们拆散，悲剧就不至于不可收场，却不曾料想，四凤已经有了身孕。周萍一听，甚是欢喜，他跪倒在地，求鲁侍萍成全他和四凤。

鲁侍萍不忍看到四凤和周萍难过，心一软，决定放他们远走高飞。可周萍和四凤还未踏出周家，在暗处偷听的繁漪就带着周冲追上了他们。为了拆散鲁四凤和周萍，繁漪不惜利用自己的儿子去与周萍抢夺，可周冲嗫嚅地说只要四凤愿意，他没有意见。繁漪彻底崩溃，抱着同归于尽的想法打算说出自己和周萍的不伦之恋。看到繁漪发疯，周萍只想在周朴园没醒之前带着四凤赶快离开。正当客厅里乱作一团时，周朴园念着"侍萍"的名字，走到了他们中间。

周朴园不急不慢地说出了真相，警告周萍："不要以为你跟四凤同母，觉得脸上不好看，你就忘了人伦天性。"他故作沉重地望着侍萍，道："我老了，刚才我叫你走，我很后悔，我预备寄给你两万块钱。现在你既然来了，我想萍儿是个孝顺孩子，他会好好地侍奉你。我对不起你的地方，他会补上的。"

刹那间，所有人的命运都被改写了。周萍与四凤得知了这个真相，宛如晴天霹雳。四凤失魂落魄地跑出客厅，被院中的电线给电死了，周冲不知情，拉了她一把，也一同丧了命。周萍万念俱灰，在书房开枪打死了自己。鲁大海愤而出走，侍萍和繁漪经受不住打击而疯，周朴园则一个人在悲痛中深深忏悔。

Day7.
过多的欲望,容易使人失去支点

曹禺在谈及《雷雨》中的人物时曾说:"周朴园这个人可以说是坏到家了,坏到连自己都不认为自己是坏人的程度。"

在《雷雨》中,周朴园一出场就给人以强烈的压迫感。他是"父权社会"和"旧制度"的受益者,他无论做什么,最终的目的都是为了巩固自己的权益,维系自己的权威。也正因如此,他对鲁侍萍和繁漪的"爱"不可能纯粹。

鲁侍萍年轻时是周公馆的女仆,当时的周朴园还是个腼腆的公子哥,他困于父母的管束,不敢像纨绔子弟那般出去花天酒地,便将注意力放到了漂亮、伶俐又听话的侍萍身上。但那不是爱,只是周朴园的欲望。所以,当周母反对二人在一起时,周朴园立刻便抛弃了鲁侍萍同他们的孩子。最后,他的自私不仅害了鲁侍萍和繁漪,也亲手害死了他的两个儿子,并最终落得一个孤苦伶仃的下场。

俗话说:"爱人七分足矣,剩下三分爱自己。"意思是爱得再深,也要给自己留有余地。可繁漪不懂这个道理,年轻时的繁漪也曾是一朵娇艳的花朵,可她嫁给周朴园后,这朵花就凋零了。

而周萍成了她绝望生活里的一根"救命稻草",是最后的希望。失去他,就意味着失去了活着的全部念想。繁漪从一开始便错了,将人生的支点放在别人身上,这本来就是一件可怕的事。不论多爱一个人,我们首先都要爱自己,要让自己的生命充实起来,能拯救我们的只有自己。

如果说繁漪贪图周萍的爱,是为了获得解脱,那周萍选择四凤,则是为了得到救赎。作家三毛曾说:"爱,是人类唯一的救赎。"

而对有过"不伦体验"的周萍来说,他也同样渴望得到一份能救赎他灵魂的爱。周萍在"俄狄浦斯情结"的影响下,为了得到更多的"爱",与继母发生了关系。可很快地,强烈的背德感和对父亲的恐惧让他心生退意。周萍后悔了,绝望之际,鲁四凤出现了。对周萍来说,鲁四凤是他无论如何也要抓住的人。但在那个封建的旧社会,周萍的懦弱和骨子里的自私让他只顾全自己,而从未考虑这样疯狂的后果——先是撩拨繁漪,而后又占有鲁四凤。周萍在两个女人之间,看似都付出了真心,实则却是为了弥补自己内心的缺失,满足自己对爱的渴求。

作者用将近14万字的篇幅,给我们讲述了周、鲁两家近30年的爱恨情仇。这既是封建资产阶级家庭的悲剧,也是不可捉摸的命运造成的悲剧。

《远山淡影》

对战争静默的反抗

[英] 石黑一雄

战争带来的创伤,能够在时间冲刷下逐渐愈合吗?

童年的经历对人的一生到底有多大影响?

战争过后,传统的社会秩序是否会被打破?

为什么人们常常不敢直面自己曾经犯下的错,而用自我欺骗来掩盖?

面临选择时,如何才能让自己无怨无悔?

这些关于成长、关于爱和战争的命题,在读完本书后,你也许会找到属于自己的答案。

作者石黑一雄,他是日裔英国小说家,曾获得"布克奖""诺贝尔文学奖"和大英帝国勋章等多项荣誉。

他的作品背景横跨亚欧,颇具国际视野和人文关怀,因此,人们把他与奈保尔、鲁西迪并称为"英国文坛移民三雄"。

MAI JIA
READING
WITH YOU

Day1.
她自私的决定害死了女儿，三十多年后却被人理解

1954年，石黑一雄出生在日本长崎。1982年，他获得英国国籍。2008年，他被《泰晤士报》评选为"1945年以来英国最伟大的50位作家"之一，并于2017年获得诺贝尔文学奖。

石黑一雄的父亲并非传统的日本男人，他在上海长大，是一名海洋学家，性格更像中国人；石黑一雄的母亲在长崎长大，言行举止是典型的日本女人；而石黑一雄自己，在英国长大，所以他的作品对不同的文化都有呈现。石黑一雄关注的不是某一类人，而是不同背景下，不同的人、不同的心理和不同的命运。也许是根在日本，所以当石黑一雄开始小说创作生涯时，他首先想到的就是日本。于是，他的第一部小说《远山淡影》诞生了，而这部小说中的故事，恰恰就发生在石黑一雄母亲年幼时期的生活地——日本长崎。

《远山淡影》以回忆和现实穿插的手法，通过一个名叫悦子的中年女人，为我们讲述了二战刚结束时，长崎一对母女之间发生的故事，没有波澜壮阔的情节，也没有戏剧化的爱恨情仇，有的只是娓娓道来的细语、日常生活中的小人物和琐碎的生活情节。但这也是石黑一雄的高明之处，因为他能够不露声

色地把一段历史对人心灵的摧残展现得淋漓尽致,让人不觉沉浸其中,为之动容。

故事的讲述者悦子原本是日本人,但如今已定居在英国。故事的开始,她的大女儿景子已经自杀,而住在伦敦的小女儿恰好来看她。面对女儿的死,她把难过和自责深深地埋在心里,用回忆来让自己得到救赎。

景子是纯血统的日本人。长崎原子弹事件后,悦子带着她离开了那里,但是她过得并不开心,童年的经历伤害了她,也伤害了她们的母女情。后来到了英国,她同母异父的妹妹妮基出生了。姐妹两个人性格完全相反:景子抑郁,妮基开朗,所以二人相处得并不融洽,甚至连景子的葬礼妮基也没有出席。

佐知子和万里子这对母女,是在悦子的回忆里出现的,可事实上,这两个人恰恰就是悦子和她的女儿景子。因为自己的人生过于痛苦,所以她把自己的故事描述成了别人的故事,站在了旁观者的角度来讲述自己的过去。悦子回忆中的藤原太太,是一个曾经家境优渥的上等人,在战争中失去了家人,现在仅依靠一家面店过活,虽然命运发生了巨变,但是她对生活的态度依然那么乐观。

在故事中,还出现了二郎和绪方先生。二郎是悦子的丈夫,典型的日本男人,对工作尽心尽力,对自己严格要求,哪怕在家也要穿西装打领带。而绪方先生呢,是个古板的老师,对日本传统文化极端推崇,拒绝接受新思想。

每一个人物的出场,看似波澜不惊,实则贯穿了悦子与女儿景子过去的生活。

《远山淡影》不是一个鸿篇巨制的故事,也没有深刻的爱恨情仇。但是我们依然能被作者细腻的文字所吸引,被故事中一个个小人物打动。

比如佐知子口口声声地说"我全都是为了女儿",可是她的所作所为似乎并非如此。她不关心女儿万里子的成长,不理会她的想法,甚至亲手溺死了女儿珍爱的小猫。每一次在女儿心里留下的负面积淀,都在一点点将她引向自杀的悲剧结局。

比如二郎,在他的心里工作就是全部,所以对于父亲和妻子并没有多大的耐心和温情,因此,整个家庭的氛围是严肃的、凝重的。透过他,我们可以看到传统日本男人对于妻子和家庭的忽视,感受到他们在家庭中无法撼动的地位。或许,我们也理解了佐知子说的"日本不适合女孩成长"那句话的含义。

又比如悦子在回忆过去时采取自我欺骗的态度:她将自己塑造成一个贤惠持家的幸福女人,可事实上,丈夫的冷漠和内心的压抑让她并不开心。

这让我们忍不住开始反思:记忆无法掩埋,它总是在我们的生活中忽隐忽现,就像远山淡影一样挥之不去,那么对于自己曾经的过错,我们该如何追悔和自我救赎呢?是像悦子一样当回忆起伤痛时选择自我欺骗,还是好好正视过去,承担由于自己的失职而造成的后果呢?

Day2.
你可以指使记忆说谎，但无法让谎言掩饰哀伤

偌大的房子里，平时只有悦子一人。丈夫和大女儿景子都已去世，唯一的小女儿妮基住在伦敦，并不经常来看她。故事发生在四月，妮基回家看望母亲的那五天。在这五天里，悦子将深埋于心底的故事用片段式的回忆呈现了出来。

妮基来的第一天，母女俩的对话小心翼翼。第二天，妮基无意间提起了景子。景子是悦子的大女儿，是妮基同母异父的姐姐，她尚且年轻却性格抑郁，最终选择了自杀。

景子和妮基的关系并不融洽，景子的葬礼妮基也没有来参加。景子的死，在妮基心头挥之不去，更让悦子无法释怀。其实景子的自杀倾向早已有所表现，过去几年她一直把自己关在屋子里，拒绝和外界沟通，直到死了几天后才被人发现。她关闭了自己房间的门，也关闭了自己内心的门。

妮基提起景子的死，让悦子的思绪不由得回到了过去，回到了多年前她生活过的日本长崎，回到了她和佐知子母女相处的那段时光。

那是二战刚刚结束后的长崎，大多数房屋被炸毁，许多人无家可归，所以，政府还来不及处理废墟，就立马着手建立新

的公寓。每间公寓都是一样的配备：榻榻米的地板、西式的浴房和厨房。一样的简陋，一样的拥挤，甚至有的还未完善，就赶紧让人搬了进去。

悦子和丈夫二郎住在东边城郊刚修的公寓里，旁边有一条河。炎热的夏天，河里满是污水、苍蝇和各种垃圾，变成了一条散发着恶臭的水沟。在悦子家的河对岸，过了没多久，佐知子和万里子母女就搬到了木屋里。从悦子家望去，正好能看到木屋的全貌。但是她观察了很多天，从来都不见万里子的爸爸出现，偶尔，会有一个美国男人过来。

此时的佐知子尚且年轻，万里子也才10岁。对于这对新来的母女，周围的女人自然十分好奇，于是过去搭话，但佐知子并不回应她们。起先，悦子并不想和这对行为怪异、处事冷漠的母女相识，因为怀孕几个月的她，只想安安稳稳地度过难得的平静日子，不过一个偶然的契机让她们相识了。

那天，悦子看见万里子在和几个孩子打架，似乎还受了伤，她担心万里子吃亏，就四处去找佐知子。但是佐知子并没有把这件事放在心上，甚至觉得悦子简直是小题大做："孩子们打架不是很正常吗？还用得着一个孕妇气喘吁吁地跑来告诉？"对于悦子的热心，佐知子还是表示了感谢，并说她现在有事情，麻烦悦子去帮忙照看一下女儿。

虽然这种要求十分无理，可悦子出于礼貌，仍答应了佐知子的请求。见到万里子后，悦子发现，原来和孩子相处并没有那么简单。因为万里子并不理会她,甚至还有意躲闪,抓起鞋子准备随时跑掉。显然,对于眼前这个没见过面的阿姨,万里子并不信任。于是,她们的第一次见面就这样匆匆结束了。

第二次见面让悦子更加茫然。那次打架事件过了半个月后,佐知子邀请悦子去她家里。万里子非常喜欢猫咪,她的猫马上要生宝宝了,但现在还没找到下家,万里子不想让这么可爱的猫成为流浪猫。恰好悦子来了,她表示希望悦子能收养一只她的猫,正如河对岸另外一个阿姨想要一只猫一样。

河对岸的阿姨不就是自己吗?经悦子再三确认,万里子说的确实不是自己,那是谁呢?原来,万里子经常会看到一个女人,那个女人会在黑暗中和她对话,邀请万里子去她家,或者要带走万里子。而实际上,并非真的有个女人时常出现,这一切都是万里子的幻想。

经过和佐知子交谈,悦子了解到,佐知子母女先前住在伯父家里,那里衣食无忧,房子也宽敞,然而出于特殊原因,她们搬了出来。虽然现在住着拥挤简陋的木屋,但是佐知子对于生活仍然十分讲究。正当悦子准备问佐知子此次邀请的意图时,佐知子告诉她,希望悦子能帮忙给自己找一份简单的工作。比如上次悦子提到有个开面店的朋友藤原太太,如果她需要一个帮手的话,那就再好不过了。佐知子此刻正好缺钱,这份工作可以帮她贴补家用。

藤原太太是悦子母亲最好的朋友之一,现在的她,头发花白，却依然十分和蔼。当悦子告诉了藤原太太佐知子的情况后，她很快就答应了。对于藤原太太的帮忙，悦子的心中充满感激，决定去面店看望一下藤原太太，再次当面道谢。见到藤原太太后，悦子十分高兴，可藤原太太却不断地问悦子，是不是过得不开心。

悦子一直说："我没有不开心，我只是有点累，没有什么比现在更开心了。"

藤原太太告诉悦子："人应该想着未来，不能陷入已故之人的无尽悲伤中。"

初夏时，绪方先生来到了悦子和丈夫二郎的家里。绪方先生是悦子的公公，他此次来，除了看望儿子和儿媳外，还要找松田先生弄清楚一件事情。二郎和松田先生以前是很要好的朋友，他希望二郎能帮忙联络。可眼下，二郎的工作似乎特别忙，对父亲的事情根本不放在心上。

正当这头公公催促之时，那头万里子又失踪了，悦子不得不和佐知子一起去找她。万里子已经失踪三四个小时了，依然不见踪影。天已经黑了，万里子到底去哪里了呢？

坐在英国的家里，悦子回忆着曾经在日本的那些事。那段她想掩埋掉的记忆，似乎随着时间的流逝变得更加清晰。过去的经历，是藏于心头的刀，拿不走，抹不掉，时不时会杀个回马枪，刺痛你。

Day3.
父母和孩子，到底应该如何相处

悦子和佐知子找遍了附近的街道和角落，最后看见河边有一团黑色的影子，这团影子正是万里子！她躺在水沟里，大腿内侧全是血。虽然不动弹，但她并没有死，而是眼神空洞地盯着眼前的两个人，就好像不认识一般。

"我们最好叫人来。"悦子说。

但是佐知子却坚持认为女儿的伤势并不严重，不需要别人过问。佐知子太了解女儿了，她知道女儿是想用自杀来反抗她，所以根本不是悦子所想的那样有歹徒存在，更不需要警察插手来查明真相。两人又聊到了其他事情，佐知子告诉悦子，她们很快就会搬到美国去，为此她高兴极了，似乎已经忘记了女儿刚刚发生的意外。

从佐知子兴高采烈的描述中，悦子知道，那个偶尔来家里的美国男人是弗兰克。佐知子期望弗兰克带她离开日本，在美国开始一段新的人生。至于语言、文化的差异，她丝毫不在乎。当然，对于女儿拒绝去美国而采取的自杀反抗，她也毫不在乎。可是佐知子却口口声声说："对我来说，女儿的利益是最重要的，我不会做出有损她未来的决定。我向你保证，万里子一定没问题的。"

真的没问题吗？对于悦子的怀疑，佐知子始终认为是悦子在嫉妒她：嫉妒她可以离开这片战后的废墟城市，嫉妒她可以在美国自由地生活。

今天是妮基来看她的第三天了，她们俩打算一起出门走走，走累了就坐在茶馆歇息。这时，一个可爱的小女孩映入眼帘。悦子对妮基说："也许你很快就会结婚生孩子。"

可是妮基并不喜欢孩子，她就想这样自由地活下去。

她们看到了一个熟悉的身影，是沃特斯太太，景子以前的钢琴老师。她们互相问了好，沃特斯太太还把妮基错认成了景子。当她问到景子最近生活怎么样时，悦子淡淡地说："她搬到曼彻斯特去了，我没有她太多的消息。"沃特斯太太还在追问景子的情况，悦子母女并不想回应。

景子的死就像一个无法摆脱的魔咒，虽然妮基并不在意她们之间的冷漠关系，但是她的死却让妮基对这座房子充满阴影。她回来的这几天，睡得并不好，尤其是晚上睡在景子的房间对面，让她更是久久难眠。所以她向悦子提出要换个房间睡。

悦子对于换房间的要求很生气，不过她十分理解。因为景子在去世的前两年，一直把自己关在房间里，她没有朋友，不许人进她的房间。吃饭时，她会自己去厨房拿饭菜，吃完后又把自己锁起来。偶尔从房间出来一次，也是以和大家吵闹结束,与全家人为敌。偶尔开门,也很快就会关上。她的房间乱糟糟的,书和衣服堆了满地。她与全家人决裂,也与这个世界决裂。

在家里把自己关了两年后,景子去了曼彻斯特。在曼彻斯特,她仍然把自己关起来。当人们发现她上吊的尸体时,她已经死了很多天。在曼彻斯特,景子依然没有和这个世界握手言和。

每当想到女儿的死,悦子就心如刀割。她知道,景子一定无数次在心里怨自己的妈妈,怨她带自己离开了熟悉的日本,来到了陌生的国度。一定是这样的。最近,悦子不断地梦到一个小女孩,她推测,这个梦和她多年前长崎的老朋友——佐知子有关。于是,她又陷入了对长崎生活的回忆中。

自从把万里子从河边救回来以后,悦子已经许久没见过这对母女了。她一直在家里陪伴远道而来的公公,绪方先生。战争过后,悦子作为幸存下来的小女孩,被绪方先生收养,后来和他的儿子二郎结了婚。

在悦子家的这几天,绪方先生每天都像个小孩子一样摆好棋盘,等着儿子回来跟他下棋。可二郎总是回来得很晚,回来后又说自己累了,并不想跟父亲下棋。对于父亲提到的松田先生发表那篇文章的事情,二郎并不想多掺和。但对于这篇文章,绪方先生耿耿于怀。因为松田作为他的学生,竟然公开怀疑自己以前的价值观和教学方法,这让爱面子的绪方先生感到非常难堪。所以，当父亲在下棋时一提到文章的事情，二郎就巴不得棋赶快下完。

一天他们又在下棋时，二郎的一个同事经过门口，顺道来家里拜访。二郎借机赶紧把棋盘推向一边，并嘱咐悦子去倒茶。二郎的同事却阻止了悦子，不让她麻烦。这时，二郎生气地瞪了悦子一眼，悦子马上遵从了他的意愿去倒茶。在他们的聊天中绪方先生知道，二郎的这个同事和他老婆的政治观念完全不同，尽管他们相爱，但在选举时，他们并不会选同一个人。

客人走后，他对二郎说，这种行为完全是对丈夫的不忠，妻子对丈夫就要绝对服从。二郎对于父亲的一番论断并不感兴趣，他站了起来，说了声抱歉就去睡了。

不管是绪方先生和二郎之间，还是悦子和女儿景子之间，关系都不够融洽，让我们不禁自问：父母和孩子，到底应该如何相处？是父母的教育出了问题，还是子女长大后不愿意再与父母沟通？

Day4.
人生就像搭积木

上次,佐知子提到她马上要带女儿去美国了,以后再也见不到悦子了。没想到,过了几天佐知子又突然出现在了悦子家门口。原来,那个美国男人弗兰克并不是什么靠谱的主,他丢下了母女俩,一声不吭地自己跑了!而且,更让悦子吃惊的是:这并不是弗兰克第一次这样做!以前在东京,他就曾多次给佐知子承诺,又多次跑掉。他的目的是钱,只要拿到佐知子的钱,他就出去浪荡,花完了又回来继续骗她。

佐知子明知弗兰克是这样的人,还一而再再而三地相信他。悦子正想劝佐知子不要再被这种男人耍得团团转的时候,佐知子却先开口了:"悦子,弗兰克最想做的就是带我去美国,现在只是稍稍耽误了。没事,他还会回来的。要不他为什么大老远从东京到长崎来找我呢?"

佐知子的自欺欺人让悦子到嘴边的话又咽了下去。佐知子说明了这次拜访悦子的意图,原来是她手头紧张,想找悦子借点钱。作为一个即将成为妈妈的人,悦子最看不得孩子受苦。毕竟万里子才10岁,就已经没有了父亲,又居无定所,跟着妈妈到处折腾,想想都可怜。于是,悦子二话不说就去把自己存的钱取出来，交给了佐知子。其实，从第一次见面开始，悦子就对她们母女非常同情，尤其是万里子。在这场战争中，最大的受害者就是孩子。

几年前，佐知子带着女儿生活在东京。战争期间的东京并没有比长崎好到哪儿去，大家的生活一样糟糕。一天，5岁的万里子在河边玩，突然看见一个女人跪在河边，把一个襁褓中的婴儿浸在水里，直到那个婴儿死去。

万里子直直地站在那里，目睹了一个母亲冷漠又狠心地杀了自己的孩子。从那以后，她经常梦到那个女人，有时候半夜不睡觉站在门口，说那个女人又来找她了。

万里子的父亲原本是个有名望的人，那时候，他们一家和睦，过得很幸福，但是万里子出生没多久，战争就来了。战争带走了万里子父亲的生命，带走了他的名望，更带走了万里子本该幸福的童年。她缺乏父爱，缺乏家庭的温暖，唯一的依靠——妈妈，也没有给她足够的母爱。万里子作为一个10岁的孩子，性格甚至有些扭曲。比如她非要去捉蜘蛛，然后放到嘴里，想尝尝蜘蛛的味道；比如她经常半夜不睡觉盯着门看；再比如她会突然跑出门去，说有女人来找她……

万里子并不喜欢弗兰克，在她看来，弗兰克就是个酒鬼，好吃懒做，只会骗人，她才不想跟这种人去美国呢。可是佐知子却觉得，就算弗兰克多次欺骗她，她也认了，谁让弗兰克是美国人呢？眼下，她没有其他选择。

从悦子那里借了钱以后,佐知子马上就去找弗兰克了,她知道,没有钱,她跟弗兰克才是真的完了。但她不能让他们就这样完了,她要抓住弗兰克这最后一根救命稻草。

出去了很久以后,佐知子终于回来了。母女俩又因为弗兰克吵了起来。万里子大声喊道:"弗兰克像猪一样撒尿,他是臭水沟里的猪,他喝自己的尿!"

佐知子本想打她,但是万里子却飞快地跑了出去,消失在了黑夜中。这一切,都被悦子看在眼里,但她有什么办法呢?佐知子心里比谁都清楚这一切,自己再劝也没用。

当悦子问到佐知子接下来的打算时,佐知子说,她最在乎的就是女儿的幸福。让女儿去陌生的美国,认一个外国人做爸爸,她肯定不会幸福。所以她接下来打算给伯父写信,希望能回到伯父家里住。

对于弗兰克,佐知子失望极了。自己擦地板、当女佣辛辛苦苦挣的钱,却被他拿去找酒吧女郎挥霍——自己的软弱换来的只有欺骗。所以这次,她再也不相信弗兰克了,她不会把女儿交给这种人。万里子跑出去,佐知子似乎毫不担心,在她看来,根本不用去管万里子,因为她迟早还是要回来的。

战争耗尽了佐知子的耐心,也耗尽了她们母女的感情。受到摧残的远不止她们一家,比如藤原太太。藤原太太一家是日本的上等人物,丈夫在政要部门工作,孩子也十分优秀。但是一夜之间,她的丈夫和四个孩子都死了,房子也毁了,仅仅幸存的是她与大儿子和夫。

镜头又切到了英国，悦子从回忆的思绪中回到现实。今天是妮基来看她的第五天。早上，妮基告诉悦子，她的一个朋友听说了悦子从日本到英国的经历，觉得印象深刻，就想写首诗。在妮基看来，妈妈从日本到英国来的经历是伟大的，因为这世上很多女人都过得不开心，但并没有勇气改变这一切。

在这里的五天，妮基并没有休息好，事实上，从她踏进这座房子开始，她就觉得不舒服，到了晚上，她更是觉得阴森森的。悦子更是如此，自从景子去世后，她就没睡好过。每天晚上，她都要梦见一个女孩，就像以前万里子梦见那个女人一样，阴魂不散。她以为这个女孩是她前几天看见的荡秋千的那个，但走近了看才发现不是。她梦到的小女孩到底是谁呢？或许是万里子吧，她心想。

俗话说：三岁看大，七岁看老，十二岁定终身。可见，童年的经历对一个人的一生都至关重要，就像搭积木，前边几个没搭好，后边总是摇摇欲坠。

所以，为人父母，要好好呵护孩子的童年。

Day5.
真正富足的人，从不炫耀

佐知子想回伯父家住的请求很快就得到了答复。伯父表示非常愿意佐知子母女回去，这让佐知子大大地松了一口气。但让悦子意外的是，佐知子没有立刻动身，而且，她收到信以后也没有把这个消息告诉万里子。几周过去了，佐知子不仅没有离开，甚至连信都没回。她在等什么呢？悦子感到十分疑惑。

佐知子知道自己快要离开这里了，所以，决定在临走前和悦子一起去稻佐山玩一玩。那是个炎热的夏天，佐知子、万里子和悦子三人恰好在下午最热的时候到达了稻佐山。

山上的景色大好，让悦子和佐知子的心情也跟着舒畅起来。在与佐知子的交谈中，悦子知道了她的英语之所以那么好，与她的家庭有很密切的关系。佐知子的父亲是个受人尊敬的商人，长年在国外，尤其是欧美国家。每次一回来，他就会给佐知子带各种国外的新鲜玩意儿，讲一些国外的见闻，使得佐知子自小就受到了欧美文化的熏陶。

对于美国的自由民主，她早就羡慕不已，所以，从小时候起，她的梦想就是去美国当一个电影明星。妈妈笑话过她的这个梦想，爸爸却认真地鼓励她说："只要你把英语学好了，我就带你去。"从那以后，佐知子拼命学英语，小小年纪就能把英语说得十分流利了。但结婚后，她的丈夫不允许她继续学英语，认为她应该遵从日本的传统文化，不去做那些崇洋媚外的事情。于是，佐知子就把英语的学习搁置了。在佐知子看来，自己的丈夫是一个严肃、爱国的日本男人，但并非一个善解人意之人。他们门当户对，相处得融洽，却似乎并没有深爱彼此。

在游玩中，万里子突然高兴地对悦子说："我们又要和安子阿姨一起住了，现在我们可以留着小猫了，安子阿姨的房子很大。"安子阿姨是佐知子伯父的女儿。显然，对于搬去伯父家住的决定，万里子十分开心。

傍晚时，她们坐在缆车旁的空地上休息，万里子拿出素描本开始画画。这时，之前碰到的胖女人和美国女人也过来了。

胖女人来到万里子跟前，看着她的画，直夸好。听了妈妈对别人的夸赞，小男孩也跟着过来了。看过万里子的画，小男孩大声地说万里子画的船和树一点也不好。

没想到，胖女人不仅没阻拦，反而骄傲地告诉大家，儿子阿明有个非常优秀的美术家庭教师，所以他在这方面比很多人都要有天赋和眼力。说完以后，她又问佐知子是否给自己的女儿也请了家庭教师。

对于这样的问题，佐知子觉得难堪，于是语气淡淡地回复到："没有。"

阿明妈妈似乎没有察觉出佐知子语气里的异样，继续炫耀自己孩子接受的教育多么完善，先是画画，接着是数学，再然后是地理等。

她转过头又问儿子："阿明，告诉他们你长大后想当什么。"

"三菱公司的董事长！"阿明趾高气扬地回答。

对于儿子的志气，胖女人十分骄傲，全然没有察觉出佐知子母女的不愉快。反而说，三菱是阿明爸爸的公司，还问万里子的爸爸在哪里工作。

万里子简直受够了这些无聊的问话，没等说完，她就扭头朝树丛走去了。阿明看到万里子走开了，也跟了过去。万里子利索地爬上了树，阿明也跟着爬上了树。

当他们俩要下来时，万里子狠狠地踩了阿明的脚。阿明尖叫一声，摔了下来。这下可不得了了！阿明"哇哇"大哭了起来，边哭边说："她要杀我，她踢了我！"

悦子听到马上替万里子辩解："你儿子没有伤太重，万里子并不是有意的。"但其实，悦子知道，万里子很可能就是有意的，她是想教训一下这个神气的阿明。

胖女人心疼地抱着儿子，一边安抚一边告诫他，以后再也不许上树了。

有人说，真正富足的人，从不炫耀，因为每一个炫耀的背后，都有一个枯竭的灵魂。

就像胖女人和儿子阿明，他们在万里子面前的炫耀，不仅伤害了别人，也给自己招来了祸端。

下山时分已是傍晚，三个人在美食街吃过饭，就在巷子里散步。这时正好路过一个小摊，可以抽签，万里子就去抽了一次。其他东西她都不想要，她只想抽到一个盒子，可以让小猫住进去的盒子。也许是上天庇佑，万里子的愿望马上就实现了：她真的抽到了一个盒子。万里子开心极了，她再也不担心自己的小猫会被丢掉了。

悦子到家后，发现绪方先生还坐在客厅等二郎。他一直等着二郎去帮忙处理松田在文章里公然诋毁自己的事情，可是二郎至今没有任何动静。事实上，二郎并不想掺和这个事情，他只是满口答应，先应付过去，等父亲走了，这件事情就这样算了。

他没想到，父亲也是个倔脾气，事情没办就一直不走。所以，那天晚上在下棋的时候，这对父子俩吵了起来。最后二郎竟然生气地打翻了茶杯，自己一声不吭地就去睡了。对于他们的争吵，悦子没有帮上什么忙，因为在这个家里，悦子并没有太多话语权。

第二天一早，二郎的气好像还没消，于是，在吃饭的时候，他生气地对悦子说："我今天本来想系那条黑色的丝绸领带，可你好像拿去弄什么了。我希望你别老动我的东西！"悦子不停地解释，但是二郎并不接受，反而显得十分不耐烦。

长久的等待无果，绪方先生决定自己去找松田。恰好，松田先生的家和藤原太太的面店离得并不远，所以悦子准备带绪方先生先去找松田，然后再一起去看望藤原太太。一决定好，他们就立刻准备出门了。

Day6.
你给亲人留下的伤，将是对方一生的痛

悦子和绪方先生一起来到松田的家门口，看到松田正好走出门准备去上班。绪方先生眼看着他走了一段距离，才开口喊住了他。寒暄了几句后，绪方先生终于提到了他所关心的事：他在《新教育文摘》上读过松田的一篇文章，文章对绪方先生的教育方式进行了反驳和抨击，让绪方先生一直耿耿于怀。

绪方先生觉得，松田写那样的文章是在冒犯他。作为学生，就应该对教育、对国家的政治和历史绝对认同和遵从，怎么能质疑呢？但是松田并不这样认为，他觉得自己那样写并非对老师个人有看法，而是对当时整个教育的纠正。因为战争以前，日本的教育理念是学生不能多看、不能多问，要对国家忠诚、对老师服从。这让许多人无法明白政治真相，最后导致了战争的爆发。

显然这对师生的观点并不一致，在争论了一番后，谁也没有屈服。最终由于上班时间到了，松田便匆匆地离开了。

绪方先生对于学生的言论又吃惊又无奈："看来时代确实变了！"离开了松田家，绪方先生和悦子两个人一起向藤原太太的面店走去。

战争后能再次见到绪方先生，令藤原太太又惊又喜，恍如隔世。藤原太太高兴地说自己如今唯一的儿子和夫终于要考虑婚事了，这让她开心不已，儿子终于要从战争的阴影中逐渐走出来了。

离开藤原太太的面店后，绪方先生就宣布：他明天就要回去了。对于儿子事业上的成就他感到骄傲，但是他也要回去忙自己的事情，年轻人的世界，他已经管不了那么多了。

自从上次和佐知子母子去山上游玩回来，悦子就没再去拜访过她们，直到有一天，她看见有个人进入佐知子的小木屋里。悦子赶快跟了过去，发现那人是一个70岁左右的老妇人。佐知子并不在木屋里，而是又留下万里子一人在家。经过介绍，悦子得知原来这个人就是佐知子的表姐，万里子口中的安子阿姨。

安子阿姨在收到佐知子母女要搬回去住的信后，就一直在等，等了三周也不见母女二人回来，信也没回复，所以想来看看佐知子是否出了什么状况。她还专门带来了自己精心织的羊毛毛衣，佐知子和万里子各一件。她希望佐知子能早些搬过去，一家人在一起有个照应。临走时，她专门叮嘱万里子，不用担心小猫，家里有足够的地方让它们住。安子阿姨走后不久，佐知子就回来了。

万里子高兴地去告诉她安子阿姨来过的事情，但是佐知子听起来十分不耐烦。原来，她早就在策划和弗兰克搬到美国去的事情，现在似乎已经定了下来，她想要的是自由的生活，而不是在安子家里沉闷地过完一生。所以，尽管弗兰克多次欺骗她，她还是在暗中努力和弗兰克周旋，直到刚刚出去才终于把去美国的事最后敲定了下来。

悦子对于佐知子的做法并不赞同，在她看来这是个不负责任的决定！佐知子一直说为了女儿着想，但是万里子明明不想跟弗兰克走，为何还要勉强女儿呢？

对于别人的质疑，佐知子并不理会。她沉浸在自己的美国梦里，一边开心地收拾东西，一边对悦子说："去美国能带走的东西很少，悦子如果需要的话，就帮忙处理了吧！"

万里子一听到妈妈说只能带很少的东西，于是紧紧地抱着小猫，佐知子看到后，不耐烦地命令她："不许带那些猫！"万里子几乎要崩溃了，对于女儿的坚持和请求，佐知子只是恶狠狠地看了她一眼，生气地说："你要考虑下实际情况，我们带不走那么多东西！"但万里子死死地抱着小猫不放手，她大哭、吼叫，歇斯底里地请求。

最后佐知子狠心地把小猫拽过来，装进盒子里，快速走到河边把它们浸在水里。有几只猫已经在水下断了气，可仍有一只小猫非常顽强，拼命挣扎嚎叫，还抓破了佐知子的手。佐知子一怒之下把它关在盒子里，扑通一声丢入水中，转身回家了。

站在她身后的万里子眼看着这一切发生，眼神中充满恐惧。盒子在水中越漂越远，万里子像疯了一样追着盒子跑去。

看着万里子消失在黑夜里,悦子便开始沿河找她,终于在一座桥那里,找到了万里子。万里子一个人蜷缩在栏杆底下。悦子慢慢靠近她,过了好久,万里子才开口:"明天我不想走。"

悦子叹了口气:"你会喜欢的。每个人对新事物都有点害怕,可你会喜欢那里的。"

这时,悦子语气和缓地说:"你要是不喜欢那里,我们随时可以回来。我向你保证,你要是不喜欢那里,我们就马上回来。可我们得试试看,看看我们喜不喜欢。"最终万里子被说服了,她们俩一起沿着河回去了。

到这里,对于佐知子母女的回忆就完全结束。在之前的回忆中,作者石黑一雄一直没有让悦子交代自己的真实身份。但是最后在悦子和万里子在桥下的对话中,石黑一雄巧妙地用"我们随时可以回来。我向你保证……"这样的话,将万里子的母亲转换成了悦子,告诉所有人,事实上悦子就是佐知子本人,而万里子就是她的女儿景子。

悦子结束了自己的回忆,女儿妮基马上要离开了,她不喜欢住在家里,她有自己的生活。可是悦子就不一样了,她提到自己年轻时非常喜欢跟长辈绪方先生一起住。但是二郎并不愿意,为此他们经常吵架,从刚结婚就开始吵,最终还是二郎的权威占了上风。妮基临走时想要一件妈妈以前从日本带来的东西做纪念,悦子把一本日历给了她,日历上的图片,就是曾经日本港口的风景。

妮基不明白这本日历有何特别之处,悦子说:"图上的风景很漂亮,以前我和景子去坐过缆车,景子很高兴。"妈妈的解释妮基并不明白。但是悦子心里明白:旧日历上的日期,记录的是她和景子的点滴。她无法面对自己曾经对景子做过的事情,景子的死让她一直陷入自责之中。

Day7.
心灵创伤如同远山淡影，淡了，却挥之不去

20世纪的文学作品中，战争题材多如牛毛。因为在这一百年间诞生的作家，经历了人类历史上规模最大、杀伤力最强的两次世界大战。其中，有的是关于战争场面的描写，通过直观的视角来反战；也有的是关于心灵创伤的描写，如《远山淡影》，是一种对战争静默的反抗。

在悦子对早年日本生活的回忆中，绪方先生和丈夫二郎占了较大篇幅。这并非作者对鸡毛蒜皮的家庭日常的"碎碎念"，而是以小见大，引发我们对于传统伦理秩序的思考。悦子和二郎的婚姻，明显是男性主导，悦子只有服从的份儿，所以在生活中悦子并不开心。尽管她多次强调自己过得非常开心，但是藤原太太说："你怎么看起来那么不开心呢？应该开心点！"这就表明悦子自认为的开心仅仅是一种心理安慰罢了。

2017年10月5日，石黑一雄获得了诺贝尔文学奖，评委会对他的评价是：石黑一雄通过极富情感震撼力的作品，揭露我们与世界的模糊表象关系下掩藏的暗域。这个所谓的"暗

域",在他的作品中体现为"记忆"。《远山淡影》如此,《长日将尽》也是如此。

在故事中,所有的情节都围绕着悦子的记忆展开。她一系列的回忆,让我们一直以为那是她在讲述别人的故事,直到最后才发现,她在借他人言自己。在她构建的记忆宫殿里,佐知子是一个不负责任的母亲。她经常离开,留下万里子一个人在家,对于万里子多次出逃,她不担心,也不去找。她用一个旁观者的视角,冷静地将佐知子母女的矛盾讲述出来,甚至对于佐知子并不合格的"母亲角色"也进行了批判。

实际上,她批判的是自己的过去,她小心翼翼地不让自己陷入对过去的自责中,但又无可避免地把自己拉入了痛心疾首的深渊。因此,回忆中的那个悦子,实则是现在的自己;而回忆中的佐知子,实则是过去的自己,她在回忆里完成了当前和过去的对话。与其说悦子的记忆在欺骗她,不如说悦子害怕回忆那段过往,她是自己在欺骗自己。

悦子毅然决然带着景子逃离日本,这并非景子所愿。然而在小女儿妮基看来,却是个勇敢的壮举。妮基甚至还和同学提到了母亲的经历,对方还要给悦子写诗来歌颂。被原子弹轰炸过的长崎,人们过得并不如意,身心遭受了巨大的摧残,所以逃离不见得是一种错误的选择。

人的一生就是如此,我们曾面临诸多选择,但是回想过往,再结合当下,很难一下子说出对与错。或许走向不同的出口，会有不同的命运，但是在当时的环境下，我们却很难说清到底该选择哪一条路。

故事中关于爱的描写也十分隐晦，却透露了爱的微光，让人们对于爱仍然可以心存期许。比如，乐观的藤原太太对于生活的热爱；古板的绪方先生对悦子和二郎的父爱；悦子对两个女儿的爱，淡淡的，却难以忽略。爱是人类永恒的母题，如果没有爱，人就如同没有感情的躯壳，行走于人世间，只会显得干瘪。就像故事中的悦子，她一直认为景子的死自己是主要的刽子手，自己给女儿的爱太少、太单薄。所以，她才时时回忆过往，矛盾自责，经常做噩梦，陷入以往的悲情中难以自拔。

战争带来的创伤能够在时间的冲刷下逐渐愈合吗？看看中年的悦子，看看自杀的景子，看看那回忆旋涡中的一个个人、一桩桩事，答案已经不言而喻。时间能够让身体的伤口结痂，但是心灵的伤口浸泡在水里，冲刷一次，痛一次。就像远山浮现的淡影，淡了，淡了，却仍然挥之不去……

《外婆的道歉信》

人生是一场伟大的冒险

[瑞典] 弗雷德里克·巴克曼

《外婆的道歉信》在全世界掀起了阅读狂潮,它与《一个叫欧维的男人决定去死》以及后来的《清单人生》一起,构成了巴克曼的"暖心三部曲"。

本书以一名7岁小女孩的视角,讲述了一个属于所有人的童话故事。随着故事情节的推进,读者会惊喜地发现这些童话中的人物竟然是现实世界中邻居们的化身,这个奇妙的设定也赋予了本书独一无二的魅力。

Day1.
活泼过头的外婆，让你笑到哭

7岁的爱莎有个古怪又疯狂的外婆，虽然她经常让邻居们和爱莎妈妈头疼不已，却始终是爱莎心中的超级英雄。在那个女性不被认可的年代，年轻的外婆成了一名外科医生。在大部分女性只能固守家庭的时候，她奔赴世界各地，冲锋在战场前线抢救生命。

在爱莎出生后，70岁的她选择回归家庭，成了一名最棒的外婆。拥有一位外婆就像拥有一整支军队，爱莎因此获得一项特权：不管在什么情况下，都有人站在她这边，特别是在她做错的时候。但就算是超级英雄，也有失去超能力的一天。外婆不幸得了癌症，在去世前，她留给爱莎一项艰巨的任务——将道歉信送给她得罪过的邻居们。

这栋公寓的邻居们都千奇百怪——有一个总在不停洗手的怪物、一个爱管闲事的烦人精、一个酗酒的心理医生、一个病恹恹的小男孩和他的母亲、一对看起来非常和善的老夫妻、一个暴躁的出租车司机，还有一只爱吃糖果的大狗。

在送信的过程中，爱莎真正地认识了邻居们，知道了他们与外婆的关系，了解了外婆的过往，也学会了友谊、宽恕、同情心和爱。在欢笑与泪水中，爱莎原谅了外婆的离去，并如外婆期望的那样，守护着公寓，守护着家人与朋友。

巴克曼出生于1981年，有一天，他把自己和爸爸在宜家吵架的过程发布在博客上，诙谐又充满温情的对话让他瞬间在网络上爆红。不同于那些集万千宠爱于一身的主角们，巴克曼笔下的主人公往往都不太"讨喜"。

在《外婆的道歉信》中，除了让人头疼的外婆，还有一个爱管闲事的烦人精，她就是《清单人生》的主人公——已经60多岁的玛丽太太。玛丽太太可能是这个世界上最无趣的人。她固执、烦人，没有工作、没有朋友，罗列了无数的清单来维系一成不变的枯燥生活。

但是，人生从来不是一纸清单便可以规划的。在收到外婆的道歉信后，63岁的她决定离开熟悉的生活环境、离开出轨的丈夫，到陌生的地方开启新的人生。

虽然巴克曼笔下的主人公们各有各的古怪，但透过种种故事情节，剥开生活赋予他们的酸甜苦辣，我们会发现每个故事都有细腻温暖的内核，每个主人公都拥有炙热温柔的心脏。

在书中，外婆为爱莎构建了一个童话世界，并称之为"不眠大陆"，里面生活着形形色色的神奇生物。另外，这片大陆上还存在着分工不同的六大王国，爱莎就是其中一个王国的骑士。

在现实生活中，爱莎是个孤独的小孩。因为父母离异，她在家中只有外婆这一个朋友，由于她的早熟和另类，学校里的孩子们也不喜欢她。外婆的童话故事给了孤独的爱莎异常强大的勇气。

在外婆为她构建的精神国度里，她可以成为任何她想成为的人。虽然这些童话故事是讲给爱莎的，但其中蕴含的哲理同样打动了许多成年人。

在童话里，最大的反派名为"暗影"，被它袭击的人会遭受比死亡还可怕的事——失去想象力。人一旦失去想象力，便会接连失去创造力和生命力，直到人生陷入一潭死水，再也无法激起任何波澜。

《外婆的道歉信》是一个关于爱、原谅和守护的故事。巴克曼在这个故事中传达的希望、亲情、宽恕的主题，是值得每个人学习的，这也是对人性之爱的完美致敬。

Day2.
每个7岁小孩,都应该拥有一位超级英雄

爱莎很快就要8岁了,爱莎的外婆77岁,马上就78岁了。能想象一位70多岁的老人在路上无证驾驶的场景吗?还是用膝盖开车,边开边吃烤肉的那种。她会在下雪天的时候,故意在邻居玛丽太太的阳台正下方堆个雪人,给它穿上大人的衣服,吓得玛丽太太差点报警。她会在一群衣冠楚楚的人挨家挨户宣传宗教的时候,敞开睡裙站在阳台上,端着她的彩弹枪冲他们射击。虽然人们总说外婆活泼得有点"疯狂",但爱莎知道外婆不是疯子,她是个天才。

在那个女人不被认同的时代,外婆选择去做一名外科医生。外婆用实际行动告诉爱莎要大笑、要做梦、要与众不同,人生就是一场伟大的冒险。

爱莎和外婆是邻居,都住在一栋四层的公寓楼里。外婆住在顶楼,爱莎和妈妈乌尔莉卡、继父乔治住在外婆对面。妈妈怀着孕,他们称呼肚子里的这个小家伙为"小半"。继父乔治是个很好的男人,总是对家人充满着关爱与耐心。但外婆从不叫他"乔治",只叫他"废物",这让妈妈非常愤怒。

爱莎知道外婆为什么这么干。因为有一次,爱莎告诉外婆

她真的恨乔治，有时候甚至恨小半。外婆就用实际行动证明了她的偏袒。早慧如她，当然明白外婆不是不喜欢乔治和小半，只是想让爱莎知道自己是站在爱莎这边的。

公寓的三层住着已经60多岁的玛丽太太和她的先生肯特，以及一位总是穿着黑裙子、日日酗酒的年轻女人。

肯特先生是名企业家，玛丽太太是名家庭主妇。外婆总是称呼玛丽太太为"我的灾星兼全职烦人精"。她和丈夫肯特是全公寓唯一拥有私人洗衣机和烘干机的人，却总想干涉公共区域的那两台机器怎么使用。他们非常想成立一个针对全公寓的"租户协会"，制定规则去管理大家的一举一动。她是外婆的敌人，因为在外婆的字典里从来没有"规矩"二字。

相比较于爱出风头的玛丽夫妇，对面公寓的黑裙女人就很神秘。除了一大清早或者深更半夜，人们很少见到她。她总是脚踏高跟鞋，走路急匆匆的，穿着熨烫平整的黑色短裙，冲着白色耳机线大声说话。她从不跟人打招呼，也从不微笑。但公寓里的人都知道，在板正职业装下的她其实是个酒鬼。

公寓的二层住着莱纳特老先生和他的妻子莫德太太，对门是拉尔夫老先生。莱纳特老先生非常爱喝咖啡，一天至少要喝二十杯。虽然外婆总说他们傻里傻气的，但爱莎却羡慕他们拥有满满的饼干和许许多多温暖的拥抱。

这边是咖啡饼干岁月静好，对门阿尔夫老先生的风格却大相径庭。阿尔夫是名出租车司机，总穿着一件皮夹克，看上去怒气冲冲。

公寓的一层同样住着两户，其中一户是生病的男孩和他的妈妈。生病的男孩6岁了，他从来不说话，但很爱跳舞。男孩和他的妈妈都有非常和善的眼睛，连外婆都不讨厌他们。

在母子俩的隔壁住着另一户——一个"怪物"。之所以叫他怪物，是因为他非常神秘，而且每个人都害怕他。

在公寓的底层，有一间公共休息室，每月一次的居民会议就在这里举行。

外婆就是爱莎心中的超级英雄，这是毋庸置疑的。但此刻也许是个意外，因为外婆正在跟警察周旋。几个小时之前，为了论证是否有一种特殊的猴子会站着睡觉，外婆决定带爱莎去动物园看看。于是，外婆带着她翻过栅栏闯进了一家动物园。爱莎确信自己永远不会忘了这晚发生的事情，这太疯狂了。

一名眼神犀利、体格魁梧的绿眼睛女警官走进房间，看上去她不像是第一次遇见外婆，因为她的笑容苍白无力，就像那些认识外婆的人的典型反应。被允许回家后，两人站在人行道边等爱莎妈妈。

爱莎用手指拨弄着围巾上的破口子，这是一条"格兰芬多"围巾。这个破口子正好穿过了格兰芬多院徽，爱莎努力不让自己哭出来，但并没有成功。外婆努力想表现出欢快的样子，用拳头轻轻地击打了一下爱莎的肩膀。爱莎用手背擦去眼泪，微微笑了笑说："我不傻，外婆……我知道你今晚做的一切，都是为了让我忘记白天在学校发生的事，我都明白。"

爱莎用手指拨弄着围巾上的破洞，外婆瞅着她说："我们可以跟你妈妈说，这是你试图阻止我去爬围墙看猴子的时候不小心扯坏的。"爱莎沉默地点点头。虽然她很清楚，围巾是被那三个高年级的女孩扯坏的。

那三个高年级的女孩讨厌爱莎，虽然爱莎也不知道原因。她们在餐厅外抓住爱莎，打她，扯坏了她的围巾，还把围巾扔进了马桶。她的更衣柜里总是出现写满了谩骂的字条，她在放学后总会遭遇无缘无故的追打。有一次，学校里的一个女孩打了爱莎，是因为爱莎戴了"一条丑围巾"……虽然爱莎从未对家人讲过这些事，但不代表她的"超级英雄"不知道。

外婆注意到她眼中的情绪，俯下身轻声说："总有一天，我们要把你学校的那些废物带去密阿玛斯，把她们扔去喂狮子。"

Day3.
不必合群，每个人都可以有自己小小的奇妙世界

7岁的爱莎不仅拥有着"超级英雄"，这位英雄还带领她成了密阿玛斯的骑士。"密阿玛斯"是爱莎和外婆的秘密王国。准确来说，密阿玛斯是一个由外婆幻想出来的王国，它是不眠大陆上的六个王国之一。在爱莎更小一点的时候，她偶然在网上看到小孩会在睡眠中死去，所以害怕入睡。外婆便为爱莎构想出了这个世界。那时她的爸妈刚刚离婚，爱莎每晚都会偷偷溜到外婆的公寓，祖孙两人会一齐爬进深深的衣橱中。

然后，在外婆一个又一个的故事中，她们闭上眼睛，启程前往不眠大陆。在那些梦境的故事中，爱莎乘着云兽飞翔在不眠大陆的上空。外婆还将不眠大陆的语言一并教给了爱莎，且将它设定成两人的秘密语言。不眠大陆的六个国家有不同的分工：有的负责守护梦想，有的负责存储哀伤，有的是音乐的发源地，有的是勇气的故乡。

穿过五彩斑斓的天光和轻柔的微风，他们来到了密阿玛斯王国的城门前。外婆说，在很久以前，这个王国被称为密阿玛斯——爱莎知道这个名字是外婆瞎编的。外婆却坚称她从未瞎编过任何东西，密阿玛斯和其他五个王国不仅是真实的，而且

远比他们身处的这个充斥着条条框框的世界更加真实。

爱莎妈妈和外婆是截然相反的两种人。妈妈秩序井然,而外婆一团混乱。对于自己的母亲在住院期间夜闯动物园的这件事,爱莎妈妈已经见怪不怪了。

到今晚为止,外婆住院已有两周,她几乎每天都会从医院逃跑。她会去接爱莎下课,一起去吃冰激凌,趁爱莎妈妈不在家的时候溜回公寓,在楼道里做一个肥皂滑道,故意躲在雪堆里吓玛丽太太……基本上,她想干的事没人能阻止得了。

虽然外婆强烈抗议人们将她的这些行为定义为"逃跑",并坚称"逃跑"这件事应该包括一些类似陷阱、高墙、深沟的挑战,但妈妈和医院职工在这点上并不怎么赞同她。爱莎的妈妈是领导者,不仅在工作上,在生活方式上也是如此。而外婆恰恰最不喜欢那些当老板的人,尤其在这家医院住院时表现得尤为严重。因为妈妈就是这家医院的老板。

当妈妈打着电话消失在医院走廊尽头后,爱莎爬到外婆的床上,祖孙俩开始玩大富翁。过了一会儿,妈妈回来了,她看上去很疲惫,对爱莎说:"现在得回家了,因为外婆必须休息。"

在爱莎离开医院之前,外婆突然严肃起来,用只有不眠大陆的人才能听懂的秘密语言对她说:"我有一项很重要的任务交给你。"爱莎点点头,作为密阿玛斯的骑士,她总能出色地完成各种外婆布置的任务。

外婆伸手从床底拎出一个大塑料袋,严肃地说:"把这些糖果交给'我们的朋友'。"

爱莎花了几秒钟才明白外婆的意思,随即睁大了眼睛瞪着她,满脸震惊。"你让唯一的外孙女去完成这样的任务简直是太不负责任了。它真的会杀了我的!"

收拾完毕后,爱莎和妈妈一起离开了病房。快上车时,她想起自己的格兰芬多围巾落在外婆病房外的走廊上了,于是她跑了回去。外婆背对着门口坐在床沿上,没有看到爱莎。爱莎意识到外婆正在跟她的律师,或者说她的"财产负责人"讲电话,她正在给出指示。

爱莎听到外婆情绪激动地说:"我知道她只是个孩子,但她是我的外孙女,是我见过最聪明最善良的女孩。这个责任只能落在她身上,她一定能做出正确的选择。"

爱莎站在走廊上,屏住呼吸,转身悄悄地溜走,泪水打湿了她的格兰芬多围巾。因为她听见外婆对电话说的最后一件事是:"我不想让爱莎知道我快死了……所有7岁的小孩都应该拥有一位超级英雄,而超级英雄理应具备的一项超能力,就是不会得癌症。"

Day4.
这个世界，总有人在默默爱着你

每月一次的居民会议开始了。这些会议显然非常无聊，大人们却似乎乐此不疲，但爱莎今天还是去了，因为她得观察他们何时开始吵架，然后趁这个时间去把糖果交给"我们的朋友"。路过"怪物"的房门时，她安慰自己"现在是白天，怪物从不在天亮出门"。然后她看向怪物隔壁的房门，这是一间没有门牌号的房间，"我们的朋友"就住在这里。

"我们的朋友"是一只巨大的猎犬，爱莎不知道它到底有多凶猛，只知道这是她人生中见过的最大的一条狗。对于一个7岁的孩子来说，独自来喂一条猎犬确实是一个巨大的挑战。她强装镇定，把糖果从门上的投信口里塞进去，安静了几秒钟后，她听到猎犬咀嚼糖果时发出的嘎嘣嘎嘣的声音。

"外婆病了，她得了癌症。"爱莎小声地说，"外婆向你问好，也向你道歉，因为她说自己很久没来给你送糖果了。"

任何时候，外婆都能随口讲出一个密阿玛斯的故事。在不眠大陆上，所有人都有一个共同的敌人——"暗影"。当"暗影"即将摧毁不眠大陆时，住在黑暗森林里的"狼心"和巨兽"呜嘶"出现了。他们率领着英勇的军队，发动了最后一场战役,击退了"暗影"。"狼心"出生在密阿玛斯,是不眠大陆上从未有过的无敌斗士。后来在战争中发生了一些事情,他便住进了黑暗森林的深处。但当不眠大陆最需要他的时候,他就会回来。"呜嘶"则是不眠大陆最值得尊敬的生物,却被公主放逐了。

当公主还是个小孩子的时候,她惊扰了一只在睡觉的呜嘶幼崽,被咬了手。公主的父母非常愤怒,于是驱逐了"呜嘶"。"呜嘶"们没有选择反击,而是藏进了黑暗森林,直到"暗影"为祸四方时,他们才出现。

从爱莎有记忆开始,外婆就一直在讲述这些故事。起初是为了哄她睡觉,后来是为了让爱莎学习秘密语言。

医院的房间很难闻。外婆正在和爱莎玩大富翁,时不时用秘密语言说点悄悄话。外婆使劲点头,鬼头鬼脑地朝门口望去。随后,她在自己的枕头下摸出一个信封,按在爱莎手里,郑重地说:"这是下一个任务,一封信和一把钥匙。明天,我要派你去完成一场前所未有的重大寻宝活动,我勇敢的小骑士,你准备好了吗?"

爱莎喜欢寻宝,可这一次的寻宝游戏听上去完全不一样。外婆告诉爱莎:"这将是一个神奇的童话故事和一场伟大的冒险。但是你得发誓,别因此恨我。"

"我为什么会恨你?"爱莎眨眨眼问道。

外婆轻轻地说:"外婆们有一项特权,那就是永远不让她的外孙女看见她最糟糕的一面。她们永远不会说出在变成一位外婆之前,自己是怎样的人。""把这封信交给那个等着他的人,他会不愿意收,但告诉他信是我给的,告诉他你的外婆向他问好,并向他道歉。"

太阳落山,四周安静了下来。在窄窄的病床上,爱莎紧挨着外婆躺着。刚闭上眼,云兽就来接她们了,她们一起去了密阿玛斯。而在小镇另一头的公寓里,所有人都被二层的一条猎犬吵醒了。

当早晨的阳光洒进医院病房时,爱莎在外婆的怀中醒来,但外婆留在了密阿玛斯。

距离外婆去世已经过去了两天,爱莎已经把那封信读了一百多遍。信封上的名字和住在二层的"怪物"家的名字一致。毋庸置疑,这封信是给"怪物"的。整封信都是用爱莎看不懂的符号写成的,但只有一个词语爱莎一眼就认了出来。她知道这不是巧合,外婆就是为了让爱莎看见才在信里写下这个词。那个单词就是——密阿玛斯。

爱莎一直以为密阿玛斯只属于她和外婆,她摁着怪物家的门铃,想从怪物那里得到一些答案,但始终没有人开门。

周一的学校总是让爱莎很头疼,爱莎又被欺负了。周二的学校好过了一些,爱莎今天只有一块淤青,可以解释为她踢足球时弄的。也是在这天,爱莎第一次遇见了"怪物"。

在黑沉沉的夜色里,爱莎透过窗户看到一个魁梧的人影穿过雪地,她上气不接下气地跑出公寓,冲着背影大吼:"我有你的信!我的外婆向你问好并向你道歉!"

"怪物"停下了,爱莎跌跌撞撞地跑上前拽住他的裤腿。"怪物"压低了嗓子说:"走开……傻姑娘……"随即迅速转身,捡起信封,下一秒就消失在黑暗里。爱莎愣在原地,因为"怪物"说的话,用的是外婆和爱莎的秘密语言。

今天是周三,爱莎又在逃跑。她在卡车间穿行,听见鸣起的喇叭声,听见她的追逐者们在冲她尖叫。当她被拉倒在雪地上时,爱莎知道拳脚马上就会落到自己身上。但什么事都没有发生,她听到了"怪物"的声音,那声音低沉,有一种原始的力量。

"不!许!再!碰!她!!!"每个字都带着回音,让爱莎的耳膜隆隆作响。爱莎睁开眼,看到那些欺负人的孩子们颤抖得像风中的纸片。不远处的学校停车场里,爱莎爸爸也到了。爱莎转过身,"怪物"却已经走了。

Day5.
当内心有足够的爱时，童话就会照进现实

一般情况下，爱莎爸爸是不会在周三来接爱莎放学的，只不过今天爱莎妈妈和继父去了医院。快到家的时候，他们离很远就看到了停在公寓楼外面的警车。下车时，爱莎已经听见了犬吠声。她看到穿着制服的警察们在那条猎犬的房门外走来走去，其中就有那个熟悉的绿眼睛女警官。她朝爱莎点点头，似乎是在为他们前来解决这条猎犬的行为道歉。

爱莎跑到顶楼时，"我们的朋友"叫得格外响，警察们盯着房门，不住地后退。爱莎想自己应该早就该明白的，真的。"我们的朋友"——也就是那条猎犬，它就是外婆童话故事中"呜嘶"的原型啊！

爱莎不能眼看着外婆的朋友被处理掉，突然，她察觉到有人站在她身后，一转身，原来是"怪物"站在那儿！"怪物"手持钥匙安静地挥了挥，随即打开了"呜嘶"的房门，把她和"呜嘶"带回了自己的公寓。

这是爱莎见过最整洁的公寓。也许是这种平常的生活气息给了爱莎勇气，她问道："你为什么会有'呜嘶'房间的钥匙？"

"怪物"沉沉地说:"是你把它放在信里的,那封外祖母的信。"

爱莎太好奇了,继续追问:"是外婆在信里叫你照顾它的吗?"

"怪物"看着爱莎,不情愿地点头:"准确地说,写的是保护'城堡'。"外婆总是称这栋公寓为城堡,这是爱莎与外婆的小秘密。但现在看,"怪物"显然也知道这件事。

她直勾勾地盯着"怪物"的眼睛,将一系列事情联系起来,然后,她用秘密语言低声问道:"你是不眠大陆上的'狼心',对吗?""怪物"悲伤地点了点头。

爱莎有些混乱,因为她发现外婆幻想出来的不眠大陆竟然和现实生活有了重合。准确地说,不眠大陆上的事物其实是现实生活中某些事物的化身。自从上次"怪物"出现救了爱莎后,学校里的那些孩子就没有再当面欺负过她,但他们依然会在爱莎的储物柜里留下那些写着她有多丑、他们将如何揍她的字条。

放学后,爱莎想着外婆给她安排的寻宝游戏,搞不明白外婆会在下一步设置什么关卡。就在这时,她看到了坐在校门口的"呜嘶"。爱莎大笑起来,紧紧地抱住它,低声说:"谢谢你来!"她知道操场上的其他孩子都看见了。老师们也许能忽略这只不知从哪里冒出来的巨型猎犬,但整个宇宙里没有一个孩子会忽视它。那一天,没有人在爱莎的储物柜里留下任何字条。"怪物"和"呜嘶"如外婆第一封道歉信里期望的那样守护着城堡,保护了爱莎。

爱莎站在外婆公寓的阳台上,思考着寻宝的下一步关键信息。楼下的玛丽太太在抱怨外婆的车突然出现在她的车库里,不仅占了她的车位,还没人知道这辆车是怎么跑那儿去的。爱莎突然想到,在六岁生日那天,她曾将自己的玩具狮子送给外婆,希望狮子能保护外婆。在外婆去世的那晚,她曾在爱莎的耳边说,如果她们分开了,她就派狮子来告诉爱莎她在哪里。

这只狮子长期以来负责守护的地方,就是那辆车的储物箱啊!因为那是外婆存放香烟的地方,没有什么比这里更需要狮子的守护了。爱莎飞奔到车库,打开储物箱,把狮子移到一边,果然看到了一封信。信封上写着:"密阿玛斯最勇敢的骑士,请将这封信递送至……"后面跟着一串潦草的地址和名字。

这天晚上,爱莎坐在楼梯间,思考着这个地址究竟是哪儿。这时,二层的黑裙女人又喝得烂醉回来了。出于好奇,爱莎偷溜下楼梯,看到黑裙女人的公寓门敞开着,公寓里满墙都是照片。所有照片都是两个青春期的男孩和一个可能是他们父亲的中年男子。中间有一张贺卡,上面写着:"给妈妈,你的儿子们。"

黑裙女人烂醉如泥地嘟囔着:"晚上不许洗澡,把水关掉。淹死……所有人会淹死……"

那晚,妈妈告诉爱莎,在爱莎出生那天,在一万公里之外的印度洋，发生了一场海啸。威力巨大的海浪，打得满世界都是破碎的心。两个男孩将他们的妈妈救到安全地带后，又回去找他们的父亲。但最后只剩下她一人活了下来。听完妈妈的讲述，爱莎明白了，这个黑裙女人就是外婆童话故事中那个徘徊在海岸线旁，迟迟无法从悲伤中解脱出来的雪天使。

爱莎向拉尔夫老先生请教了第二封道歉信上的地址，爱莎很想知道"怪物狼心"与外婆的故事，于是在路上不停地问着问题。但当她知道得越来越多，她开始越来越沉默。"狼心"是在战争中与外婆认识的。那时他还小，在难民营中与妈妈失散后，他遇到了外婆。战争无情，但为了跟随外婆，他决定参军。

"狼心"的一生几乎都在战争中度过，见过太多杀戮的他，有严重的心理创伤。正因为如此，他才害怕鲜红的血，才会时时洗手消毒。神秘语言其实是"狼心"妈妈所说的语言，外婆学会后，用它创造了一个童话王国。

这是典型的外婆会搞出来的东西，因为在这种语言里，密阿玛斯代表着"我爱"。外婆想通过这种方式让"狼心"知道，他的妈妈虽然不见了，却会一直爱着他。知道了"狼心"的秘密后，爱莎终于理解了外婆，也对密阿玛斯有了更深的认识。

当爱莎、"狼心"、"呜嘶"到达第二封信上的地址时，发现这里是一间心理诊疗室。爱莎看到了住在二层的黑裙女人，她是一名心理治疗师。外婆的第二封道歉信是送给她的。

当年海啸发生时，外婆刚从一场战争中抽身出来。在回家的飞机上，她听说了这场巨浪，于是毅然奔赴而来。

外婆用她的医术救了很多很多的孩子，却没能救回黑裙女人的两个儿子。于是，她把黑裙女人带回了家。同一天，爱莎妈妈和刚出生不久的爱莎出院了。从此之后，外婆再也没有出去拯救世界，因为她有了一份新工作——一名外婆。

听完黑裙女人的故事，爱莎意识到不管面对多大的困难，她都必须把这趟寻宝旅程进行下去。因为外婆的最后一封道歉信，很可能是给爱莎妈妈的，作为密阿玛斯最勇敢的骑士，她一定要弥补妈妈这些年缺失的关爱。

Day6.
每个人都会经历伤痛，每个人都值得被拯救

爱莎怀疑，她在现实生活中也看到了这个"暗影"。第一次是在殡仪馆，第二次是在去学校的公交车上，第三次就是在公寓楼外。"暗影"很瘦，永远抽着烟。前两次他还只是远远地观察爱莎，第三次则是进到公寓里向路过的玛丽太太打听爱莎的信息。

今天是外婆下葬的日子。当爱莎走进教堂，看到数百个陌生人的时候，她觉得自己被骗了。她只有外婆一个朋友，而外婆却另有几百个朋友，她不想和其他人分享外婆，于是直直跑向外婆的墓地。在距离墓碑五十米远的时候，爱莎突然闻到一丝烟味。她转身回看，发现"暗影"就站在离她几米远的地方。

"暗影"伸出粗糙的手要抓住她的胳膊，于是她拔腿就跑。"暗影"的眼睛是那么冷酷，像是准备杀死她。她窜进街对面的黑暗公园，马上在她就要跑不动的时候，被赶来的"狼心"一把抱住，然后一切都恢复了安静。开出租的邻居阿尔夫和绿眼睛女警官也赶到了，从他们担忧的话语里爱莎听出了额外的信息——他们似乎都知道在墓地里追逐爱莎的是谁。

回家之后，爱莎和妈妈躺在外婆的车里，"呜嘶"乖乖地趴在她们之间。"你知道他是谁吗，那个追我的人？"爱莎问。

"是的，我们知道他是谁。"妈妈温柔地抚摸她的脸颊。但妈妈还是认为，这件事由住在三层的莱纳特老先生和莫德太太来解释会更合适，因为他们最了解那个人。

爱莎充满了疑惑。走出门来到楼梯间，爱莎碰见了黑裙女人，可是这次见到黑裙女人的时候，爱莎发现她不再像以前一样自信。原来黑裙女人今天也去了墓地，但不是参加外婆的葬礼，而是去她两个儿子的坟墓，在墓碑上黑裙女人发现了外婆留下的第三封信。

这封信的信封上写着："爱莎！把这个交给莱纳特和莫德！"爱莎觉得是时候去听听他们的故事了。外婆在信中对莱纳特老先生和莫德太太表示道歉，希望他们将整件事情告诉爱莎。

原来，"暗影"的本名叫山姆，他是莱纳特老先生和莫德太太的儿子。同时，山姆也是公寓里那个从来不说话的生病男孩的父亲。山姆年轻时也是一名士兵，甚至和"狼心"是好朋友，外婆和"狼心"还在战场上救过他的命。从战场回家后，也许是患上了战争应激综合征的原因，他开始酗酒、吸毒，在妻子怀孕的时候对她家暴。

莱纳特老先生和莫德太太当时经营着一家咖啡店，外婆每天都来，慢慢地就成了朋友。有一天晚上，山姆再次对妻子和孩子进行家暴，直到妻子无法动弹后，他逃跑了。在莱纳特夫妇两人不知道该怎么办的时候，外婆和阿尔夫半夜开着车来了……外婆给了他们公寓的钥匙，虽然他们并不知道外婆是怎么拿到钥匙的，但外婆总有让人信服的力量。

从那时起，莱纳特夫妇、生病男孩和他的妈妈就住在这里，直到山姆再次找到了他们。也许是山姆发现了外婆的讣告，顺着信息找到了殡仪馆，然后看到了爱莎。

山姆已经很多年没有见过儿子了，爱莎又与那个男孩差不了多大，所以山姆认错了人，误伤了爱莎。也许是由于后来的这些事情，外婆很抱歉，因为她后悔救了山姆，她不确定他是否值得活着，虽然她是位医生……讲完故事后，莫德太太从里屋拿出了外婆的第四封信，是给生病男孩的妈妈的。爱莎把那封信塞进男孩家的门缝，便溜回家了。

第二天，爱莎下楼时碰到了肯特先生，他正一边打电话，一边在楼梯上分散摆放了几个装着肉的小红碗。

爱莎疑惑地问肯特："那是什么？"

"那猎狗还在附近……我们不是要杀死它，它只是需要睡一会儿。"肯特略显笨拙地回答说，"流浪狗和那辆破烂车都会影响我们这里的房价。"

爱莎意识到肯特所说的"破烂车"指的是外婆的车，她跑向车库，发现外婆的车不见了。她知道这一切都是肯特搞的鬼，于是她愤怒地冲过去，把肯特日日拿在手里的手机摔得稀巴烂，随后便去找阿尔夫帮忙。二十分钟后，他们在城外的一个废品堆放场找到了外婆的车，以及还在车里睡觉的"呜嘶"。

爱莎对肯特先生和玛丽太太的憎恶更深了。虽然玛丽太太强调了无数遍，不能在楼梯井放置婴儿车和张贴告示，但还是有人这么做了。这个人不仅将一辆婴儿车锁在楼梯旁边，还在上面贴了一张填字游戏，衬得玛丽太太更像一个滑稽的小丑。

"玛丽并不恨狗，她只是怕狗，因为她小的时候被狗咬伤过。"阿尔夫说。这下，爱莎可以把玛丽太太和童话故事中的那位被幼犬咬伤的公主对应起来了。阿尔夫与肯特就是那两位为了赢取公主芳心而争斗的骑士。在现实生活中，阿尔夫取得了胜利。肯特搬出了公寓，和一个烂人结了婚。但那时的阿尔夫太年轻了，他出轨了。所以兜兜转转，玛丽最终还是嫁给了已经离异、带着两个孩子的肯特，这个虚伪自私的男人总是以各种理由阻止玛丽出去工作。这还不算，最后，肯特也出了轨，成了感情的背叛者。

第五封信原本粘在外婆衣橱的天花板上，爱莎如往常一样在衣橱中醒来的时候，这封信就这样晃晃悠悠地飘落在她身上，美好得像个童话故事。这是写给阿尔夫的道歉信。这时，爸爸气喘吁吁地出现在公寓里，告诉爱莎，妈妈在开会的时候羊水破了，她要当姐姐了！

爱莎有一瞬间想和"呜嘶"一起坐阿尔夫的出租车去医院，但又不想让爸爸失望，于是决定去坐爸爸的车。爱莎和生病男孩先跳进车里，"呜嘶"跟在后面。就在这时，山姆从后座冒了出来，捂住了爱莎的嘴巴。也是在这一刻，山姆意识到自己一直追错了孩子。当他伸手想抓男孩的时候，"呜嘶"咬住了山姆的另一只手腕。

山姆怒吼一声，放开了爱莎。爱莎瞬间做出反应，她从后视镜里看见了那把刀，趁机拉着男孩往公寓大门狂奔，身后传来"呜嘶"痛苦的嚎叫。转身看到山姆手中的刀已经被"呜嘶"的血染红了……眨眼间，另一个巨大的影子出现，吞没了山姆的阴影。"狼心"暴怒着从公寓中走出，将山姆捶进了雪地里，像外婆讲述的童话故事那样，将"暗影"赶出了不眠大陆。

山姆入狱，"呜嘶"却永远地留在了密阿玛斯。"呜嘶"死去的时候，爱莎的弟弟出生了。爱莎在楼梯间的婴儿车里找到了外婆的第六封信，是写给玛丽太太的。而玛丽太太也在公共区域的烘干机里找到了第七封信，是写给爱莎的。

信的第一句话说："'包'歉，我不得不死去。"外婆的信里有很多错别字。那天，爱莎原谅了外婆。外婆相信，当爱莎真正了解所有的邻居后，一定会承担起这份责任，守护好这栋城堡，守护好公寓里的人们。这就是外婆设置这场寻宝游戏的原因，或许爱莎早已猜到了，毕竟她是这个世界上最聪明的小姑娘。

当爱莎擦干眼泪回到妈妈房间的时候,她看到了外婆的律师。律师微笑着将外婆的遗嘱交给爱莎,告诉她:外婆是这栋公寓的所有人,她将这栋公寓留给了爱莎。

"一旦故事结束,人生可能又简单又复杂。"

新的学年开始了,爱莎的班级转来一位同样与众不同的女孩,她们立刻成了好朋友。到了秋天,生病的男孩开始念一年级。他在一场化装舞会上把自己打扮成了一位公主,一群年长的男孩因此来嘲弄取笑他。爱莎和朋友知道后,毫不犹豫地扮成了蜘蛛侠公主。自那以后,她们成了男孩的超级英雄。

每个7岁的小孩都应该拥有一位超级英雄。所有不同意的人都需要去检查一下脑袋有没有毛病。

Day7.
若世界一片黑暗，就去成为自己的光

在这趟送信之旅中，爱莎真正了解了邻居们，原谅了外婆的离去，并如外婆期望的那样守护着公寓，守护着家人与朋友。

但外婆与爱莎妈妈之间的感情却没有这么温馨。在爱莎妈妈分娩的那天，外婆仍在离家很远的战场上救人。当外婆终于乘上回家的飞机时，更遥远的地方发生了一场海啸，外婆知晓后便直接更改了路线。几周之后，爱莎妈妈带着早产的爱莎出院了。同一天，在外奔波了一辈子的外婆终于回归家庭，将自己全部的能量释放在爱莎身上，成了一名最棒的外婆。

虽然外婆和爱莎妈妈总是争吵，但她们其实比任何人都爱对方。外婆在去世前曾对爱莎说："外婆们有一项特权，那就是永远不让她的外孙女看见她最糟糕的一面。但是爱莎，请答应我，如果你知道了我的过去，不要恨我。"原来，行事不羁、潇洒自我的外婆，心中藏满了对爱莎妈妈的愧疚和爱。

爱莎妈妈在爱莎知道真相后坚定地告诉她："你不能恨外婆，因为她没有真正离开我。所有的女儿都会因为这样那样的事情对自己的妈妈生气，但她是一位很好的外婆，就像超级英雄那样。"

当爱莎小心翼翼地问:"你生我的气,是因为外婆总和我在一起,从没陪过你吗?"

妈妈温柔地说:"从来没有生气,只是有些嫉妒……因为当你非常爱某个人时,真的很难学会和别人分享她。"

《外婆的道歉信》中关于亲情的讲述,总能戳中人们内心最柔软的地方。除了亲情,外婆与邻居们之间的友情也很感人。在这些邻居中,最跌宕起伏的莫过于她和玛丽太太的友情了。

在玛丽太太十几岁的时候,她和父母、姐姐一起搬进了这栋公寓。她的姐姐拥有惊人的歌唱天赋,因此她的父母从来看不到玛丽,也从未重视过她。过了一段时间,外婆出现了。没人知道她为什么能搬进顶层那间最大的公寓,外婆也只是插科打诨地说这房子是她"打扑克赢来的"。

不久之后,不幸的事发生了,玛丽一家在公寓外面遭遇了车祸。玛丽的母亲坐在驾驶座,只有一点擦伤,但后座的玛丽和姐姐却受伤严重。外婆从公寓里冲出来,撬开车门后发现姐姐已经死亡,但玛丽还有呼吸,她便抱起玛丽奔向了医院……令人难过的是,玛丽的父母却在之后责怪外婆救错了女孩。

外婆总是以惹怒玛丽太太为乐,虽然外婆的整蛊有些过分,却让玛丽太太一潭死水般的生活重新泛起了涟漪。在给玛丽太太的信里,外婆把最重要的道歉放在了信的末尾:"对不起,我从未对你说过,肯特配不上你,因为你值得拥有更好的,就算你是个老太婆!"

玛丽太太的一生都在围绕着别人转,但付出了一切的她却并未被善待过。她渴望被爱,渴望接触外面的世界,渴望有人能记住她曾经活着。而外婆就是那个懂她的人。

故事的最后,63岁的玛丽太太离开了熟悉的生活环境,离开了出轨的丈夫,独自去往新的城市,开启了她全新的人生。

在《外婆的道歉信》的结尾,爱莎收到了属于她的道歉信。此时的爱莎已经与父母和身边的邻居和解,不再需要外婆与童话故事的保护。但她知道,外婆的爱会一直陪伴她,陪她一起守护城堡,一起守护好她们的朋友。

生活是琐碎而冗杂的,长大后的我们在钢筋水泥的世界里磨平了棱角,也逐渐失去了"活泼"的资格。但外婆告诉我们:"要大笑,要做梦,要与众不同,生活是一场伟大的冒险。"

《廊桥遗梦》

一生只此一次的相遇

[美] 罗伯特·詹姆斯·沃勒

有句话说,"这世上所有的相遇,都是久别重逢"。这种久别重逢也许是分别经年,终于在长久的期待中再相见时,温柔地相视一笑;又或是有生之年狭路相逢,终不能幸免时,刹那的天雷地火。

《廊桥遗梦》讲述的便是后一种情节,一段偶然的相遇,却改变了两个人的余生。他们是初遇,但更像是重逢。重逢那个年少时曾期待过的梦中人,也重遇那个心怀期待的自己,这种遇见和改变对他们来讲,一生只此一次。

MAI JIA
READING
WITH YOU

Day1.
一场饱受争议的黄昏恋,却成为许多人心中的爱情圣经

故事发生在20世纪六七十年代的美国,在古朴宁静却又思想陈旧的艾奥瓦乡间,一个名为麦迪逊的小县城。故事的男主人公罗伯特·金凯德和那个改变他余生的女人——弗朗西丝卡,命中注定般地相遇了。

罗伯特是《国家地理》杂志的一名摄影师,除此之外,他还身兼作家、诗人等多重身份。他的生活被说走就走的旅行、无尽的诗和远方所填满。因为长年离家,罗伯特的第一段婚姻也就此宣告结束。

罗伯特的体内似乎藏着一个生命,但他并没有遇到可以将那鲜活特殊的生命牵引出来的人。罗伯特这次来到艾奥瓦,是为了完成一组新的拍摄任务——拍下在那里被岁月侵蚀、行将消失的七座古老廊桥。

虽然他画出了拍摄路线,并顺利找到了前六座桥,但第七座叫作罗斯曼的桥却遍寻不到。天气很热,罗伯特开着车在砾石路上转悠。这些路,好像除了通向下一条砾石路之外,没有尽头。

一个坐在房檐游廊下的女人吸引了他的目光,此时罗伯特并不知道她的名字,却莫名地被她吸引。他下了车,望着女人越走越近。那女人赤着脚,穿着牛仔裤和一件褪了色的蓝色工作服,袖子高高卷起,衣摆放在裤子外面,一头乌黑的长发用一只玳瑁梳子别起,一身穿着看似随意却风姿绰约。罗伯特不禁有种手足无措之感。也许是性格使然,他在女人面前总是会下意识地产生这种窘态。于是,他将车开得离小院更近一些,仿佛被一根无形的绳索牵引着。

院子的女主人弗朗西丝卡,正在享受一个人的状态。丈夫理查德和两个孩子带着自家获奖的小牛,去参加伊利诺伊州的博览会了。

卡车行驶得很慢,驾驶员仿佛在寻找什么。然后车子居然在小巷口停下,车头向她的方向转来。这让弗朗西丝卡一惊,不禁开始思索来人是谁。当卡车驶进巷子,在铁丝栅栏门前不远处停下时,弗朗西丝卡走下前廊,穿过草地走向大门。

接下来,一个男人以画中人一般的形象出现在她面前。他的棕色军服式衬衫已被汗水湿透,衬衫上三个扣子敞开着;他脖子上银项链下面紧绷的胸肌以及肩上橘黄色的背带,这一切都开启了弗朗西丝卡无尽的想象。

虽然此时还不知道他的名字,但眼前这个男人好像是从一本没有写出来的书中走出的幻象,那本书名叫——《插画萨满人史》。

这是书中男女主人公的第一次相见。一个自由、野性、神秘如外星生物的男人，和一个在宁静农庄被生活浸泡得有些发软、倦怠的农夫的妻子。他们之间似乎并不匹配，也不太可能擦出火花。但女主人公弗朗西丝卡并不是传统意义上甘于平庸的农庄妇女，她依然敏感，依然喜欢观察生活。她会对路上车子经过时卷起的尘土感兴趣，也会如少女般坐在秋千上喝着冰茶，发呆放空。而她平静婚姻生活中也有缺憾——她的丈夫和孩子关心家里的小牛，甚至会比关心她还要多。

罗伯特眼中一条接一条无尽延长的砾石路，仿佛也隐喻了弗朗西丝卡的生活——在重复中麻木，在麻木中丧失激情。日子对于弗朗西丝卡来说，是一眼望不到头的重复和一眼望得到头的既定结果。

当婚姻如一潭死水的弗朗西丝卡遇见罗伯特时，眼前的一切颠覆了她。她意识到自己曾在脑海中构思过的梦中情人的形象，原来是切切实实存在的。

事情似乎开始变得有些倾斜、有些危险，却又是那样充满了期待与神往。

一见钟情的美好，在初遇的两人身上都在慢慢生发。他们出于种种原因，在各自的婚姻里都有难以言说的心结，日子过得平常又不甘心。

Day2.
最虐心的缘分，是在错的时间遇见对的人

率先打破沉默的是罗伯特，他礼貌而有些拘谨地说出自己此行的目的——来此寻找第七座廊桥罗斯曼桥。

弗朗西丝卡的头脑仿佛在那一刹那间空白了，"必须传宗接代"，这个突如其来的念头是她此时唯一的想法，弗朗西丝卡的每一个细胞都在告诉她这个事实。而这，也成了颠覆她往后余生的开端。

弗朗西丝卡先是礼貌地回复了眼前的陌生人，告诉他，他要找的地方已经很近了，只要再走两英里便可到达。礼貌性地回复后，她忽然有些急促而激动地说："如果你愿意的话，我可以领你去。"

显然，罗伯特对眼前这个女人的自告奋勇有点意外，片刻的惊讶过后，他认真地向弗朗西丝卡表示感谢，但他的车里太乱，需要整理一下，所以请她等一分钟。罗伯特边整理边自言自语，弗朗西丝卡可以看得出来他的小慌乱和小激动。整理妥当后，罗伯特邀请弗朗西丝卡坐进车里，他们迎着夏日午后的阳光出发了。

罗伯特抽出一张印有地址和电话的名片递给弗朗西丝卡，

自我介绍道:"罗伯特·金凯德,摄影家,作家。"

而弗朗西丝卡则抓住每一个机会,观察起身旁这个男人。在罗伯特进一步的自我介绍中,弗朗西丝卡得知,他是《国家地理》的一名摄影师,因为近期杂志要发表一篇关于廊桥的文章,他被派来拍摄麦迪逊县的这几座廊桥。

"它叫罗斯曼桥。"弗朗西丝卡回应道。那话语中的声音熟悉又陌生,它好像属于这个世界上的另一个她,属于那个探着头望向窗外,沿着城镇的街巷看往列车或巷口,想象着还没有出现的远方恋人的——那不勒斯姑娘。

罗伯特拿出一包烟,抖落出一支递给弗朗西丝卡。令弗朗西丝卡感到意外的是,自己竟然接受了。这是五分钟内,弗朗西丝卡第二次为自己的举动感到意外。她并不十分清楚自己所做的一切,自从遇见这个男人,她的一切思维都变得不受控制,又或者可以说被罗伯特控制了。就连她曾在丈夫理查德严厉批评下戒掉多年的香烟,此刻却因为罗伯特一个递出香烟的小动作而复燃,不由自主地接了过来。

弗朗西丝卡·约翰逊,小镇农夫之妻,此时坐在罗伯特·金凯德的卡车里,虽然座位上布满灰尘,却让她有了一种悠然放松之感。她边吸着烟边指着前面对罗伯特说:"到了,就在弯过去的地方。"

在一条小溪上,那座有着斑驳的红色、饱经岁月风霜而略倾斜的古老廊桥,出现在他们的视线中。

弗朗西丝卡，被农庄生活和乡村观念禁锢了二十年，在二十年的封闭生活中长期遵循着小镇家庭传统观念所要求的克制、含蓄、不苟言笑的行为准则。正如罗伯特的车子颠簸着由小巷驶入大路，此刻弗朗西丝卡的人生也由一个狭窄的角落，满怀不安、忐忑又充满期待地进入一个新的空间。

在她的眼前出现了一片原野，那里广阔无垠，充满野性和神秘的力量在召唤。她想要挣脱锁链，勇敢地为自己活一次。一幅在少女时代曾经勾勒过的图景，以及那个想起来就会面红心跳的梦中人，此刻就在眼前。

罗伯特的一举一动都如此牵引着弗朗西丝卡，弗朗西丝卡为他着迷、为他疯狂，用俗世的观念来说，她为他昏了头。可是那种目眩神迷，每一寸身体发肤，每一次心跳和呼吸都被牵引的神秘向往，对久经无望生活的弗朗西丝卡来说，是人之本性无法逃脱的致命诱惑。

如何看待欲望这个词呢？莎士比亚曾说：情欲犹如炭火，必须使它冷却，否则，那烈火会把心儿烧焦。可是这种烈火灼心的强烈悸动，却会给人赴汤蹈火的勇气。

这一刻，弗朗西丝卡内心那熄灭已久的火焰，被罗伯特这颗火种点燃了。她无法拒绝光亮与热情，臣服于这沉寂许久之后的躁动。他和弗朗西丝卡，已经成为彼此的火种，而他们又都成了离火太近的人。

Day3.
爱上你,眼里便再容不下其他

终于看到苦苦搜寻的第七座廊桥,那一瞬,罗伯特绽开了笑容。同时,他向弗朗西丝卡表明,接下来自己需要花一点时间进行实地探查,并询问她是否介意。弗朗西丝又怎么会介意呢?她终于可以自由、随意并不需要任何借口地观察罗伯特了。

在这样一个炎热的夏日,这座廊桥边,她的世界只有这个男人。弗朗西丝卡起身,向罗伯特的方向走去。弗朗西丝卡看见桥那头罗伯特的侧影,逐渐消失在通向小溪的斜坡下。再度出现时,罗伯特边向她挥手边赞叹这里的景色之美,他的声音在廊桥里回荡。

弗朗西丝卡也点头说:"是的,是很美。我们这里对这几座旧桥习以为常了,很少去想它们。"她的话音刚落,罗伯特便用他独特且极具浪漫情怀的方式,向弗朗西丝卡作为自己的向导表示感谢。

罗伯特温柔地笑着走上前来,将一小束野生黄菊花递到她的面前。这是弗朗西丝卡第一次收到花,确切地说,这是她人生的第一次。

"我还不知道你的尊姓大名。"罗伯特像个大男孩一样，询问起她的姓名。这时弗朗西丝卡才意识到自己从没有告诉过他，不禁觉得自己太过迟钝。

"弗朗西丝卡。"她说道。

他们回到绿色卡车，在落日余晖中，她像一个外出归来的女学生般，将罗伯特送的花束紧紧抱在怀里，仿佛怀抱着全世界。当罗伯特把车转进小巷时，他再一次看见那个信箱，并问道："理查德是你的丈夫吧？"

"是的。"弗朗西丝卡说，甚至有点喘不过气来。她知道有些话一旦开了口，就会源源不断地说出来了。趁此机会，她再一次发出自己的邀请："真热，你要喝杯茶吗？"

罗伯特回头看看她，说："如果没有什么不方便，我要。"弗朗西丝卡指引罗伯特将车停妥，他们沿残缺的水泥台阶而上，走到游廊后门。罗伯特绅士地为她拉开门，他们来到厨房。弗朗西丝卡给罗伯特倒了一杯冰茶放在他面前，把花束小心放进一只果酱瓶里，然后靠着切菜台，轮换着脱下脚上的靴子。

他浪迹天涯，见过的漂亮女人不计其数，但如弗朗西丝卡这般给他留下深刻印象的，却从没有。不同于有些年轻女人仅浮于表面的美，弗朗西丝卡的美来自她对生活的理解力和激情，这是一种经历漫长生活的艰辛打磨之后，依然光洁如初的纯粹感。

她美到就连换靴子的姿态都让罗伯特心动。后来，他向弗朗西丝卡坦承，虽然不知道原因，但是那天弗朗西丝卡脱靴子的时候，是他记忆中最性感的时刻。

他们边喝着冰茶，边聊起彼此的生活状况。从罗伯特在《国家地理》杂志的工作，聊到他对这份工作的失望和无奈，而弗朗西丝卡，她的婚姻则更像是一种交换。她为了在温特赛特获得一份教师的职业，而选择嫁给了当地人。

当听到罗伯特问她，觉得艾奥瓦怎样时，弗朗西丝卡再一次被触动。她没有立刻回答，而是向他要了一支烟，然后说："我应该说'这里很好，很宁静，这里的人很善良'。虽然某种意义上他们的确很善良，他们身上有很多优点，我很敬重他们的品质。但是，"她吸着烟迟疑了一下，望着罗伯特说，"这不是我少女时梦想的地方。"

罗伯特思考片刻，告诉弗朗西丝卡，虽然自己找不到确切的词句来表达，但他懂得弗朗西丝卡的意思。当一个人遇见自己的梦中人，一定会止不住地想要偷看他，被唤醒的"少女"弗朗西丝卡也是如此。她会抓住每一个机会去观察、记录，体味罗伯特那令人迷醉的一切。

无数的名人在歌颂初恋，因为这是人生从单一平面走向立体生动的开始。为某个人而心动，为某个人暗暗改变，甚至失眠、落泪。但遗憾的是，并非每个人都能有如此幸运，在正当好的年纪遇见这样一场不掺杂任何目的的单纯感情。弗朗西丝卡少女时代曾期待过的远方爱人，后来被现实所替代，被日复一日安稳却乏味的生活所掩埋。多年的婚姻生活中,她甚至连一次鲜花都没有收到过,这生活也许算不上让人绝望,但至少是毫无色彩。

她的丈夫理查德身上所表现出的缺乏同理心,也许与生长的环境有着很大关联。他从不曾像罗伯特这样,问一问自己的妻子觉得现在生活的地方怎样。可以想象如果她对丈夫说出"这不是我少女时梦想的地方",她的丈夫会以怎样的方式给她反馈。对于她抽烟的行为,丈夫理查德也只是简单粗暴地以争吵的方式阻止,只因为自己不喜欢,却从不曾问一问她为什么需要抽烟。

所以,当罗伯特手捧鲜花站在弗朗西丝卡面前时,她本已泛起涟漪的湖面卷起了层层波浪。生而为人,是拥有一种原始本能的。这种本能使人不自觉地被耀眼的事物所吸引;这种本能使人向往美好,期待浪漫的情节。这种本能也使得弗朗西丝卡想要留住罗伯特,留住这束出现在她暗淡岁月中夺目的光。她开始变得不像农夫之妻弗朗西丝卡·约翰逊,但却回归了最真实的自己。那个对生活有冲动,对爱有渴望,会被肌肉和汗水迷惑,不顾世俗观点,追寻野性本真的——女孩弗朗西丝卡。

Day4.
旧梦是好梦,虽没有实现

"旧梦是好梦,虽然没有实现。但我很庆幸有过这些旧梦。"当罗伯特温柔婉转地说出这诗一般的语句时,弗朗西丝卡露出了久违的笑容,这笑容热情而深沉。在一种赌徒似的冲动驱使下,她问罗伯特愿不愿意留下来吃晚饭。罗伯特表示,如果不会太麻烦,他很愿意。食物也无需复杂,他已食素多年,素食让他感到很舒服。

弗朗西丝卡笑说,他的素食主义与当地人的无肉不欢简直是两个对立面。确定好晚餐的食物后,罗伯特说自己需要一点时间,去整理一下胶卷。弗朗西丝卡看着罗伯特走出厨房,穿过游廊,走进家里的场院。

弗朗西丝卡到二楼洗了个澡,并为自己搭配了一身新的装扮,白衬衫、牛仔裤、凉鞋,还戴了一对金圈耳环并喷了香水。再下楼时,罗伯特已经整理完回来,也换上了一件干净的上衣。

听到弗朗西丝卡的脚步声,罗伯特抬起头,表情庄重又有一丝胆怯地问弗朗西丝卡,要不要来一瓶冰啤酒,他带来的冷藏箱里有。在得到弗朗西丝卡的接受与感谢后,罗伯特打开箱盖，拿出两瓶啤酒。弗朗西丝卡看到冷藏箱中，如木材一般整整齐齐地码着两排胶卷。罗伯特递给她一瓶酒，举起自己那瓶做祝酒状说："为午后的廊桥，或者更恰当地说，为在暖洋洋的红色晨光里的廊桥。"说完他露出了真诚而温暖的笑容。

一个奇怪的陌生人，鲜花、香水、啤酒，还有在炎炎盛夏里一个星期一的祝酒，这一切已经足以使她沦陷。

准备晚餐的过程，弗朗西丝卡和罗伯特仿佛一对生活多年默契十足的夫妻。罗伯特会主动帮忙做一些事情，而这些并非出于作为客人的局促不安，只是他下意识地认为自己应该这样做，并且他很沉醉于这种共同劳作时热气腾腾的烟火气息。除了帮忙，他的眼睛也几乎不离开弗朗西丝卡。一切都让他着迷，但他只能克制自己的激动心情。

准备食物的空当，弗朗西丝卡伸手打开了一台小收音机。一个声音唱道："我袋里装着时间，天气总站在我一边……"歌声有阵阵吉他伴奏，弗朗西丝卡把音量调得很小，然后转向罗伯特问道："你弹吉他吗？我看见你卡车里有一只琴匣。"

罗伯特坦承道，自己会弹一点儿，不过只是在旅行路上偶尔做个伴儿，这一点还是他的妻子教他的。听到"妻子"一词，弗朗西丝卡的身子莫名地绷紧了一下。也许是看出弗朗西丝卡的不自然，罗伯特又补充说，妻子早就不堪忍受他为了工作长期在外的状态，九年前带着一把吉他离开了。离婚后，他们也再没有任何联系。他又询问起弗朗西丝卡的事，关于她的故乡，她的生活。弗朗西丝卡说，自己来自那不勒斯，意大利北方的一座小城。

他们正说着话时，窗外西边的天空升起了云彩，云彩把太阳分成射向四方的几道霞光，罗伯特称之为"神光"。当太阳光由白变红，正好落在玉米地上时，弗朗西丝卡透过窗户看见一只鹰正乘着黄昏的风扶摇而上。"已经闻到香味了，"罗伯特边指着炉子边说，"闻起来……好清静。"说完，他定定地看着弗朗西丝卡，欣赏眼前的美好，享受这一刻的宁静。

用餐的过程中，罗伯特要求弗朗西丝卡再多讲一些有关她的故乡——那不勒斯，以及关于她——那个那不勒斯少女的故事。弗朗西丝卡提到了自己的学校、家庭，以及她和丈夫理查德的初遇，还有她的困惑等。她永远无法理解，家人为什么可以把倾注了极大爱与关怀的小牛卖给别人去宰杀。可对这一切她却从不敢说什么，因为她知道丈夫不仅不会理解，甚至还会对她的想法大为光火。但她始终觉得这一切充满矛盾与冷酷。

罗伯特很是满足地吃了两份菜，并且两次告诉女主人，她准备的食物有多美味。45岁的弗朗西丝卡静静地体会着当下的这一切。歌手汉克·斯诺正在艾奥瓦州的电台里唱着一支有关火车的歌曲。此时的弗朗西丝卡，似乎成了一名十足的赌徒。她舍弃了自己长久以来的矜持与恪守多年的乡村教条，一步步地走向罗伯特。她想，丈夫理查德虽然算得上善良敦厚，但麻木和乏味也日渐明显。但是弗朗西丝卡并不敢向丈夫表达，因为她知道丈夫不会有耐心倾听自己心中的这些困惑和不满。

理查德和弗朗西丝卡的婚姻生活状态，相信并不是个例。所以会常常有人感叹，婚姻不仅是爱情的坟墓，更是人生的坟墓。因为真正的孤独并不是一个人无枝可依，而是以为寻到了归巢却发现里面毫无温度。反观罗伯特·金凯德，他细腻、温柔、自律，充满热情却又有分寸感。他懂生活，崇尚素食，洁净且敏捷；体察细节，对身边的一切充满关怀。他对自己的职业和生活有要求，追寻内心的纯粹，不被利益所熏染。最重要的是，弗朗西丝卡知道他们有相同的频率，他们懂得对方的思想，并愿意欣赏。

"在我们的一生中，遇到爱，遇到性，都不稀罕，稀罕的是遇到了解。"

当罗伯特说出"旧梦是好梦，虽没有实现，但是我很高兴我有过这些梦"时，弗朗西丝卡感受到，自己那不被关怀和理解的少女时代的梦，终于被人理解和接纳了。

对于理查德与罗伯特，一端是被忽视的无尽失落，另一端是被看在眼里的关心与懂得；一端是毫不重视细节的粗鄙日子，另一端是向着阳光出发，处处体贴入微的生活。弗朗西丝卡心中的天平也许早已倾斜，这种倾斜就如同小溪汇入大海，波浪彼此拥抱，阳光亲吻大地；就像花包容花，风吹拂风。

Day5.
多少婚姻，输给了没有仪式感

晚餐后，弗朗西丝不希望罗伯特太早离开，但又不知用什么理由继续留住他。罗伯特似乎看出了她的焦虑，于是提议一起到草场去走走，弗朗西丝卡已经很久没有这样散步了。

她喜欢音乐、文学，可丈夫对此并不关心，甚至还有一丝鄙夷。而罗伯特却会和她讨论有关草场与牧场的区别，并且为天空颜色的变换激动不已。罗伯特仰望天空，双手插在口袋里，相机挂在左肩上。"月亮的银苹果/太阳的金苹果。"他像一个职业演员那样，用他的男中音朗诵着这两句诗。

小镇里的那些人不仅瞧不起诗歌，认为那是英雄气短的产物，有的人甚至会以鄙夷的眼光看待如此美好的事物。他们不仅不懂得欣赏，而且为了掩饰自己的文化自卑感，还会美其名曰："此地是孩子成长的好地方。"每当此时，弗朗西丝卡总想回敬一句："可这是大人成长的好地方吗？"

弗朗西丝卡和罗伯特信步走向牧场深处，拐了一个弯道后又向屋子里走回来。弗朗西丝卡想起她的白兰地，她再次邀请罗伯特一起喝一杯，白兰地或者咖啡。"存在两样都要的可能吗？"声音从暗处传来，她从那声音中感受到罗伯特的笑意。

应弗朗西丝卡之邀，他们再次回到家中。弗朗西丝卡为罗伯特准备白兰地，却发现家里竟很难找出一只没有缺口的杯子。虽然在日复一日的生活中她已经对杯子上的缺口见怪不怪，但是这次她一定要完美无缺。罗伯特在不远处观察着弗朗西丝卡，她踮起脚尖的样子，她背部的曲线，这一切都让罗伯特浮想联翩。他渴望抚摸她、拥抱她，渴望与她跨越最后一道鸿沟的距离。

弗朗西丝卡终于找到两只完美的酒杯，虽然一直背对着罗伯特，但她能感受到他炽热的目光。她也知道罗伯特看到了这一切，这两只杯子从未被注入过白兰地，她知道罗伯特会为这小小的细节感到悲哀，因为他身上那与生俱来的爱尔兰人的敏感。

酒已备好，弗朗西丝卡将灯调到尽可能恰好的亮度。罗伯特举杯及肩向她伸去："为了古老的夜晚和远方的音乐。"

弗朗西丝卡享受着这美好的旧时情怀，诗和音乐的情怀。可时针已指向九点二十五分，罗伯特不得不告辞了。弗朗西丝卡也再找不到理由继续留下他。告别后，弗朗西丝卡陷入长久的沉思，她站在镜子前久久地观察自己，镜中的身体虽然因为生育而有些许变形，但仍然算得上是美的。可是她和丈夫理查德之间再无激情。

思考过后，她坐在餐桌前写下白色纸条，然后带着纸条驱车奔往深夜的罗斯曼桥。弗朗西丝卡太孤独了，孤独到她已习惯了孤独。她喜爱诗，可诗人和诗在这座小城并不受欢迎。就像这里到处飘浮着的油腻气息，竟会莫名地、充满优越感地，嘲笑素食的清洁和蔬菜的清净。

这正是弗朗西丝卡灰心丧气之处。身处这样的成长环境，她的丈夫理查德相信也不会理解她内心对诗的情怀。相反，罗伯特却会饶有兴致地与她谈论日落时天空的光线，讨论草场与牧场的区别，还会应景地朗诵一首诗歌，并且以准确的语言总结出诗人用笔的绝妙之处。所以弗朗西丝卡又听到了那个声音，少女时在那不勒斯的咖啡馆里听到过的放浪的笑声。这是一种信号，她要将自己从不被理解和包容的深深失望中，从日复一日的妥协与挣扎中解放。

弗朗西丝卡在一地鸡毛的日子中坚持读书，选择用这种方式来放缓自己被麻木不仁同化的脚步，也正因为不妥协，她终于遇到和自己一样喜欢诗歌，拥有情怀和梦想的罗伯特·金凯德。

Day6.
短短四天的爱恋,却要用一生来怀念

黎明前一小时,罗伯特·金凯德驶过理查德·约翰逊的信箱,到了罗斯曼桥。当他做好一切拍摄准备时,红光出现,天空渐渐亮起来,桥上的旧漆变成一种暖红色。正当他按快门时,忽然见到桥的入口处挂着一片纸。他急着拍摄,于是上前取下白色纸条放进口袋,抓紧时间完成罗斯曼桥的拍摄,赶往另一座——猪背桥。

口袋里的纸条几乎被他遗忘了,直到纸上的大头针仿佛提醒般扎了一下他的手,他才掏出纸条读起来:"当白蛾子张开翅膀时,如果你还想吃晚饭,今晚你事毕之后可以过来,什么时候都行。"

罗伯特禁不住微微一笑,他拨通了弗朗西丝卡的电话,表示自己晚上还有拍摄任务,可能会晚一些过去。不过如果弗朗西丝卡愿意,他可以接她一同前往。罗伯特在电话里富有磁性的声音让弗朗西丝卡的体内再一次产生某种反应,正是那种"必须传宗接代"的原始冲动。

拍摄的过程中,弗朗西丝卡成了罗伯特的助手,她也很高兴自己可以与他如此之近。拍摄结束后,他们回到家中,沐浴更衣。弗朗西丝卡换上了那条为今夜特别准备的粉红色礼裙,美得令人目眩神迷。

罗伯特向她表达了自己的赞美与欣赏,而弗朗西丝卡也感受到他渴慕中的真诚。在那一瞬间她彻底爱上了罗伯特,一个仿佛骑着彗星尾巴乘风而来,落在她巷子口的作家、摄影师。

在1965年8月那个星期二的晚上,他们跳舞、拥吻,充满热情地融入对方的身体和生命。《秋叶》,那温柔而略带悲伤的旋律,是他们的背景曲。罗伯特·金凯德和弗朗西丝卡·约翰逊,终于冲破理性与世俗的阻碍,经过了漫长的期待与渴求,完完整整地属于彼此了。

夜正浓,那伟大的盘旋上升的舞蹈继续进行,罗伯特听见自己在向怀中的爱人耳语,好像一个不属于他自己的声音在说话。那是里尔克一首诗的片段:

> 我围绕古老的灯塔……已环行几千年。
>
> 我在此时来到这个星球上,不为别的,只为爱你。我从高处,一个奇妙地方的边缘一直不断下落。
>
> 而现在终于明白,这么多年来,我一直在向你跌落。

天亮之时,诗人罗伯特,看着弗朗西丝卡的眼睛深情地朗诵出了这首诗。但现实也是无法逃避的,理查德和孩子们就要回来了,罗伯特·金凯德也必须离去。他请求弗朗西丝卡随他一起走，一起浪迹天涯。但是弗朗西丝卡拒绝了，因为她深知，在这样一座闭塞陈旧的小镇，她的离去对于理查德和孩子们将造成怎样的影响。

她多么希望可以自私一次，但是她不能，责任感与内心的善良告诉她必须留下。她不想活在负罪感之中，那样也会使她变成不再是罗伯特喜欢的那个弗朗西丝卡。罗伯特带着无限的遗憾离开了，同时也带走了弗朗西丝卡全部的爱与柔情。

正如罗伯特自己所说，他们已经不再是单独的彼此，而是重新创造了一个新的生命，那个生命——叫"我们"。

离开之后他们再没见过面，罗伯特也只给她寄过一包照片和一篇名为《零度空间》的文章，之后就再没有来过信。弗朗西丝卡知道罗伯特理解她的难处，也怕给她带来麻烦。她为罗伯特的体贴而感动不已，同时也谨守自己对家庭的责任。

只有一次，那是在丈夫理查德去世后，她才尝试着打过一次电话试图寻找罗伯特·金凯德，但并没有得到自己期望的结果。直到1982年2月2日，她收到西雅图一家律师事务所寄来的罗伯特·金凯德的遗物，里面是一封长长的信、罗伯特的遗嘱和三架尼康相机，还有她当初写给罗伯特的白色字条。

信里面是罗伯特这二十几年来深深的思念与爱恋，是他带着那个名为"我们"的生物，走过千山万水的痕迹。此后的五年中，每年的生日成了弗朗西丝卡一个人的纪念日，她用这具有特殊意义的一天来纪念一生的挚爱，直到去世。

每年的这个日子,她都会拿出自己精心保存的罗伯特寄来的信件和他为自己写下的文章——《零度空间》。她的这段往事也一直小心珍藏,直到她去世后,遗物被儿女发现时,才终于被家人知道。而她唯一的遗愿是将自己火化,然后将骨灰撒在罗斯曼桥边。弗朗西丝卡将生的躯体献给了家庭,现在终于可以了无挂碍地将完整的灵魂献给一生挚爱罗伯特。

这世上的相遇有千万种,爱情有千万种,离别也有千万种。但如《廊桥遗梦》这般令人叹息却又荡气回肠,无法忘怀的,是其中珍品。浪漫的情事恰到好处,一切美得不像话。

有人说喜欢就会放肆,而爱就是克制,但完整的爱也许该如弗朗西丝卡与罗伯特这般,克制与放肆的融合。他们放肆地迷恋着对方,疯狂地想记录与对方有关的一切,紧紧地拥抱,期盼着用身体、用灵魂、用不灭的爱一起抵达岁月的尽头。

当弗朗西丝卡说出自己要为家庭而留下时,他并没有粗暴地反对,而是以他的懂得和疼惜,遵循了爱人的意志。而弗朗西丝卡,她坚守了自己的责任感,虽然往后的二十年她都在刻骨的怀念中度过,但她并没有因此后悔。

在他们心中,这个梦历久弥新,永远都在彼此心中,也已随着那第三个叫"我们"的生命一起去探险、去远游,这梦从不孤独,更无遗憾。他们用一瞬间相遇,用四天时间爱上彼此,却用一生来怀念对方。

Day7.
爱上你用了一阵子，忘记你要用一辈子

  主人公弗朗西丝卡和罗伯特，一个是来自艾奥瓦乡间的农夫之妻，一个是洒脱不羁、如风一般自由诗意的摄影师。他们之间本来并无交集，只是偶然的一次问路，一次意外的相遇，造就了这段惊世又绝美的爱情开端。当罗伯特以他健硕、俊朗，又充满野性魅力的形象出现在弗朗西丝卡面前时，她的世界一片空白，却又风云变幻。一颗被乡村礼教和世俗观念禁锢已久的心，恢复了本来的面貌。

  初遇，她为他心动。而弗朗西丝卡并不知道，罗伯特也已经暗暗注视她好久。那座古老的廊桥——罗斯曼桥也成了联结他们两人的桥梁。这座桥在他们的眼中是那么美，却一度被当地人甚至弗朗西丝卡的家人忽略。这种对美的忽视，也是对生活的淡漠感。

  生活让一些人变得敏捷而感性，却也让另一些人变得倦怠和麻木。显然弗朗西丝卡是敏捷感性的那一群，所以她与这座乡村显得格格不入，她生活得很孤独。当她遇到罗伯特，这有如来自外星，不被世间规律定义和束缚的，充满野性魅力的人物时，她黯淡已久的世界被点亮了。

她终于可以逃离灰白色背景，走进一片色彩迷离、时时有惊喜的广阔空间。弗朗西丝卡与罗伯特一起吃晚餐、散步，聊诗歌和人生。这些都是丈夫理查德从未给过她的，她也从未对丈夫有任何抱怨或指责，只是一个人默默地过着与自己少女时代的期望相去甚远的生活。

而罗伯特懂她、愿意倾听她，会送花给她，并且发自内心真诚地欣赏她的美。所以，弗朗西丝卡无法抗拒这本能的吸引，她知道自己必须与他缠绵，与他紧紧相拥、热烈亲吻，还有，像她脑海里一直出现的那句话——"必须传宗接代"。

短短四天的相处，他们像爱了一生，像是为彼此而来。也许在我们看来，弗朗西丝卡和罗伯特的相遇晚了一步，她已经有了家庭，有了她抛不开的责任。她无法自由地做那个随心所欲的那不勒斯少女了，也无法随着罗伯特的脚步抛下一切去和他浪迹天涯，这是一种遗憾。但也许于他们而言，这份相遇，没有早一步，也没有晚一步，是彼此认为刚刚好的时间。

诚然，以世俗的眼光来评判，这只是一场婚外情。但《廊桥遗梦》的特别之处在于，它并没有那种成年人之间为了生理需求或者寻求快感的感官心态，也并不是因为对婚姻不满而向外寻求弥补。相反，它是在麻木的日子里忽然遇到了少女时代的旧梦，是一种实现梦想的冲动和奇妙感。

他们的爱真挚而含蓄，热烈而又纯真自然。所以即使分离，即使无法相守，也依然无法磨灭。在长久的默默思恋和怀念中，他们的爱历久弥新，成了给彼此生活增添亮色的一种仪式感，和支持彼此走过无助岁月的精神力量。他们虽然后来并没有再见面，但灵魂却在彼此相拥。

《廊桥遗梦》的最后，当弗朗西丝卡选择死后将自己的骨灰撒在罗斯曼桥边时，我们或许终于可以感叹一句，他们终于在一起了。弗朗西丝卡用一生守护这份爱，她将它小心珍藏，直到她死后，儿女才发现了这个动人的爱情故事。

母亲的爱情以及她为家庭所做的付出与牺牲，使他们不禁开始思考，为何自己对待生活和爱情会如此随便，也反思自己，在以往的婚姻生活中，是否给予了对方足够的尊重和用心。这也许正是《廊桥遗梦》能够成为划时代经典的原因，它不仅仅停留在浪漫唯美的层面，在故事背后的深层现实，引起人们关于婚姻和爱情真谛的思考，这才是具有永恒意义的。

所以，有人称《廊桥遗梦》是引发美国离婚大潮的"毒草"，也有人视它为拯救了自己婚姻的良药。

根据《廊桥遗梦》改编的同名电影，也长期列于票房榜榜首，无数人为之落泪、遗憾，也为之心痛和感叹。《廊桥遗梦》的原作者罗伯特·詹姆斯·沃勒，曾这样诉说这个故事带给他的震惊和感动："准备和写作这本书的过程，改变了我的世界观，使我的思维方式发生了变化，最重要的是，减少了我对人际关系可能达到的境界所抱有的愤世观。"

当下很多人的生活已被越来越多的机械化流程和物欲气息所包围，习以为常的生活让每个人都失去了改变的动力，成了爱无能：越来越不懂爱，越来越不会爱，也越来越不相信爱。但幸好我们还会被电影和书中的爱情故事所感动，不相信爱情也许是出于对生活的疲倦和现实的无奈，但被深刻的爱情故事感染和触动，是一种情感本能。

《金色梦乡》

再黑暗的地方也能成为金色梦乡

[日] 伊坂幸太郎

对于《金色梦乡》的创作初衷，伊坂幸太郎在访谈中说道："如果读者读了《金色梦乡》会感到'虽然艰难，但明天也要努力'，我就满足了。"

如果说有一个值得抵达的故乡，对于你而言那会是哪里？是你曾拥有过的年少时光，还是你所期盼的光明未来？是朋友们都在身边从不为明天烦恼的青葱岁月，还是寻得一心人白首不相离的天长地久？本书的书封上赫然醒目地写着这样一句话——"逃吧，好好活下去，别输给他们！再黑暗的地方也能成为金色梦乡！"

对于不同的人而言，那个闪闪发光的梦乡也是不同的，但对于每个人来说，它又是同样的温暖，同样的璀璨，同样支撑着生活的重量。

MAI JIA
READING
WITH YOU

Day1.
胜利的形式有多种，不屈服是一种，活下去是一种

伊坂幸太郎的作品常常被贴上"推理小说"的标签，在日本，他的人气甚至可与东野圭吾和村上春树比肩。他的每一部作品几乎总能登上畅销图书榜单，也曾数度入围直木奖和芥川奖的最终评审单元。

他的小说虽然得到同行和评委的高度评价，却始终如一匹尚在成长中的野马，奔驰于主流与另类之间。这跟他所选取的前卫的主题以及别具一格的写作手法有关。谈及自己的写作，伊坂幸太郎曾经说："依靠想象力活着，真的会幸福吗？如果是写小说，或许我可以凭借想象力从零开始创作。"这样的想法源于他在一本美术评论书籍上看到的一句话——人生只有一次，让这仅有的一次充满想象力，再没有比这更加幸福的活法。受到这句话的启发，伊坂幸太郎走上了一条依靠想象力而活的人生之路。

也许，小说只是他所选择的一种方式，而活出充满想象力的人生才是他真正所追求的。在想象力的魔法之下，伊坂幸太郎为读者构建出了一个个或离奇或惊险的故事。但无论是他的早期作品《再见，黑鸟》《奥杜邦的祈祷》，还是这本《金色

梦乡》，都算不上是严格意义的推理小说，即使这些故事像推理小说一样充满悬念。他的作品里没有英雄式的神奇侦探，也几乎不采用"侦探揭开谜底"这一常见的叙述模式。

"谁是凶手"这个答案没有被伊坂幸太郎用来成为吸引读者阅读下去的悬念，他似乎并不在意丝丝相扣、层层剥离下来的那个真相，也无意塑造环绕着主角光芒的英雄式人物。披着"推理小说"这件外衣，他更多关注的是一个个小人物，在强大命运前做出的选择。

出生于1971年的伊坂幸太郎，如今已近知天命之年，但从他的文字中我们仍然能感受到一股少年心性。他喜欢奇思妙想，喜欢脱离常规，他像那些怪异的年轻人一样，一腔热血，随时准备去冒险。

在《金色梦乡》这本书里，有一个喜欢网购却总是不在家的稻井先生。有一天他干脆在门上贴了一张便条，上面写着"最近出远门，快递请转交公寓管理员，长大之后我就回来"。后来主人公青柳雅春才想起，这位稻井先生网购的东西大都是旅行用品，原来那是在为出门冒险做准备。

还有一对父子，最大的梦想就是能开着敞篷跑车环游日本。连环杀人犯三浦想借他们的屋子作为避难之所，便给了这对父子一笔差不多能完成梦想的钱作为交换，而那对父子也欣然答应，开着跑车出门了。

他也经常在书中用这样一句话来怂恿大家脱离常规——

"人生既不能延长,也没有赞美。既然这样,不如做些想都没想过的事,当作回忆也好啊。"

除了主动寻找冒险的人,还有人是在突如其来的变故下被迫选择了迎接冒险。《金色梦乡》里的主人公青柳雅春,原本做着按部就班的快递员工作,过着循规蹈矩、一成不变的生活,直到一系列匪夷所思的事情进入他的生活,他的生活轨迹才突然转向。他在一夜之间莫名其妙地成了刺杀首相的嫌疑人,从此踏上了一段追与逃的旅程。

面对强大的陷害自己的背后势力,他恐惧、慌乱,也绝望,但最终还是鼓起了勇气奋起反抗。或许在青柳雅春的心里,早已厌倦了之前如死水一般平静的生活,只是还处于迷茫之中,不知该如何改变。外在的强迫也好,内因的驱使也罢,青柳雅春就这样踏上了冒险的旅程。

《金色梦乡》的故事灵感来自一个真实的历史事件。1963年11月22日,美国第35任总统约翰·肯尼迪在得克萨斯州的达拉斯市访问,当他乘坐一辆敞篷汽车游街拜会市民时,被埋伏的枪手刺杀身亡。刺杀事件后,犯罪嫌疑人奥斯瓦尔德被警方抓获,但在两天后也被刺杀。使案情变得更加扑朔迷离的是,在肯尼迪遇刺后的三年内,18名关键证人相继死亡。随后的30年里,115名相关证人也在各种离奇事件中自杀或被谋杀。一年后,由最高法院牵头的调查组提交了最终报告,认为整个事件全是奥斯瓦尔德一人作案,但美国民众普遍表示不相信这个结论。此后数年，关于这次事件的民间调查从未停止，至今仍无定论。

在《金色梦乡》里，暗杀的对象换成了日本首相金田，青柳雅春则被当成奥斯瓦尔德受到追捕，而陷害他的是一个强大得无法抵抗的势力。伊坂幸太郎用其独特的想象力，为我们构建了这样一个逃亡的故事，让我们在虚构的世界里陪着主人公一路狂奔，一路胆战心惊。

短短两天的逃亡之旅，青柳雅春却仿佛度过了漫长的半生。亲情、友情、逝去的恋情，还有来自陌生人的善意，犹如四面八方而来的涓涓细流。故事的最后，我们不会看到一个皆大欢喜的团圆结局，强大的恶势力也没有如我们期待的那样最终被善的力量战胜。伊坂幸太郎用一种出乎意料的方式诠释了他的"惩恶扬善"。他告诉我们：反抗未必就是迎头撞击，有时候逃跑也是一种反击。而胜利的形式也有很多种，不屈服是一种，活下去是一种。

Day2.
20年过去了，"我们没有找出真相"

11月下旬的一天，餐厅的电视机里正在直播盛况空前的游行活动。新任首相金田乘着敞篷车从街道上徐徐驶过，向前来观摩的群众挥手致意。这是金田自上任半年来首次访问仙台市。

樋口晴子和以前的同事平晶野约在这家荞麦面店见面，这是自从樋口晴子辞职四年后她们第一次相约。樋口晴子已经是4岁女儿的妈妈，而平晶野正在和一个叫将门的男人谈恋爱。说起男朋友，平晶野又问起樋口晴子的前男友，好像是个叫青柳雅春的快递员。

那还是在读大学的时候了，樋口晴子想起那个清瘦温暖的大男孩，嘴角还是会微微上扬。虽然已经分手7年，之后也没有再联系，但她在自己的内心深处仍为那个人保留着一个位置。毕竟是一段青涩美好的恋情啊。

这时，电视里突然传出一阵短促的爆破声，白色的烟雾从电视画面中蔓延开来。

"炸弹！是炸弹！"

樋口晴子还不知道，就在电视里那一声爆炸响起时，她和青柳雅春的人生会以何种奇妙的方式再次产生交集。不过眼下看来，首相遇袭这样的大事似乎也只是和她的生活没有直接联系的无关之事。

医院里，保土谷康志正守着电视，打发百无聊赖的住院时光。当看到一架白色的遥控飞机从一栋仓库上方落下，在首相乘坐的敞篷车附近爆炸时，他顿时来了精神。电视台也迅速改变了报道主题，向观众传递最新的首相遇袭消息。

下午两点，警方举行记者会，透露炸弹是由一架遥控直升机装载，飞至首相乘坐的敞篷车上方时突然爆炸的。金田首相在爆炸中当场身亡，目前警察正在全力搜捕凶手。

到了晚上，电视主持人用激动的语气报道了最新进展，装载炸弹的遥控直升机型号已经得到了确认。只要找到这架飞机的出售商，按图索骥，相信很快就能找到凶手。果然，第二天早上七点，当保土谷康志再次打开电视时，发现嫌疑人已经被锁定，是一个叫青柳雅春的人。

电视里播放的是两年前青柳雅春接受记者采访时的录像。当时他在送快递途中从强盗手中救下了被非礼的女明星，一时间民众的目光都投到了这个普通的快递员身上。保土谷康志记得青柳雅春，当时他的英雄事迹一夜之间传遍了整个仙台。

看着电视里那个对着话筒说话还有些羞涩和紧张的年轻人，保土谷康志怎么也没想到刺杀首相的凶手竟会是他！所有人都没想到会是他。但警方手中掌握的证据却无疑都指向了青柳雅春。警察厅情报科科长助理，佐佐木一太郎在记者会上透露，案发当时一名疑似青柳雅春的男子，恰好就出现在遥控飞机飞过的仓库附近。而仙台市内一家遥控模型店的监控录像也显示，青柳雅春曾购买了一架被用于爆炸事件的同型号遥控直升机。在调查中还发现，青柳雅春学生时代曾在一家名为"轰烟火"的烟花工厂打工，警方推测，他就是在那时掌握了制作炸弹的技术。

一年多前，仙台市以保护民众安全的名义在全市范围内安装了安保监控摄像头，这些安保探头，也捕捉到了青柳雅春从事发现场逃跑和躲藏的身影。两年前因英雄救美事件而出名的青柳雅春，再次因刺杀首相而成为关注的焦点。

电视台和警方一方面毫无顾忌地将许多线索公之于众，一方面不加甄选地播出路人的猜测和随口指证。媒体的疯狂与民众的盲目，似乎在案件侦破之前已将罪名牢牢扣在了青柳雅春头上。

第三天凌晨四点，电视台再次开启了现场直播，这一次画面中的地点是市政厅前的中央公园。据报道，青柳雅春主动打电话给电视台节目负责人，表示他会当场向警方自首，条件是要求进行现场直播。

从事件发生开始，逃脱了两天的青柳雅春为何突然选择自首？保土谷康志和一同住院的病友都一早就守在了电视机前，等着看这场匪夷所思的刺杀事件最终会如何收尾。只见画面中出现了一名瘦削男子,他高举着双手,缓缓朝公园的广场中走去,然后又停下了脚步,抬头环视着四周建筑物的顶部。

看到这一幕时,电视机前的观众或许都在想,这场骚乱终于要平息了吧。然而,骚乱终会平息,但事情的真相却远没有被揭开。刺杀事件发生一个月后,以最高法院为核心的专门调查委员会公开了一份调查报告,其中关于事件种种概括抽象、言辞模糊,简单说来就是"我们没有找出真相"。

案发后一年的时间里,跟那起事件有关的许多知情人士也都相继离世。或因病发身亡,或意外遭遇不测,表面上看似乎并无疑点,但这些人的离世都无疑导致涉及事件真相的信息越来越少,人们也越来越难拼凑出当年刺杀的真面目了。

时过境迁,世界运转如常。政党的纷争,财团的利益角逐,依旧在民众看不见的地方更替上演。普通百姓的生活也依旧在围绕着柴米油盐打转。

20年过去了,当年那个遭遇全日本通缉的快递员青柳雅春早已被人们所遗忘,只不过也没有人再相信他会是杀害首相的凶手了。

Day3.
成年人的友谊，是最贵的奢侈品

　　故事还要从爆炸发生前的那天上午说起。大约11点，青柳雅春和大学同学森田森吾正走在去吃午饭的路上。大学毕业快八年了，一个星期前，一直没怎么联系过的森田森吾突然打电话来，问青柳雅春下周能否一起吃午饭，还说有关于他的要紧事要商量。

　　其实，这并不是他们毕业后的第一次重逢。两个月前，青柳雅春曾见过森田森吾一面。当时青柳雅春在一辆公交车上，突然被面前的一名女子抓住了手腕。对方瞪着他指责道："你干什么？刚才就一直摸人家屁股，别再耍流氓了！"

　　青柳雅春愣了一阵，随即反应过来，他被人诬陷成色狼了。车子停下来后，那女子又将他拉下车，在车站纠缠对峙，一时引来路人围观。被冤枉的青柳雅春慌得胃绞痛发作，却又苦于无法脱身。就在那时，森田森吾不知从哪儿冒了出来，拉着他拔腿就逃。

　　一边聊天一边吃着汉堡，时间很快就过去了。森田森吾从头至尾也没有说有什么要紧的事要商量，只拉着青柳雅春从餐厅出来，往东二番丁大道走去。那附近正是首相游行的地方。

等青柳雅春从昏沉的睡梦中醒来，发现自己坐在副驾驶座上。而森田森吾则坐在旁边一脸严肃地看着前方，俨然一副专心开车的司机模样，只不过车并没有点火，是静止的。

青柳雅春看了看表，已经快到中午，街上到处是因为交通管制而被挡住去路的车辆。他想不起自己什么时候睡着的，只记得跟着森田森吾来到路口，上了他的车，接过他递过来的矿泉水喝了几口。

"你不会是在那瓶水里给我下药了吧？"

"我是下啦。"

"嗯？"青柳雅春不过随口一说，说完后还觉得自己有些无聊，没想到森田森吾竟然承认了，还转过头来，圆睁着充满血丝的双眼，对青柳雅春说："时间不多了，我直接说重点吧。"

"什么重点？"

"那次你被冤枉成色狼并不是偶然，你被人算计了。我来找你也是受人指使的。"

青柳雅春有些慌张，也有些不敢相信，他看着老同学的脸，想弄清楚他是不是在开玩笑。森田森吾继续说："毕业后我就去了东京发展，很快就结婚了，也有了儿子，他现在已经上小学了。老婆沉迷赌博，欠了一身债，就在我为了还钱焦头烂额的时候，忽然接到一个奇怪的电话，对方提出只要我替他们做些事，那些债就一笔勾销。"

原来，将青柳雅春从被冤枉成色狼的误会中救出来，以及现在将他带到车上，给他喝掺了安眠药的水，都是森田森吾受人指使做的。"我不知道整个计划。"森田森吾接着说，"今天也只是接到指令，要求把你带到车上，让你一直睡到12点半。"青柳雅春看了看表，现在离12点半还差30分钟。这一切究竟是为什么呢？森田森吾说出了自己的推测。

在肯尼迪遇刺事件中，一个叫奥斯瓦尔德的人被当作重要嫌疑人拘捕了。事发两天后，奥斯瓦尔德又被一个叫杰克·鲁比的人开枪杀死，而杰克·鲁比也因癌症死于狱中。这就直接导致肯尼迪事件的真相变得曲折离奇，背后的阴谋也始终笼罩在迷雾之中。后来也有不少调查证明，奥斯瓦尔德也许只是这起事件的一个替罪羊。

敏锐的森田森吾已经察觉自己被要求做的那些事并不简单，刚刚趁青柳雅春睡着时他检查了这辆车，发现车底下被事先安装了炸弹。这一切都太诡异了。森田森吾猜测金田首相或许会被刺杀，时间应该就是十二点半。而青柳雅春，也许会成为第二个奥斯瓦尔德。他转头对青柳雅春警告道："没时间了，你快逃吧！"

"你也跟我一起逃啊！"

森田森吾没有回答青柳雅春，却说起了一首歌："你知道披头士的最后一张专辑 *Abbey Road* 吗？当时的披头士乐队已经解散了，保罗·麦卡特尼想通过这张专辑将四分五裂的乐队重新聚到一起……里面有一首歌叫 *Golden Slumbers*，也就是金色梦乡，刚才你睡着时我一直哼来着。"说完，森田森吾又自顾自地哼起来……

就在这时，外面传来一声巨响，空气似乎在某处破裂了，由此产生的震动转化为波纹，摇晃着车身。青柳雅春慌了，可森田森吾依旧镇静地说："我如果逃跑，家人就危险了……我就留在这儿，到时候向他们道个歉就完了……你只有逃跑。知道吗？青柳，快逃吧。就算狼狈不堪也好，跑远些，活下去。人活着比什么都好。"

说完了这些，森田森吾坐在驾驶座上，哼起了披头士的那首《金色梦乡》。青柳还想呼喊他，可他已将驾驶座的座位放倒，闭上了眼睛。

青柳雅春打开车门，冲出车外，两名身着制服的警察正从不远处朝这边走来，黑黢黢的枪口已经对准了青柳雅春。

"你将成为奥斯瓦尔德。"森田森吾的声音在脑海里回响，青柳雅春来不及多想，转身向人群里逃去。这时身后又传来一声爆炸，仿佛就是森田森吾所在的车子那个方向。爆炸的声响震惊了行人，青柳雅春趁乱钻进了一辆出租车。

他想先回家，通过电视把事态的详情先弄清楚。来到公寓楼下的电梯门口时，两个陌生男人走了过来，他奋力挣脱那两人，转身往外逃去。天桥上，迎面又走过来三名身着制服的警察，情急之下，青柳雅春纵身一跃，从天桥上跳了下去。正好落在路边停放的一辆货车上，被载货台上的帆布稳稳接住，才算逃过了一劫。

森田森吾最后说的那些话又再次在耳边响起:"如果说真的有某个值得回去的故乡,我能够想到的只有那时候的我们。"

大学里,青柳雅春、森田森吾、樋口晴子还有小野一夫,他们都是"快餐爱好者小组"的成员,经常在市里找一家一家的快餐厅品尝新品、做记录、玩游戏。那些无忧无虑的日子,随着大家的毕业已经一去不复返。时隔多年,森田森吾突然出现,没说上几句话又匆匆分别。

刚才那第二声爆炸,好像就是从他的车子方向传来的,那他会不会已经……青柳雅春不敢再想下去。

Day4.
成年人的孤独，是不愿被打扰，又渴望被拥抱

还在做快递员的时候，青柳雅春负责的区域里有一位叫稻井的先生，他很喜欢网上购物，却又总是不在家。有一天，青柳雅春又去给稻井先生送快递，发现门上贴了一张便条："最近出远门，快递请转交公寓管理员，长大之后我就回来。"

据公寓的管理员说，稻井先生出门冒险去了，预交了一年的房租，也不知道什么时候回来。当时，青柳雅春只觉得这位稻井先生真是位有意思的人，却没想到有朝一日他竟帮了自己一个大忙。

青柳雅春记得公寓管理员说过，稻井有一把房门钥匙藏在门口的灭火器下。开门进去之后，屋里果然没人，稻井还在冒险途中。他打开电视机，得知金田首相果真在爆炸中丧生了，可是承载炸弹的那架遥控直升机看起来怎么那么眼熟？

青柳雅春想起了井之原小梅，这是他两个月前认识的一个女孩，她有个爱好就是玩遥控直升机。当时青柳雅春对她颇有好感，为了多些相处的机会，便让她帮忙买了一架遥控直升机。现在细想起来，他心里开始产生一丝怀疑。他拿起电话打给井之原小梅，却转到了留言信箱。随后又打给小野一夫，看

能不能去他那儿住几天。

小野一夫,大家都叫他阿一,他在电话里支支吾吾,既没有拒绝也没有答应,丢下一句保持联络就挂断了电话。就在这时门铃忽然响起,青柳雅春来不及想警察为何这么快就找上门来,立刻从稻井先生家里找到的一条绳索拴在阳台栏杆上,从三楼的窗口跳了下去。还好下方是个花坛,他落在了一片杜鹃花丛中。他意识到,手机被监听了。

天已经黑了,现在唯一能投奔的也只有阿一了。到了阿一家,刚坐下没多久,阿一出去接了一个电话,回来时面有难色,说等下女朋友要过来。青柳雅春听出了他的意思,临走时,阿一又拉住了他,让他在街角的一家餐厅等一下,等他跟女朋友说好了再去找他。

来到餐厅后,为了让阿一等下方便联系他,青柳雅春只得又将手机打开,这时井之原小梅的电话也紧跟着进来了。她直接问青柳雅春现在在哪儿,还提出要约个地方见面。青柳雅春对井之原小梅有了怀疑,只敷衍了几句便挂断了电话。

但他忘记了,即便没有告诉对方自己在哪儿,这一通电话也已将他暴露了。就在他从厕所出来刚要走到座位时,青柳雅春看见五个身高体壮穿西服的男人走了进来,其中一个手中还提着霰弹枪。

青柳雅春忙转身退回厕所,打开隔间内马桶上的窗户,从窗口逃了出去。从餐厅逃走后,青柳雅春想起阿一和自己的约定，而现在手机已经关机了。他便用公用电话拨通了自己的电话，语音信箱里有好几条阿一的留言。他的声音听起来很急切，让青柳雅春赶紧离开餐厅。还说警察其实早就联系过他，可他始终都不相信青柳学长会做出那么可怕的事……

话没说完阿一的声音被打断了，似乎有人闯进了他家。出于担心，青柳雅春又拨通了阿一的电话，电话里却出现了一个陌生的声音。对方警告青柳雅春，如果不主动自首，他们将对阿一动用暴力，电话里隐约还能听到阿一痛苦的呻吟声。那个冷漠的声音说："要么你现在去自首，要么你来这栋公寓，只要你做到了，这位先生的生活就能立刻恢复正常。"

阿一是一定要救的，可这样直接去他的公寓太危险，那里肯定已经埋伏了警察。青柳雅春边走边想，路过一家电器超市时，脑中浮现出了一个计划。他买了一支数码录音笔，连同自己的手机一起交给了路边一个卖杂志的流浪汉，让他拿到车站附近去。录音笔里他已事先录好了一段话，只要那流浪汉用手机拨通阿一的电话，然后将录音笔里的话放出来，无处不在的安保摄像头便会开始搜索手机所在位置。不出意外，那些埋伏在阿一家里的警察便会被引到车站去了。青柳雅春忙趁机溜进阿一家，发现阿一已经重伤倒地昏迷不醒。就在青柳雅春准备将阿一托付给邻居照看时，那个提着霰弹枪的壮硕男人突然出现在了身后。

原来，在前往车站途中，警察接到了搜查本部的电话，车站附近区域的安保探头并没有拍到青柳雅春的身影，只拍到一个摆弄手机和录音笔的男人。心知上当的警察连忙折返，将青柳雅春逮了个正着，青柳雅春被带上了一辆条形花纹轿车。车厢内，一个自称佐佐木一太郎的警察劝说青柳去投案自首，从他的话里，青柳雅春也渐渐对自己的处境有了大致了解。

首相被刺杀了，青柳雅春被定为嫌疑人，但幕后真凶以及背后的动机却无人知晓。如果是他本人自首，那么一切都顺理成章，事情也能很快了结。青柳雅春靠着车窗，想着自己也许真的快死了。就在车停了下来等红灯时，一辆白色的汽车正迅速朝这边靠近，还没来得及多想，两辆车就撞上了。警察的车被撞得无法再开，佐佐木一太郎给青柳雅春戴上手铐，将他拖出车厢，站在路边等着换另一辆车。白色汽车上走出来一个穿着黑色连帽衫的矮个子男人，他手持匕首和开车的警察扭打起来，那警察就是先前提着霰弹枪闯进餐厅的壮硕男子。

青柳雅春想着刚刚佐佐木一太郎劝自己去自首的那些话，又想起刺杀肯尼迪的奥斯瓦尔德，在押送途中被击毙。如果真的自首，自己的命运也会如此吧。想到这，他没再犹豫，举起被铐的双手奋力砸向佐佐木一太郎的后脑勺，趁着他失去平衡之际，青柳雅春飞快地奔跑起来。

Day5.
信任很贵，不要轻易浪费

没过多久，那连帽衫男人便跟了过来。此时的青柳雅春已稍微冷静了下来，他望着眼前这个有些面熟的男人，想起两年前仙台市出现的连环杀人案。果然，在几句对话之后，连帽衫男人很自然地承认了，他就是那个震惊全国的连环杀人犯三浦。

刚刚追那辆警车，只不过为了报之前的一箭之仇，却没想歪打正着救下了青柳雅春。不仅如此，他还趁警察不备偷来了钥匙，帮青柳雅春将手铐打开。他似乎并不在意对方将自己举报给警察，当然，已经成了刺杀首相的在逃犯的青柳雅春，也不会这么做。

比起那个陷害自己的暗中力量，他甚至觉得眼前的连环杀人犯也是值得信任的。三浦带青柳雅春进了一栋小楼房，让他在那里休息一晚，还说等想到了能让他顺利逃脱的妙计时会再联系。此时的青柳雅春倒是想好了一条脱身之计。

白天的时候，他溜进在网吧，偷偷申请了一个快递上门取货服务，地址选在岩崎负责的那片区域。岩崎是他在快递公司时认识的一个前辈，此人特立独行，酷爱摇滚，最喜欢说的一句话是:"总有一天我要用摇滚撼动全世界。"只是这件事情发生后,不知道岩崎会不会相信自己是被冤枉的了。

第二天一早,青柳雅春便匆匆赶往约定地点等候。不多时,岩崎果然推着送货车出现了。岩崎既没有生气也没有惧怕,反而说:"反正也不是你干的,对吧?"听青柳雅春说完他的逃跑计划后,岩崎爽快地一口答应。他让青柳雅春蹲上推车,然后用一个大纸箱将他罩住,推着车子来到货车背后,再趁没人注意迅速拿起箱子,让青柳雅春钻进了送货车厢。等他把当天的送货任务完成后,就将青柳雅春一路送出仙台。

本来一切进行得都很顺利。然而,车子开了一段路后突然停了下来。岩崎打开了货柜门对青柳雅春说,刚刚他接到了公司领导的电话,威胁他必须在前面地铁站附近将青柳雅春交给警察,否则饭碗就保不住了。青柳雅春自然不希望老同事被自己连累,正要说"那也只好这样了",却见岩崎咧嘴一笑,说出一条妙计。

货车继续前进,在指定地点停了下来。岩崎下车打开车门,装作要把藏在里面的青柳雅春拎出来的样子,实际上却让青柳雅春用一把小刀将自己劫持了。有人质在手,又临近居民楼,看热闹的围观群众已经围了一圈,警察也不敢随意开枪。来到一个拐角处时,青柳雅春猛地将岩崎推向警察,自己则转身冲进了后面的住宅区。

沿着河岸狂奔的青柳雅春,脑中一片混乱。他记得有一次樋口晴子坚持要去一家昂贵的法国餐厅吃饭，结果途中却被一场突如其来的大雨困住了。为了躲雨，青柳雅春拉着樋口晴子躲进了一辆被丢弃在草丛里的黄色小轿车。

那地方还是阿一告诉他的。那是一辆荒废的汽车，电瓶没电已经发动不了，好在有车钥匙，阿一经常带着女朋友上那儿约会。这么多年过去了，那辆车还会在吗？抱着试一试的想法，青柳雅春朝那一片荒草地走去，如果它还在那儿，说不定可以开着它逃出仙台。

与此同时，在城市的另一个地方，樋口晴子也想到了那辆车。随着电视上对首相遇害事件的滚动播报，她已经知道了青柳雅春的事。但无论是警察的警告，还是电视台的说辞，她都不肯相信记忆中那个单纯善良的青柳雅春会做出那种事。而且播报中那些所谓的证据，不明真相的人也许会信以为真，但了解青柳雅春的樋口晴子却看出了许多疑点。对色狼深恶痛绝的青柳雅春，被当作色狼抓住；吃饭总要在碗里剩几粒米的青柳雅春，却被人说在刺杀首相前进某餐厅吃饭，还将饭吃得一粒不剩……一切都太不对劲了！于是，樋口晴子带上4岁的女儿，开车去汽车用品商店买了新的电瓶。

来到荒野时，那辆黄色小车真的还在原地。樋口晴子将新买的电瓶换上，希望这样能够帮到青柳雅春。青柳雅春坐进车里时，发现果然没有电瓶，根本发动不了。强烈的沮丧占据了他的内心，他掏出纸笔写下了几个字——"我不是凶手。青柳雅春。"写完将这张纸夹在了遮阳板后面,他想也许在以后的某个时候会有人发现它吧。

下了车往回走时,三浦的电话忽然进来了。他让青柳雅春掉头回去,汽车应该能开动了。因为就在他下车后不久,有人碰了那辆车,还带着一个小女孩。青柳雅春顾不上去想,三浦竟然一直在暗中跟踪自己。挂断电话后,他重新走回了那辆车。果然,刚刚还不能发动的车,在钥匙转动时引擎声响了起来。他想起自己刚刚放在遮阳板后的那张纸,事到如今应该不会再需要了。而他将那张纸再次展开时,心猛烈地跳了一下。

"我知道。"

眼泪顺着青柳雅春的脸颊流了下来。就在全世界都站在了自己的对立面时,有人却勇敢地站在了他这边。不需要解释,不需要理由,只有全然的信赖和支持。青柳雅春感觉心里有个声音在催促自己赶快行动起来,一定要逃出去,一定要活下来!

Day6.
当你拼尽全力的时候，全世界都会来帮你

在青柳雅春被三浦救下的那个晚上，他们曾一起分析过整个事件，他们认为刺杀首相是一个精心策划的阴谋。电视里曾播放过一段录像，是一个长相酷似青柳雅春的男人正在商店里购买遥控直升机。而事实上青柳雅春根本没有买过任何遥控直升机，也从未去过那家店。

那么，摄像头里的那个人又是谁呢？三浦分析，陷害青柳雅春的是一个十分庞大的势力。他们设计了每一个环节，甚至还找了一个假的青柳雅春来配合演这出大戏。那个冒牌货，不仅身高外形和青柳雅春相似，而且还经过了整容，所以在清晰度不高的录像里看来几乎就是青柳雅春本人了。

只要找到冒牌的青柳雅春，然后将他交给电视台，就能为青柳雅春争取到一线生机。当青柳雅春听到三浦在电话里说冒牌青柳雅春就在仙台医院中心时，立刻驱车朝医院赶去。时间已经过去两天，猎人的搜捕越来越密集而凶狠。

只是这一次，命运又跟他开了一个玩笑。躺在病床的不是什么冒牌青柳雅春，而是事先埋伏在那里的警察。先他一步到达的三浦，在搏斗扭打中捅死了那名警察，而他自己也被对方

射了一枪，倒在了病房的地上。看着这个双手沾满鲜血的杀人犯，为了救自己而丢了性命，青柳雅春一时不知该用怎样的心情来面对。这个三浦，无论是杀人还是救人，至少都出于自己的意志。而他青柳雅春，什么都没做，却要成为背黑锅的那个人。他不甘心。

从医院出来，青柳雅春又再次躲进了稻井家。打开电视机，父亲的模样正出现在画面里。他一脸的愤怒不平，坚决表示自己的儿子绝对不是凶手。最后，父亲突然对着屏幕一字一顿地说道："雅春啊……赶紧逃吧！"看到这一幕，青柳雅春拼命忍着不让眼泪流下来，他怕在落泪的瞬间，自己的愤怒和斗志也会随之消逝。他要凝聚这股能量，让它们支撑着自己行动下去。

青柳雅春拨通了电视台负责人的电话，他打算公开自首，让警察当众将自己抓捕。他还要通过电视台的直播，把自己被冤枉的事统统说出来。刺杀首相这样重大的案件，不会立刻宣判执行。接下来会有一系列的庭审过程，这样他至少还有机会为自己申诉。而且那么多双眼睛看着，警察也不敢轻易开枪射杀他。

将直播的事情联系好后，青柳雅春又给保土谷康志打了个电话。保土谷康志是他之前在医院里碰到的一个怪老头，当时对方一下就认出了他。还给他建议说，实在没办法时还可以考虑从地下水管逃走。保土谷康志曾在策划偷盗仙台博物馆的宝石时，专门研究过仙台市的下水管分布。他发现从地下雨水管道走，可以成功避开警察的拦路关卡。当时，为了能轻松掀开笨重的井盖，保土谷康志还特意制作了很多轻便的假井盖。只是后来偷盗计划搁浅，那些井盖也一直没派上用场。青柳雅春和保土谷康志商量好，他会在凌晨四点，现身中央公园。在这之前，保土谷康志负责将公园附近的几个井盖换好。他们还约定，如果青柳雅春到了现场后发现情况不对劲，就朝着摄像机挥手，保土谷康志会想办法制造混乱让他趁机逃走。

几个小时前，在医院探望阿一时，樋口晴子在走廊上碰到了一个叫保土谷康志的病人。那老头说自己是青柳雅春的新朋友，还说他有办法帮助青柳雅春逃过一劫。听完了他的计划后，樋口晴子马上决定加入行动。

忙活了大半夜，终于将所有的下水道井盖都换好了。守在黑暗中的樋口晴子，看着一栋大楼外部的显示屏上出现了青柳雅春的身影。

起初还和电视台负责人商定的一样，摄像机已经就位，屏幕上出现了自己的样子，青柳雅春拨通电视台负责人的手机，准备说出事先想好的话。可没说上两句，通话就中断了，再拨过去时连拨号音都没有了。他又拨了一次，结果还是一样。看样子这部手机的通话功能已经被限制了。青柳雅春叹了口气，他知道他已经没有机会再证明自己的清白了。青柳雅春孤零零地站在广场中央，忽然大幅度地挥舞起双手，仿佛在向某个人挥手示意。

看到电视画面里挥手的青柳雅春,樋口晴子连忙按下了手机里的重拨键。她将手机放到耳边,对着话筒说:"去吧,青柳屋!"

忽然间,啪,啪啪——某种东西发射的声音从四方响起,一束接一束的光冲向天空,照亮了黎明前的黑暗。紧接着,充满震撼力的爆炸声响彻夜空,火药在天空中炸开、崩裂、飞散,绽放出绚烂的烟花。所有人的注意力都被这突然出现的烟火吸引了,等到回头再看大屏幕时,青柳雅春已经没了踪影。

三个月后,再次回到仙台的青柳雅春已经没有人能认出来了。从下水管道逃走后,他在朋友的帮助下做了整容手术,以一副新面孔开始了新生活。当初被整容成青柳雅春的那个冒牌货被发现死在仙台港口附近。警察对外声称青柳雅春已经伏法,震惊全国的首相刺杀一案就这样宣告结束。虽然不能再回到从前的生活,青柳雅春已经很知足了。

能够这样正大光明地活着,就是最大的幸福啊!至于那些无法再相认的朋友们,他知道,当烟火再次绽放时,彼此的心里也一定都会想起对方。

最终,青柳雅春赢得了这场实力悬殊的战斗。虽然,在一场争权夺利的政治阴谋中,没有谁能说自己是最后的赢家。但对于一个无名之辈来说,能够在强大的压迫下勇敢地活下去,则绝对是鼓舞人心的胜利。

Day7.
他的世界被毁，但坚持却换来了全新的人生

故事里的主人公青柳雅春，跌入了一个庞大的阴谋中无法脱身，他的对手是个看不见的强大力量，可以轻易地抹黑他的人生，也可以像捏死蚂蚁一样践踏他的生命。无论他怎样挣扎、怎样反抗，结局仍然是死路一条。

但绝望之地也会有希望的星火燎原，山穷水尽处，也有暗藏着柳暗花明的转机。在朋友、亲人以及陌生人的鼓励帮助下，青柳雅春到底还是在这死局中杀出了一条活路。虽然结局不是我们以为的那般皆大欢喜，强大的黑暗势力也没有被打倒。他也不得不放下过去的一切，以一副陌生的面孔重新开始。可是活着，本身就已经是一种胜利。

青柳雅春在这场人生的劫难中所收获的宝贵财富，也足以弥补他所失去的一切。那些他以为已经在岁月中走散的朋友，原来从来都没有远离过。那段他以为早已逝去的恋情，原来一直都被珍藏在两个人的心底。

事件过去三个月后，当他再回到仙台，在电梯里偶遇了樋口晴子，这是他们分手多年后的第一次相遇。青柳雅春以为樋口晴子不会再认得自己，但他不知道的是，一个人可以改变容颜，却难改多年的习惯。樋口晴子一走进电梯，就认出了眼前这个陌生人是青柳雅春。毕竟，这世上喜欢用大拇指摁电梯按钮的人可不多啊。

在这本书里，这样充满温情与惊喜的细节遍布各处。曾经共同度过的美好时光都是岁月里埋下的伏笔，等待着将来某个时刻被爱过的人再次呼应。人最强大的武器是情感。

在青柳雅春的记忆中，大学是他最快乐的时光，那时候生活总是无忧无虑，伙伴间的情感也最为纯粹。擅长逻辑推理的森田森吾、温和善良的阿一，还有爱浪漫爱冒险的樋口晴子，他们几个经常泡在一起，尝美食，看烟花，放肆地挥洒青春。

只是大学一毕业，曾经要好的朋友就都各奔东西。大家穿起了西装和制服，每日为生活而打拼，相互之间也断了联系。直到一个巨大的阴谋降临到头上，那根断了的友情之线才又重新接到了一起。

阿一在受到警察威胁时，还冒着生命危险通知他尽快离开。过去的老同事岩崎，连解释都不需要就一口答应帮他逃命。因为他们都了解青柳雅春，他们都选择了信任自己所熟悉的朋友，而不是电视里那些耸人听闻的消息。正是这种友情的力量帮助青柳雅春从万重黑暗中逃脱。

青柳雅春和樋口晴子的恋情只维持了两年。大学毕业一年后，樋口晴子提出了分手。没有争吵，也没有移情别恋，只因为彼此都太习惯了。大约年轻时的爱情都是这样，明明心里想着要天长地久，不知不觉却走到了分手的岔路口。

　　自始至终，她都没有和青柳雅春联系过。但她知道他是无辜的，她多么了解青柳雅春，这个掰开巧克力也要小心翼翼地将大的一块留给她的人，这个对待色狼像秋风扫落叶一般的人，绝不会是杀人凶手。

　　后来，事件平息后，樋口晴子在电梯里认出了整容后的青柳雅春，却并没有上前相认。没有说"好久不见"，没有问"你还好吗"，她只是让女儿在那个人的手背上盖了一个印章。那是一朵可爱的小花，正中间有几个字——"做得非常好"。这样就够了。

　　不是所有相爱的人最后都会在一起，也不是所有分手的恋人都会成为陌路人。有一种感情叫作相濡以沫不如相忘于江湖，对于青柳雅春和樋口晴子来说，就这样将彼此珍藏在心底就很好。当烟花在空中绽开时，他们会知道对方也会在同一片星空下，回忆起他们曾拥有过的金色时光。

　　故事中关于青柳雅春的父亲刻画并不多，他的形象像一幅简约的白描画，寥寥几笔，让我们看到了一个性情耿直、脾气暴躁的父亲形象。他的父亲对待色狼有着近乎执念的仇恨，他还将这种绝不原谅的态度强硬地灌输给青柳雅春。

　　有一年寒假作业是交一幅书法作品，当同学们都写着"新年、日出"之类的吉祥语时，青柳雅春却在父亲的命令下写了

"色狼去死"四个字交上去。青柳雅春对于这样的父亲肯定也有许多无奈的情绪吧。但父母始终是我们最亲近的人。即使有误解,有争吵,有许多的不愉快,关键时刻他们永远会无条件地站在我们这一边。当全世界都在怀疑青柳雅春时,他的父亲会在电视上斩钉截铁地说:"我可以打赌,我的儿子绝不是凶手!"

重新回到仙台的青柳雅春,他无法回去和父母相认,但他给他们寄去了一封家书,上面只有四个字:"色狼去死"。看到这四个字的那一刻,他父母的脸上终于有了轻松的笑容。亲人之间无需过多的言语,也无需深情的告白,只要只言片语,便已道尽那无法诉诸语言的情感。

在这个故事里,青柳雅春是倒霉的,同时也是幸运的。他与朋友、同事的亲密和情谊,他与樋口晴子的相爱与分离,还有他和父母间的信任与依赖,最后都成为他的救赎。世界或许不够美好,邪恶也许就存在于身边,但黑暗之中一定会有光亮。那是善良、勇敢的人性之光,也是信赖与依靠的情感之光。

即使生活变成一个悲剧的舞台,也要将这出戏精彩地演下去,因为还有很多爱我们的人,和我们并肩站在一起。

《穆斯林的葬礼》

人可以失落一切，唯独不应失落自己

霍达

  麦家曾说："小说是通过写人的世俗生活来展现人活着的状态，以及复杂的精神世界。"《穆斯林的葬礼》中的主人公韩子奇一生跌宕起伏，而时间使他成长，教会他放下心中的执念，接受命运的无常。作者霍达以细腻而冷峻的笔触，勾勒时代、塑造人物、表达真情，把人物写进历史，让故事深入人心。

  这部五十余万字的长篇小说，以独特的视角和深刻的内涵，回顾了中国穆斯林的历史，回溯了漫长岁月中华夏文明与穆斯林文化交流、碰撞与融合的过程。读懂了它，便能明白世事无常、人心复杂，而命运更是难以捉摸；但我们能做的是珍惜一切平凡的美好，化命运的波折与苦难为生命最深沉的力量。

MAI JIA
READING
WITH YOU

扫码收听本书音频

Day1.
看不懂是故事,看懂了是人生

《穆斯林的葬礼》创作于1987年,被认为是我国第一部反映"回族人民历史和现实生活"的长篇力作。1991年,作者霍达凭此作品荣获第三届茅盾文学奖。故事以1919年的北平为背景,一个穆斯林家族历经六十年,讲述了三代人的兴衰荣辱,描绘了一个"玉"的世界,和一个"月"的世界。

"我觉得人生在世应该做那样的人,即使一生中全是悲剧。悲剧,也是幸运的,因为他毕竟完成了对自己的心灵的冶炼过程,他毕竟经历了并非人人都能经历的高洁,纯净的意境。人应该是这样大写的'人'。"这段话霍达写在了《穆斯林的葬礼》的后记中。

民国初期,在北平的廊房二条开着一间名叫"奇珍斋"的连家铺。它的老板梁亦清是一名琢玉高手,虽然有着"化腐朽为神奇"的能耐,却是一个虔诚的穆斯林,长期秉承着与世无争、安贫守摊的人生信条。所以,在当时的北平,"奇珍斋"的名声很小,经营也颇为惨淡。"奇珍斋"到了梁亦清的徒弟韩子奇手里后才声名鹊起,跻身北京城玉器行业的强者之列。

然而，韩子奇虽然蜚声玉业，在事业上取得了极大的成功，他的人生却有着浓厚的悲剧色彩。他的婚姻非常失败，也因为这场失败的婚姻，韩子奇自己，以及儿女的人生，都走向了悲剧。

在《穆斯林的葬礼》一书中，回族人形成的两个重要历史时期，首先是隋唐时期，有一些阿拉伯的商人来到了东土大唐，他们习惯了神州大地的水土、人文后，便在这里娶妻生子，住了下来。因为他们的到来，伊斯兰教也被引入了中国。

元朝时期，随着成吉思汗率兵西征，信仰伊斯兰教的各民族被迫举家迁徙到了中国各地。他们作为伊斯兰教的载体，不仅把伊斯兰文化传播到了中国，还在这里繁衍生息，世代生活了下去。由此，一个名为"回族"的新民族在东方诞生了。所以回族的形成是多元且分散的，而在融合的过程中，冲突与撞击也是痛苦且深刻的。

霍达作为一名回族人，一名虔诚的穆斯林，特别想要以故事的形式将自己所经历、所感受到的北京地区穆斯林家族的生活轨迹表达出来。比如，穆斯林的婚葬风俗。为了向读者展示穆斯林葬礼的全部过程，作者在书中，以主人公的离世为契机，详细从"作讨白"，也就是忏悔开始，依次介绍了一个穆斯林从弥留之际开始，到最终入土为安需要经历的过程。众所周知，丧葬是宗教的产物。对伊斯兰教的信徒来说，死亡是不可避免的，所以大多数回族人在弥留之际都能以一种平静、乐观的心态走到人生的终点。正是受这种人生观的影响，穆斯林人才主张速葬，更坚信亡人入土如奔金。在《穆斯林的葬礼》中，作者自然也谈到了婚嫁风俗。借由梁君璧和她的儿子韩天星，在中国历史的不同时期举办的两场婚礼，作者将回族的嫁娶流程和回门风俗完整地展现，也让读者感受到了回族人对婚姻的重视。

在书中，作者以玉器世家的悲欢离合，将每一个人物身上的每一段转变，甚至是每一个章节上面都烙上了玉的印记。这不光是由于作者出身于珠玉世家，自小对玉有着特殊的感情，还因为玉与伊斯兰教文化之间有着密切的关系。

在穆斯林的世界中，玉是事业和文明的象征。所以，对经营珠宝玉器的穆斯林来说，玉不仅是一项赖以生存的买卖，更是一种圣洁的信仰。梁亦清一生都在琢玉，最后甚至死在了琢玉的水凳儿上；韩子奇一生都在收藏玉，为了玉不惜跋涉千里，却还是失去了所有。从玉碗、玉雕，到青玉螭形玦和乾隆翠佩，玉不光见证了玉器梁到玉器韩的更替，暗喻了人物不同的性格，更是推动了代表月的韩新月的命运。

如果说玉是穆斯林的事业，那月就是神性和幸福的象征。然而，讽刺的是，这轮象征幸福的新月，却悲剧地走完了自己的一生。作者霍达曾说："我从开始写作就偏爱悲剧。凡是我用了心写的、比较有代表性的作品，差不多全是悲剧。"

Day2.
原来人世的福分深浅,早已暗中注定

民国八年,刚刚入夏,廊房二条街的街口已经响起了应时水果、小吃的叫卖声。十一岁的梁君璧,领着年幼的妹妹梁冰玉闻声从奇珍斋出来,追着卖樱桃的汉子,买了两盅樱桃就回家了。

"樱桃,这是樱桃啊,爸,您吃几个解解渴!"梁君璧举着樱桃,想给爸爸尝鲜。这时梁亦清正在水凳儿上埋头做活儿。他是个琢玉高手,花鸟鱼虫、亭台楼阁、刀马人物,无一不精。可他的这些手艺却后继无人,因为手艺人向来传儿不传女,梁亦清膝下无子,只有梁君璧、梁冰玉两个女儿。所以,他只能寄希望于真主,感恩真主的慈悯,相信真主会赐给他一个儿子。有一天,一个孩子的出现让梁亦清看到了希望。

梁亦清拒绝了梁君璧手里的樱桃后,便转过身继续在水凳儿上埋头做活。不一会儿,门外忽然传来了叩门声。梁亦清手不停工,吩咐梁君璧前去开门,没想到迎进门的却是一老一少的两个穆斯林同胞。

老者吐罗耶定说:"行路的人,也只是为了讨碗水喝,才贸然打扰。刚才看见贵府的门楣上有'经字都阿'(注:经字都阿,即阿拉伯文祈祷词。凡贴"经字都阿"的家庭表明本户人家为回回人家),就知道必是朵斯提(注:回族之间朋友、兄弟的称谓)了。"穆斯林教徒相信:"天下回回是一家,所到之处,必有他的兄弟,给他一碗充饥的饭,一盏清洁的水。"所以,云游四方的吐罗耶定和易卜拉欣行路至此,才敢登门造访。梁亦清与吐罗耶定简单寒暄后,便安排他们在水房沐浴、歇息。

第二天清晨,吐罗耶定和易卜拉欣做完晨礼,吃过早饭后便出门去参观北平的四大名寺了。按照计划,他们本打算去朝克尔白(注:世界穆斯林礼拜朝向和朝觐中心,阿拉伯语音译,意为"立方体房屋",专指"真主的房屋"。中国穆斯林称"天房",位于沙特阿拉伯麦加禁寺中央。)。可没想到的是,易卜拉欣却在出发前反悔了。游览完古寺后,易卜拉欣闲着没事儿,便站在梁亦清的那些玉雕面前发呆。那一刻,他只觉得如梦如幻,不相信人的手竟也能有如此巧夺天工之力。

直到梁君璧将一只由南阳独山玉雕成的玉碗递到易卜拉欣的手上时,他才真切地感受到了玉质摩挲手指、清凉沁入手掌的兴奋和满足。对易卜拉欣来说,此刻捧在掌心的玉碗不单是一只碗,更是一个圣物。他失神到双手麻木,任由玉碗从掌心滑落,在地面上四碎迸散。

梁君璧见状,大惊失色,瞬间哭成了泪人。而她这一叫,也惊动了坐在隔壁喝茶的吐罗耶定和梁亦清。梁亦清向女儿弄清楚来龙去脉后,并没有像梁君璧一般暴跳如雷。他笑笑说:

"瞧你这一惊一乍的，我当是什么大不了的事儿呢！这件小玩意儿毁了就毁了吧，赶明儿我加几个夜作就又出来了，误不了货主来取。"

在穆斯林的眼中，金钱、财富都是凡夫俗子恋恋不舍的累身之物。梁亦清作为虔诚的教徒，从来都不是一个守财奴。相反，他比任何人都要安贫守摊，任凭别人用他的手艺赚钱，也从不抱怨。所以，当他看到易卜拉欣打碎玉碗后吓得连话都说不出时，就更不忍心责备他了。可面对梁亦清的谅解，易卜拉欣却愧疚难安，为了赔偿梁亦清的玉碗，他当下决定留在这里，拜梁亦清为师，用自己的力气和手艺偿还玉碗的损失。

易卜拉欣原本是要和吐罗耶定去克尔白朝圣的，怎么突然就轻易改变了呢？是愧疚之心促使易卜拉欣改变了信仰？还是长途跋涉让易卜拉欣疲于做随风飘荡的浮萍，急于想安定下来？

都不是。易卜拉欣是一个无父无母的孤儿，他与吐罗耶定在云游时相遇，又因吐罗耶定的邀约而共同前往克尔白。自始至终，易卜拉欣都不知道自己的信仰到底是什么。直到失手将玉碗打碎，易卜拉欣的眼前出现了一条"玉"的长河，他才找到了想要为之奉献一生的信仰。

拜别了吐罗耶定后，易卜拉欣如愿成为梁亦清唯一的徒弟。三年的时间，易卜拉欣不仅有了韩子奇这个正式的名字，还继承了师傅梁亦清高超的琢玉手艺。琢玉坊中，并排摆着两副水凳儿。一个供梁亦清专做大件儿时使用,一个供韩子奇做薄利多销的小件儿。在日复一日繁忙的琢玉工作中,梁亦清和韩子奇相处融洽,每天都有着说不完的玉的话题。梁亦清以为韩子奇和他一样,是个一门心思凭手艺吃饭的人,却因一个人的出现,让他彻底看清了韩子奇。这个人就是蒲寿昌。

民国时期,蒲寿昌在北平开了一家专做洋庄买卖的汇远斋。他不是穆斯林,也没什么手艺。能有机会把买卖铺得那么大,靠的完全是自己打小鼓、收破烂时能说会道的本事。韩子奇第一次和蒲寿昌打交道是三年前。当时,蒲寿昌带着《郑和航海图》和一块长一尺五寸、宽五寸、高一尺的上等羊脂白玉,以两千的价格来找梁亦清预订《郑和航海图》的大玉雕。

为了能如期交付,三年来,梁亦清通天都在水凳儿上埋头苦干,几乎没有什么空余时间。可他得到的报酬却只是蒲寿昌的十分之一。韩子奇看在眼里,觉得师傅实在窝囊。于是便有了撇开汇远斋,直接跟洋人做买卖的想法。可是这样的想法在梁亦清看来,却是心比天高的妄想。作为一个虔诚的伊斯兰教徒,梁亦清更是语重心长地告诉韩子奇:"人世的福分深浅,不是自个儿争的,是真主祥助的,人不能跟命争!"

梁亦清几十年来都是这么小心翼翼,没有任何差错地走过来的。而且作为一名手艺人,梁亦清一生都在琢玉。在他眼里,一个艺人就是要把命和心都放在活儿上,放在玉作的传承上,而不该放在如何赚更多的钱上。所以,梁亦清才会明知道

《郑和航海图》的玉雕耗时耗力,也还是不计较地接了下来。只不过,这件饱含梁亦清三年汗水与智慧的玉雕,终究还是遭遇了意外——在它即将完成的那一夜,随梁亦清一起奔赴了毁灭。梁亦清猝然惨死,奇珍斋如同天塌地陷。

当梁亦清的妻子白氏和他的女儿以及徒弟还沉浸在失去梁亦清的悲伤中时,蒲寿昌却拿着玉雕的订货合同和白氏谈起了赔偿。白氏没了主意,任由蒲寿昌落井下石地拿走了奇珍斋的全部存货和存料。送走蒲寿昌后,白氏本想和韩子奇商讨日后该何去何从,却不曾料想韩子奇竟丢下她们,直接投奔了蒲寿昌。

白氏见韩子奇去意已决,非常心寒。她怎么也没有想到,梁亦清费心栽培的徒弟竟是个白眼狼。蒲寿昌间接害死了梁亦清,事后又落井下石,韩子奇本该视他为仇人才对,怎还会认他做师傅呢?

Day3.
一个人要想成事，就必须先学会忍耐

当韩子奇见到什么都不会，单靠一张嘴就能赚得盆满钵满的蒲寿昌后，就更觉得梁亦清以往的不争不抢过于窝囊。梁亦清去世后，韩子奇曾对蒲寿昌说："蒲老板！我知道您是胸怀大志的人，不像我师傅那样，空有一身本事，却不思进取，终究成不了气候。"这话一半是为了讨好蒲寿昌，让他收留自己，一半则是韩子奇内心真实的感受。

为了不让别人拿着自己的手艺、血汗去赚钱，韩子奇这才有了打入汇远斋内部，探一探蒲寿昌生意经的想法。汇远斋位于东琉璃厂路北，铺面不大，平常人也不多，只有三个徒弟和一位账房。这些人虽然长年被蒲寿昌扣押工钱，只能吃窝头、咸菜果腹，但对待韩子奇这个新人也还是会拿出前辈的款儿，毫不留情地去为难他。

可韩子奇一想到自己来汇远斋的目的，便忍住了委屈。为了能尽快融入他们，韩子奇放低了姿态，脏活、累活抢着干不说，还伺机偷学了账房和师兄们在汇远斋混迹多年修炼出来的"生意经"。不仅如此，韩子奇还提前两年完成了《郑和航海图》的玉雕。蒲寿昌又惊又喜，对韩子奇创造的奇迹赞不绝口之余，也没忘记要避免他与买家见面。因为蒲寿昌知道，手艺人韩子奇一旦与客户直接见面，就没有他这个中间人什么事了。可事情考虑得再周全，百密也有一疏的时候。玉雕出手的第二天，它真正的买家沙蒙·亨特还是被韩子奇印在玉雕底部的名字重新引到了汇远斋。蒲寿昌心下一惊，却也不好婉拒沙蒙·亨特的请求，于是引荐韩子奇与他见面，并由着他带韩子奇去六国饭店用餐。

韩子奇跟随沙蒙·亨特来到了六国饭店，这才知道，自己的玉雕竟然卖了五万大洋。昔日，梁亦清为了两千大洋没日没夜地劳作，甚至搭上了自己的性命，蒲寿昌竟嘴巴一张一合，就卖了五万！韩子奇越想越憋屈，那一刻，他更加坚定了要重振奇珍斋的信念。

"每个人都有足够的余力，去实现自己的信念。"对此，韩子奇深信不疑。于是，韩子奇诚恳地拜托沙蒙·亨特再等他两年，因为两年后，韩子奇与蒲寿昌的三年之约便可到期。届时，韩子奇就可以重新回到奇珍斋，专心接沙蒙·亨特给他的订单了。沙蒙·亨特爽快答应。不单是因为他认可韩子奇的业务能力，更因为他确信韩子奇不是蒲寿昌那般见利忘义之徒。

两年后，韩子奇离开汇远斋，回归奇珍斋。而沙蒙·亨特也信守约定地给了韩子奇第一份订单，即仿制商代的青玉螭形玦。韩子奇出色地完成了玉作，同时也凭借这份订单打了一场漂亮的翻身仗。在接下来的十年间，韩子奇不仅盘活了奇珍斋，更一跃成为享誉全国的玉王。

奇珍斋的死灰复燃，不仅给了韩子奇报答梁亦清的机会，也成了他迎娶梁君璧的理由。梁君璧听闻韩子奇要重振奇珍斋时，激动不已，她扑到韩子奇的肩上，勇敢告白："奇哥哥，我帮着你干！你……你娶了我吧！"那一刻，韩子奇简直要被梁君璧这如玉一般的勇敢与纯粹点燃了。他虽不懂什么是爱情，却也不排斥和梁君璧相伴余生，因为在韩子奇的心里，早就把梁家人看作自己的亲人了。

十年后，韩子奇三十二岁。而立之年得子的他，热泪纵横。为了庆祝儿子韩天星的百日生辰，韩子奇在博雅宅中举办了一场览玉盛会。原本，韩子奇只是想以玉会友，让社会名流、文人墨客、玉业同仁赏玉之余，都能来看看他新添的爱子，却不曾料想，这次踌躇满志的盛会，竟把他推到了风口浪尖之上。

在日军的不断挑衅和侵占下，北平的局势岌岌可危。根据沙蒙·亨特的消息，览玉盛会后，韩子奇收藏的玉器已经成了日军刀俎下的肥肉。为了防患于未然，他建议韩子奇携家眷和一些珍贵的玉器，尽快随他去英国避难。

韩子奇一听珍贵的玉器可能会有危险，自然心急如焚。可携家眷远走他乡，毕竟不是件一拍脑门就能决定的事。他虽有心远走，却也需要和妻子梁君璧商量。回到家，韩子奇将沙蒙·亨特的建议告知梁君璧，没想到梁君璧非常愤怒。她激动地嚷道："什么？你疯了吧？奇珍斋你能搬走？这房子你能搬走？"见韩子奇低头不语，只连声叹气，梁君璧又软声道："在家千日好，出外一时难，咱哪儿也不走了，就认命吧！"

其实，在梁君璧的骨子里，有着和梁亦清一样的守旧因子。认为守旧，生活才能稳妥，才不会出错。但韩子奇从来都不是因循守旧的人，他不惧改变，更不想失去他如生命一般珍视的玉。于是在梁君璧无论如何都不离开的情况下，韩子奇抛弃妻儿，一个人带着他那些珍贵的玉器，与沙蒙·亨特一起坐上了前往英国的轮船。

临别时，韩子奇将奇珍斋的生意托付给了共事多年的账房老侯和伙计们。他们都是韩子奇的患难之交，交给他们，韩子奇是放心的。上火车后，韩子奇还沉浸在与家人的分别中，却发现梁冰玉偷偷跟来了。她嫌姐姐愚昧无知，眼里只有钱，便偷偷收拾好行李，撇下姐姐踏上了英国之旅。他们从上海搭船，经东海、南海，绕过东南亚，穿过孟加拉湾、阿拉伯海，经红海、苏伊士运河，入地中海，才终于在欧洲登陆。本想着在英国待个一年半载，等局势稳定了就马上回国。可是，出国容易回国难，所有的事情都失控了。

Day4.
人生充满了巧合和误会

来到英国后才知道,沙蒙·亨特美其名曰在帮他转移玉器,实则也是希望自己的生意能不受战争的影响,将韩子奇这个中国玉王变成亨特珠宝店的活财神。忙碌之余,韩子奇也惦念着远在中国的妻儿。在多封信件都石沉大海后,韩子奇终于在圣诞节那天收到了回信。

古人说:"烽火连三月,家书抵万金。"只是谁也没有想到,这封抵万金的家书,竟也能成为压垮韩子奇的稻草。

韩子奇离家后,梁君璧一直坐卧不宁,一会儿担心沙蒙·亨特把丈夫给骗了,一会儿又害怕韩子奇会和天星姑妈的丈夫海连义一样,在途中遭遇不测。天星的姑妈并非韩子奇的亲姐姐,她是吉林长春人。东北三省灭亡时,姑妈随丈夫和儿子在通州开了一间茶水铺。后来,日军侵占了通州,姑妈一家也在日军的迫害下失散了。

韩子奇和梁君璧遇到姑妈的时候,她面庞消瘦、衣不蔽体。因为同为穆斯林,奶水又充足,所以,韩子奇便以天星姑妈之名,收留了她。也幸亏有姑妈的陪伴,韩子奇忙事业时,梁君璧在家中才不至于寂寞难耐。

1937年7月29日,北平沦陷了。为防不测,梁君璧让账房老侯带着家眷住进了博雅宅。老侯的孩子们成了天星的玩伴,老侯的媳妇则成了姑妈洗衣、做饭的帮手。原本这一大家子在战乱时期相互扶持、彼此帮衬,倒也和睦。可惜好景不长,终究是落了个一拍两散的下场。韩子奇走后,虽然把奇珍斋交给了老侯,但老侯和伙计们还是很尊敬梁君璧这个老板娘的。大事小事老侯都会和梁君璧报备,空闲的时候,还要哄梁君璧搓几轮麻将解闷。

后来,奇珍斋的生意因为受到战争的影响,每况愈下。梁君璧为了把店里的珠宝卖出去,便把牌桌搬到了奇珍斋。而叫来的麻将搭子也自然都是有钱的主儿,她们玩牌,从不赊账,输赢都给现钱。临了,每个人还在奇珍斋挑选一副称心如意的首饰离去。梁君璧扬扬得意,老侯也笑得合不拢嘴。这本是有助于买卖的好事,却因一枚丢失的蓝宝石戒指而彻底断送了奇珍斋。

这枚蓝宝石是克什米尔的料,晶莹剔透,价值上万。老侯发现丢失后急得满脸泥汗。于是,他撂下买卖,风风火火地跑回了博雅宅:"太太,太太,柜上出事儿了!那只蓝宝石戒指丢了!"

"什么时候丢的?"老侯哆哆嗦嗦地回答:"不知道!今儿早上发现的,原来搁在尽西头的柜子里的,旁边挨着一副碧玺镯子、一只玛瑙鸡心项链坠儿,现在别的东西都在,就是那只蓝宝石戒指没有了!昨儿晌午前您不是在那儿打麻将呢嘛!我是怕人多手杂……"老侯管理奇珍斋那么多年,可没出现过这样的疏漏。他本不是毛躁的人,店里的伙计也都是没二心的。所以,老侯大胆推测是昨天打麻将的人偷走了戒指。

"什么?你再说一遍!"梁君璧向来霸道,可不能忍受别人挑战她的权威——她把脸一沉,怒吼道,"我一去就人多手杂了?闹半天你是多嫌我啊?合着这东西是我偷的!奇珍斋还没姓侯呢!你是看韩子奇不在,瞅着我们娘儿几个好欺负是不是?你真是太狠了!"

"太太,您这话的意思是,那戒指儿,是我昧起来了?"老侯急得蹦高儿,"我是贼?我是贼?"

"那谁知道?说书唱戏我也不是没听过贼喊捉贼的!只要你有这个心,哪儿不能藏?一只戒指儿又不用车拉船载的!"梁君璧越说觉得老侯夫妻俩的嫌疑越大,脑海里更是浮现出了父亲去世头三年自己和母亲受欺凌的画面。

一朝被蛇咬,十年怕井绳,停在梁君璧记忆深处的不幸遭遇加深了她对人性本恶的印象,并先入为主地认定就是老侯偷的。可人心都是肉长的,纵然有"投之以木桃,报之以琼瑶"的情分在,却也有要留清白在人间的自尊和魄力。老侯跟着韩子奇十几年,没有功劳也有苦劳。梁君璧如此侮辱、糟蹋他,他又怎能咽得下这口气?

于是老侯砸锅卖铁地结清了这枚戒指的货款后,便带着妻儿搬出了博雅宅。从此,寻找蓝宝石戒指的下落便成了支撑老侯活下去的唯一精神气儿。老侯走后，奇珍斋的伙计们也一哄而散了。梁君璧本以为自己无所不能，却终究没那个金刚钻儿。于是，她两眼一抹黑地把奇珍斋倒给了蒲寿昌。

蒲寿昌挂上汇远斋的牌子后，依然聘请老侯做这里的账房。老侯一边工作，一边寻找戒指，终于有一天，他在一个军官的手上再次看到了这枚蓝宝石戒指。也就是那天开始，老侯偷东家货品的冤屈彻底洗刷掉了。只是这口气憋得太过用力，用力到老侯刚洗刷完冤屈就溘然长逝了。而此时的韩子奇却还远在英国，没有音讯。如果他知道奇珍斋没了，老侯也被梁君璧气死了，大概也没心思去关心梁冰玉和奥立弗那些小情小爱了吧！

奥立弗是沙蒙·亨特的儿子。他对梁冰玉一见钟情，总是想方设法地和梁冰玉多相处。梁冰玉不喜欢奥立弗，可她现在寄人篱下，住在奥立弗家，只能采取半说不说的暧昧态度。韩子奇到达英国后，忙着他的玉器事业。梁冰玉为了让自己有事可做，便为备考牛津大学做了很多准备。考上牛津后，奥立弗对梁冰玉的殷勤有增无减，甚至勇敢地表明了自己的心意，可梁冰玉却无情拒绝了他。因为在梁冰玉的眼里，男人为了讨好女生所付出的温柔都是假象，一旦猎物到手，就不会再珍惜了。

事实上，梁冰玉以前对爱情也是有诸多幻想的。只是被一个叫杨琛的男人给骗了，她这才心灰意冷地跟着韩子奇远走他乡。也正是因为这次经历，梁冰玉才发现："真正的爱情，应该是一尘不染的圣物。是任何人心灵的相互感应，她像无线电波一样在空中自由地飘荡，寻觅'心有灵犀一点通'的知音。"这感觉就像是罗密欧与朱丽叶，为了爱可以付出自己的生命；也像是梁山伯与祝英台，化成蝶也要相依相伴。

可这样的描述毕竟太过抽象，具体到某一个人身上时，梁冰玉首先想到的不是奥立弗，而是韩子奇。梁冰玉告诉韩子奇："奇哥哥是一个有责任感、值得我信赖、在任何时候都不会怀疑的人。只有你在我的身边，我才感到踏实、才有安全感。"

那一刻，韩子奇的心是有被触动的。他虽然娶了梁君璧，却和她没有感情。在思想上固执、霸道、专横的梁君璧也与韩子奇有着太多的不同。可梁冰玉却不一样，她独立、自强，敢于冒险，也敢于突破。无论在事业上还是在思想上，都能和韩子奇同频。可即便如此，错过已然是错过了。

《古兰经》的教诲，是不允许一个穆斯林男人娶姐妹俩的。世俗的眼光，也不允许韩子奇做出背叛正妻的事情。况且韩子奇也明白，梁冰玉纵然对他有感情，也多半是许多女孩子对父兄的依恋。所以，韩子奇压制住了自己对梁冰玉的真实情感。

可圣诞节那天，韩子奇却从老侯的来信中感受到了失去一切的绝望。信上说，奇珍斋、博雅宅、发妻梁君璧和爱子韩天星全都没了。那一刻，韩子奇瘫倒在了地上。他相信老侯，以为老侯不会骗他,却并不知道,这封信根本就不是老侯写的。

　　人生就是充满了巧合和误会,韩子奇相信了信上的内容,并在令人瑟瑟发抖的枪林弹雨中与梁冰玉紧紧地抱在了一起。那一刻,韩子奇和梁冰玉都以为,彼此是对方唯一的亲人了。

Day5.
重要的是爱,而不是控制

1946年2月,韩子奇带着梁冰玉和女儿韩新月返回故乡。为了确定如今的博雅宅住了些什么人,韩子奇先把梁冰玉和女儿安顿在了六国饭店,一个人风尘仆仆地敲开了博雅宅的大门。得知梁君璧、姑妈和韩天星都好好地活着,韩子奇既激动又庆幸。可是这份失而复得的激动,却没有持续太久。因为他想到了梁冰玉母女。

梁君璧说:"真主严禁一个男人同时娶两姐妹,所以梁冰玉必须得走,而且走得越远越好。"韩子奇既没办法说服梁君璧,也无法违背真主立下的规则,更恐惧世俗对他的指指点点。所以权衡之下,只能忍痛割爱,放梁冰玉一个人离开。

转眼十几年过去了。韩天星二十五岁,到了谈婚论嫁的年龄;韩新月也长大成人,站在了工作还是上大学的岔路口。可上大学需要家人的支持,而她的妈妈梁君璧似乎并不赞同韩新月上大学。梁君璧常说:"女孩子没必要文化太高,赶紧找个人嫁了,还能给家里减轻些负担。"敏感脆弱的韩新月每每听在耳里,都在心里默默掉泪,她以为妈妈只是重男轻女,却并不知道,梁君璧不想让她上大学是出于妒忌和不甘。因为梁君璧自己的儿子韩天星十五岁就被送出去工作了。梁君璧一直觉得韩新月抢走了韩子奇本该放在儿子身上的爱,也把对梁冰玉的恨转移到了韩新月的身上。就拿韩新月上大学这件事来说,韩子奇早就和她约定好了。可事到临头,梁君璧却还是要反对。因为她不仅想要试探韩子奇的容忍底线,更想要以此为要挟,和韩子奇做笔交易。

梁君璧说:"男大当婚,天星已经二十五了,该准备娶儿媳妇了!儿子结婚,可不能像当初你娶我的时候那样穷凑合,我就这么一个儿子,得大办!你准备破费吧!"韩子奇一愣,他也想要给儿子大办。可公私合营后,他虽然抱上了铁饭碗,每个月的工资却有限。除去给新月上学和补贴家用的钱,韩子奇就是想多拿也是心有余而力不足。然而,梁君璧却不以为然。她早就打好了密室那些玉器的主意,盘算着在钱上多弥补儿子一些。所以,玉和新月,总要舍得一个!

韩子奇见梁君璧态度坚定,便只能将收藏已久的乾隆翠佩交给了她。梁君璧拿了翠佩便信守承诺——不再干涉新月上学的事。收拾好行囊,准备离开家门的那一天,韩新月以为妈妈也会像姑妈一样舍不得她离开,可梁君璧态度冷漠,巴不得她一去就不要回来了才好。韩新月从小就觉得妈妈一点也不在乎她,如今再一次验证了这一点,除了难过,韩新月也没有其他更多的情绪了。背起行囊,忘掉忧伤,韩新月踏上了通往大学的道路。

"同学,请签到!你是哪个系的?""西方语言文学系,英语专业。"韩新月签好到后,便在一位高高瘦瘦的青年引领下来到了自己的宿舍。他们一路都在用英语交流,分别时,韩新月才知道这位青年原来是她的班主任楚雁潮。当韩新月还沉浸在对楚雁潮英语水平的赞叹上时,梁君璧就已经把注意力集中到了给韩天星找媳妇这件事上。可没想到的是,韩天星和韩子奇一样,行动力惊人,喜欢闷声干大事,背地里早就和同厂的容桂芳交往半年了。

梁君璧这下坐不住了,得知儿子闷声交了女朋友,感觉儿子就快要娶了媳妇忘了娘。于是,她便从心底排斥起了容桂芳,以切糕容配不上玉器韩为名,劝退了容桂芳。

拥有这样一位控制型的母亲,儿女的一生注定是悲剧的。婚事告吹后,韩天星的生活也蒙上了一层乌云。人都说,时间会抚平一个人所有的伤痛,就在时间还没来得及抚平韩天星的伤痛时,医院却传来了噩耗。韩天星带着妈妈和姑姑,急急忙忙地赶到医院时,医生正在全力抢救韩子奇。因为在同事手里再次看到了忍痛割爱的乾隆翠佩,韩子奇整个人便陷入了自责和愧疚的负罪中。下楼时,眼一黑,腿一软,整个人便直接翻下了楼梯。可他这么一摔,虽然没把自己摔坏,却把韩新月的心脏病给吓出来了。韩新月在学校得知父亲住院的消息后,顾不上等车,便没命似的跑到了医院。见到爸爸闭着眼躺在病床上,韩新月急火攻心,被一阵剧痛瞬间把心撕裂了,昏了过去。

Day6.
真正的爱情，能给人积极向上的勇气

春天的夜晚，清凉而静谧。韩子奇躺在病床上辗转难眠，脑海里不断重复着卢大夫的话。卢大夫是心脏病的专家，她给韩新月做完检查后，告诉韩子奇："韩新月患有风湿性心脏瓣膜病，二尖瓣狭窄兼有轻度闭锁不全，急性发作时，如果抢救得不及时，随时会造成死亡。"

"死亡！"韩子奇吓出一身冷汗，虽然死亡是每个人都要经历的事，虽然穆斯林对死亡的态度很乐观。韩子奇暗自发誓，一定要救活新月，不论付出多大的代价。

楚雁潮没了往日的沉稳，烦躁地在房间里踱来踱去。同宿舍的郑晓京和罗秀竹也急上眉梢，提着一篮水果，与楚雁潮前后脚赶到了医院。他们的到来给了韩新月很大的鼓舞，尤其是楚雁潮的鼓励，更是为她注入了无穷的力量。韩新月以为，这是学生对老师的崇拜，却并不知道，这是爱的悸动。

一个多月后，韩新月出院了。出院前，卢大夫建议韩新月休学，并约定半年后为她做心脏手术，根除她的病。韩新月一听要休学，差点没哭出来。直到楚雁潮承诺她，明年接着带大一，继续做她的班主任，韩新月才重新对未来燃起了希望。但事实上，楚雁潮一个助理讲师，哪有权力决定自己的命运？他清醒地知道自己没能力与学校谈条件，但他却必须这么说，因为这能给韩新月带来希望。

生活中，当你失意落寞时，总希望别人能拉自己一把，因为正向、积极的情绪价值，会让你有勇气面对生活的挑战；相反地，负面、消极的情绪价值，则可能会把你推向另一个万劫不复的深渊。对韩新月而言，楚雁潮就是可以提供给她正面情绪价值，可以照亮她人生路上的那束光。

而她的妈妈梁君璧，则属于后者。韩新月出院后，梁君璧根本不在乎她的身体状况，反而把韩新月的这次生病当作一件晦气的事，打算通过给天星娶媳妇，来冲掉晦气。一想到结婚可以冲掉妹妹的病气，梁君璧一张口，韩天星二话没说就答应了。

梁君璧选定的儿媳妇，是韩新月的闺密陈淑彦。陈淑彦的父亲和韩子奇一样，都是手艺人。而且陈淑彦本人又听话、好摆布，所以梁君璧处心积虑地非要娶她进门当儿媳妇。婚礼那天，韩天星穿着中山装，红着脸照应着客人。韩新月则和梁君璧一起，率领着迎亲队伍，风风光光地将陈淑彦接回了博雅宅。

第一次身临其境参加别人的婚礼，韩新月觉得又新奇又欣慰。新奇的是，现实的婚礼比小说中的情节更令人激动；欣慰的是，最爱的哥哥和最好的闺密终于过上了幸福美满的小日子。看着韩天星和陈淑彦礼成，韩新月突然意识到，爱是真诚且纯粹的，不必提忠贞二字，爱就永驻在人的心里。

第二天一早，韩天星和陈淑彦就带着回门礼，回门去了，可韩新月却睡到了晌午还没醒。姑妈跑到韩新月房间去叫，这才发现，韩新月发烧了。梁君璧得知后，劝姑妈不要大惊小怪，并冷冷地说："头疼脑热的，不用着急！"

然而，对一个"风湿性心脏病"的人来说，头疼脑热的威力却是巨大的，随时可能会带走病人的性命。不过，梁君璧也不在意这些，因为她只觉得韩新月是个拖累，拖得博雅宅每个人都累。韩天星和陈淑彦回到博雅宅后，得知韩新月发烧了，便火急火燎地将她送到了医院。

楚雁潮得知韩新月又住进了医院，以最快的速度赶到了医院。不过这一次，楚雁潮没有直接去看望韩新月，而是先去了卢大夫的办公室，仔细询问了韩新月的病情。当他得知韩新月的病情已严重到无法再做手术时，楚雁潮不禁打了一个寒战。他决定把自己真诚的爱献给韩新月，并用矫健的手掌握住了韩新月纤柔的手指。

"我们这是爱情，不是怜悯，对吗？"韩新月痴痴地看着楚雁潮。

"当然不是怜悯！"

"那我们就可以永远在一起了！"

"对！永远在一起！"韩新月接受了楚雁潮的告白，因为她早就在等这一刻了。爱能给人以力量，韩新月很幸运，她得到了楚雁潮的爱。

可韩天星和陈淑彦就没那么幸运了,他们彼此都不是对方最爱的人,只是因为梁君璧的处心积虑,才迷迷糊糊地走到了一起。现在,又迷迷糊糊地有了孩子。夜深人静时,他们总觉得自己的婚姻有些可悲。

不过,梁君璧却一点也不在乎儿子开不开心,她只想一切尽在掌握。控制完儿子的人生后,梁君璧又萌生了劝退楚雁潮的想法。韩新月这次出院后,梁君璧明显感觉到,楚雁潮对新月比以前更殷勤了。为了将一切扼杀在摇篮里,梁君璧便以穆斯林和汉人不能通婚为由,劝楚雁潮趁早放弃韩新月。

韩新月得知后,哭着求妈妈理解她,成全她和楚雁潮。没想到梁君璧非但不松口,还厉声道:"我宁愿看着你死了,也不能叫你给我丢人现眼。我就不信,在这个家能反了你?病恹恹的,全家伺候着都不成,还没忘了犯贱!这是从哪儿传下来的贱根儿啊?"

韩子奇和韩天星见状,慌慌忙忙拥进屋劝阻。陈淑彦不放心,也挺着肚子跟在韩天星身后走进来劝解。韩新月泣不成声,她问姑妈:"她……是我的亲妈吗?"

姑妈吓得心惊肉跳,她不敢告诉韩新月真相,却又不忍看到韩新月伤心。强烈的感情风暴下,姑妈栽倒在了韩新月的床前,永远地离开了这个世界。姑妈死后,她没能说出口的答案,由韩子奇告知给了韩新月。那一刻,韩新月才知道,原来梁君璧真的不是自己的亲妈。

可她的亲妈又在哪儿呢？一瞬间，强烈的渴望和绝望像奔驰的马队，从韩新月柔软的心脏上踩踏而过。她艰难地张大嘴呼吸，用尽力气地喊了一声"妈妈"，就晕倒在了韩子奇的怀里。韩新月死了，爱情没有救活她，对亲生妈妈的想念也没能延续她的生命。

几年后，老侯的孩子为了给父亲报仇，在老侯忌日那天，砸开了韩子奇收藏玉器的密室，拿走了他用生命守护的所有玉器。韩子奇痛彻肺腑，一病不起。临终前，韩子奇想起了先知的圣行，觉得自己被虚幻的凡世蒙蔽了双眼，辜负了吐罗耶定的瞩望。然而，人生的路已不能返回，在梁君璧的宽恕下，韩子奇永远地闭上了双眼。

至此，从玉器梁到玉器韩三代人的悲剧，就以韩新月和韩子奇的离世为节点，画上了休止符。

Day7.
人这一生无论经历多大的不幸，都不能失落了自己

《穆斯林的葬礼》被誉为"最有生命力的茅盾文学经典作品"。这部小说采用以史为文的视角，既有通过回族文化人格的演变史而书写出的心灵史，也有发生在不同时代却交错复杂的两个爱情悲剧。

韩子奇一出生就是不完满的，他自幼父母双亡，和吐罗耶定在梁亦清家寄宿时，因为不小心打碎了玉碗而拜梁亦清为师，学习玉作。梁亦清没有儿子，便把唯一的徒弟韩子奇当作了自己的继承人。他倾囊相授，韩子奇刻苦操练，很快便可以独当一面。

然而，世事无常，坏事总是来得那么猝不及防。在韩子奇还没有正式接管奇珍斋，在梁亦清还没有完成他的关山之作《郑和航海图》时，死神便将梁亦清拉到了另一个世界。震惊、遗憾、不舍、悲痛，交织成一种复杂的情感，在韩子奇和梁亦清的妻女心里盖上了一层黑纱。

然而，更令所有人绝望的是蒲寿昌随之而来的趁火打劫。最终，韩子奇失去了奇珍斋，失去了他视若生命的玉，更失去了他最爱的女人和女儿。可这一次，韩子奇却失去了之前的勇气,对玉的执念,让韩子奇在痛失全部后,悲痛欲绝地走向了人生的终点。

做事留有余地,做人保持理性。晚清名臣曾国藩曾说:"凡事留有余地,留一点存量,存一点缺憾,就像那含苞欲放的花朵,和将圆未圆的月,这种状态是最让人踏实的。"可梁君璧却不懂这个道理,她性格强硬、霸道,总是要把话说满,把人逼疯。蓝宝石戒指丢失时,梁君璧只因为老侯觉得,偷戒指的人可能是梁君璧找来的麻将搭子,就空口白牙地把老侯指认成了小偷。老侯跟随韩子奇多年,尽心竭力,从无二心,这样被梁君璧侮辱,自然气不过。为争一口气,老侯砸锅卖铁地赔偿了梁君璧的损失后,拉着一家老小就离开了奇珍斋。梁君璧只道是出了口恶气,却并不知道,老侯这一走,两家的仇从此便系上了。也正是这次"结仇",给未来埋下了祸根。古人云:"责人不必苛尽,苛尽则众远。"梁君璧一向霸道硬气,她以为奇珍斋是她家的,如何处理手下都随她心意。却从来不懂,给别人留一条后路,也是给自己多一条生路。

懂得度己,宽以待人。佛说:"度人先度己,度己先度心。"梁君璧大半生都不懂该怎么宽以待人。发现蓝宝石戒指丢失时,会迁怒于忠心耿耿的老侯;得知妹妹和自己的丈夫结合后,会以"真主"之名逼妹妹与骨肉分别;察觉到韩新月和楚雁潮两情相悦后,更是会不管不顾地故意找碴儿,直到把韩新月推向了死亡。梁君璧的狠厉,将她和她的家人都推向了悲剧的深渊,直到梁君璧听到了韩子奇死前的忏悔,她才学会了宽恕。

作为一个穆斯林,梁君璧一生信奉伊斯兰教。秉持着《古兰经》的教诲,坚信穆斯林女子不能嫁给非穆斯林。可韩子奇却并非一个真正意义上的穆斯林,他不仅没有持之以恒地做过礼拜,还触犯了教规,娶了妻子的妹妹。这对梁君璧这个虔诚的信徒来说,打击简直是致命的。可这一次的旧事重提,却并没有激怒梁君璧,而是给了她宽恕韩子奇的机会。

为了帮韩子奇赎清罪孽,梁君璧跪在地上,真诚地向主祈祷:"他一辈子都遵从着回回的规矩,他做出了大事业,为回回争了光;他一辈子都遵从着真主的旨意,他和玉儿的那点过错,也应该原谅了!他是个真正的回回,真正的穆斯林,决不能让他在最后的时刻,毁了一生的善功!"

散文大家刘白羽先生读完这本书后,在序言中写道:"全书前面部分情缜意密、精心刻画,到后半部已如大潮汹涌,不可遏止。"这部小说融合了中国现代、当代的部分历史状况,并以回族家庭为主线,介绍了很多有关穆斯林的风俗和文化,犹如走进了一个神奇的世界。

麦家陪你读书（第二辑）

《今天也要好好爱》

《坠入人海，理想热烈》

《去人间清醒处》

《活在生活里》

荐书人

陌上桑　月　己　肉　丝　蒙　湘　贰　九

三尺晴　西　楚　竹　子　奥氏体　慧　清

琴箫陌　张煜棪　十七君　文　苑　云　间

格斯墨　刘文豪　零　露　康　飞　恪慕容

帅沁彤　一隅清欢　驿路奇奇　若水一泓

堂前燕子　羊子姑娘　竹露滴清响

麦家陪你读书(第二辑)

《活在生活里》

《今天也要好好爱》

《坠入人海，理想热烈》

《去人间清醒处》

荐书人

陌上桑　月己　肉丝　蒙湘　贰九
三尺晴　西楚　竹子　奥氏体　慧清
琴箫陌　张煜栈　十七君　文苑云间
格斯墨　刘文豪　零露　康飞　恪慕容
帅沁彤　一隅清欢　驿路奇奇　若水一泓
堂前燕子　羊子姑娘　竹露滴清响

《活在生活里》

|总监制|
孙 毅

|特约编辑|
顾 夏　黄 琰

|营销支持|
侯庆恩

让好故事影响更多人